Arno Surminski

Die Reise nach Nikolaiken

und andere Erzählungen

Hoffmann und Campe

CIP-Titelaufnahme der Deutschen Bibliothek

Surminski, Arno:
Die Reise nach Nikolaiken und andere Erzählungen /
Arno Surminski – 1. Aufl. – Hamburg:
Hoffmann & Campe, 1991
ISBN 3-455-07513-4

Copyright © 1991 by Hoffmann und Campe Verlag, Hamburg
Schutzumschlag- und Einbandgestaltung: Werner Rebhuhn
Gesetzt aus der Garamond
Satz: Utesch Satztechnik GmbH, Hamburg
Druck und Bindung: Ebner Ulm
Printed in Germany

Die Reise nach Nikolaiken

Inhalt

Wahre Freundschaft

Sie kamen am 7. Dezember, am Jahrestag von Pearl Harbor. Also ein Überfall. Zwei Herren der Hokaido Insurance Company, begleitet von einer Dolmetscherin. Was, um Himmels willen, hatten die vor? Eine Niederlassung am Rhein gründen? Einen europäischen Kooperationspartner suchen? Oder wollten sie kaufen? Wir sind nicht käuflich, ihr fernöstlichen Herren. Die Rheinleben ist keine Aktiengesellschaft, deren Mehrheiten, Schachteln und Sperrminoritäten an den Börsen hin- und hergeschoben werden. Wir sind ein Verein und nicht zu haben.

Unter H wie Hokaido gab es keinen Vorgang im Hohen Haus. Niemand wußte von Kontakten zum Land der aufgehenden Sonne. Rheinleben war weder am schaurigen Erdbeben von Tokio 1923 noch am jüngsten Taifun beteiligt, der die fernöstlichen Küsten verwüstet hatte. Es fand sich kein Schriftverkehr über einen bemerkenswerten Schadenfall, keine Rückversicherungsverbindung wurde ausgegraben. Vor vier Wochen hatte Hokaido Insurance um einen Besuchstermin auf höchster Ebene gebeten. Scherer wagte nicht zu fragen, was die Herren bewegte. So zu fragen hielt er für eine typisch deutsche Grobheit, die das fernöstliche Feingefühl verletzen mußte. Also antwortete er kurz und herzlich, sie seien willkommen, die Herren der Hokaido Insurance.

Nun waren sie da, pünktlich um elf. Japaner wissen um die Marotte der Deutschen, Unpünktlichkeit als Körperverletzung zu empfinden. Eine zierliche Dame in Blau und zwei kleine Herren in Schwarz betraten die marmorne Vorhalle. Ihnen vorausgetragen wurde ein Strauß weißer Chrysanthemen, das allerdings von einem blonden deutschen Gärtnerburschen.

Blumensträuße zu Geschäftsbesuchen sind keineswegs üblich. Wem wollten die gratulieren? War Weiß nicht die Farbe fernöstlicher Trauer? Scherer sah die Besucher auf seinem Monitor und erschrak über die prall gefüllten Aktentaschen. Keine Fage, das war Geld. Im 10. Stock werden sie ihre Köfferchen öffnen und Scherer fragen, was Rheinleben kostet. Auf eine Million mehr oder weniger soll es nicht ankommen. Einschlägige Kreise von Frankfurt bis Wall Street, von Düsseldorf bis London wissen doch, daß japanische Versicherungen genug von dem Zeug haben. Sie haben Amerika gekauft und können sich van Goghs abgeschnittene Ohren aus der Portokasse leisten. Bald werden sie um die Mona Lisa anhalten.

Scherer empfing sie auf dem Gipfel der Rheinleben mit Blick über den Schicksalsstrom, den sie eines Tages wohl auch kaufen werden. Die Becker holte die größte Vase, die in ihrer Asservatenkammer aufzutreiben war. Sie gab den Chrysanthemen Wasser und den Gästen einen Cherry. Lächeln verbreitete sich, Trinksprüche gingen hin und her, man trank auf das Wohl von Rheinleben und Hokaido Insurance.

Sie seien soeben in Lohausen gelandet, ließen die Herren übersetzen. Ohne einen Blick auf die Stadt und das schöne Deutschland zu werfen, seien sie sofort zu Rheinleben gefahren, denn Rheinleben sei ihnen das Wichtigste.

Einer der Herren trat vor und überreichte Scherer einen länglichen, in goldfunkelndes Geschenkpapier gewickelten Gegenstand. Ein Präsent von Hokaido Insurance, übersetzte die Dame in Blau. Wie Rheinleben sich verhalten habe, das sei wahre Freundschaft. Hokaido Insurance werde das niemals vergessen und sei zu Gegendiensten gern bereit. Der Herr verbeugte sich und lud Scherer zu einem Gegenbesuch in den 20. Stock nach Tokio ein.

Was, zum Teufel, ging hier vor? Scherer blickte sich hilflos nach der Becker um, die noch immer an den Chrysanthemen hantierte. Er flüsterte ihr zu, sie solle Winterstein rufen. Vielleicht wußte der von den guten Diensten, die soviel überschwenglichen Dank rechtfertigten. Oder lag eine Verwechslung vor? Am großen Strom residierten zahllose Versicherungsunternehmen, deren Namen auf rheinisch, kölnisch oder so ähnlich lauteten. Die Herren werden sich in der Tür geirrt haben. Scherer schickte die Becker zum Telefon. Sie solle bei der Rheinprovinz anrufen und fragen, ob die Besuch aus Japan erwarteten.

Um Zeit zu gewinnen, packte er das Geschenk aus. Zum Vorschein kam ein Samuraischwert, alt und kostbar. Der Knauf war mit Steinen besetzt. Scherer wog die Waffe unsicher in seinen Händen und dachte an van Goghs abgeschnittene Ohren. Hatte er nicht in einem Buch gelesen, daß die Überreichung eines Samuraischwertes eine höfliche Aufforderung sei, sich den Bauch aufzuschlitzen?

Die Becker erschien in der Tür und schüttelte heftig den Kopf.

Der zweite Gast, der bisher geschwiegen hatte, ergriff nun das Wort und schlug vor, das Schwert als Wandschmuck hinter Scherers Schreibtisch aufzuhängen.

Nur das nicht, wehrte Scherer ab. Es gäbe einen Aufstand im Betriebsrat. In Deutschland sei es Brauch, daß jeder Unternehmensvorstand auf die allgemeine soziale Empfindlichkeit Rücksicht zu nehmen habe, ließ er über die Dolmetscherin ausrichten. Sonst werde eines Tages in einem einschlägigen Magazin die Meldung zu lesen sein, der Vorstand von Rheinleben habe sich ein Samuraischwert zugelegt, um unliebsame Mitarbeiter zu köpfen. Er werde also das kostbare Geschenk in einem Tresor verwahren und nur zu besonderen Anlässen der Öffentlichkeit vorführen.

Sie sprachen über das Schwert. In welchem Jahrhundert es geschmiedet wurde, welcher Pflege es bedürfe, um nicht zu rosten. Wozu es früher Verwendung fand und ob es heute noch zu gebrauchen sei.

Nein, mit Harakiri sei bei deutschen Managern wenig auszurichten, erklärte Scherer. Die hielten selbst nach furchtbarsten Fehlleistungen an ihren Vorstandssesseln fest und seien nur durch einen Herzinfarkt oder verlokkende Pensionen aus dem aktiven Dienst zu entfernen, niemals durch das Schwert.

Die Becker kam und flüsterte, die Rheinprovinz habe keinen Kontakt zu Japan, die Rheinland auch nicht.

Scherer empfahl, bei der Colonia anzurufen. Möglicherweise seien die über Nacht von Paris an den Fernen Osten verkauft worden.

Während die Becker davonrauschte, traten sie ans getönte Panoramafenster und besichtigten die Stadt aus der Höhe, die Rheinschleife, die Brücken, die Schleppzüge auf ihrem Weg nach Holland.

Rechter Hand geht es ins Finanzzentrum Luxemburg, links nach Japan und geradeaus zu den Briefkastenfirmen Liechtensteins, erklärte Scherer.

Zu ihren Füßen in einem Park stand das Denkmal eines gewissen Wellem. Scherer zeigte es seinen Besuchern und erschrak, als er sah, wie einer der Herren sich Notizen machte. Sie werden das Standbild kaufen, es in Tokio vor die Untergrundbahn stellen, aber die Stadt am Rhein wird ihre Seele verlieren.

Verstört erschien die Becker. Soviel man wisse, sei die Colonia noch nicht nach Japan verkauft, habe ihr das diensthabende Vorstandsmitglied erklärt.

Die Dame in Blau fragte, wo Herr Ka-Dong sei. Man habe ihn eigentlich hier erwartet. Ob es wohl möglich sei, ihn zu rufen?

Scherer nahm nun die Sache selbst in die Hand, entschuldigte sich für einen Augenblick, um an seinem Generalschreibtisch die roten Knöpfe zu drücken. Er gab Anweisung, nach einem Herrn Ka-Dong zu fahnden. Das ganze Haus von der Personalverwaltung bis zur Registratur solle Ka-Dong suchen.

Während die Ermittlungen anliefen, plauderten sie über die Versicherungsgeschäfte im Fernen Osten, die wie überall in der Welt so leidlich gingen. Sorge bereitete der Feuerabteilung der Hokaido Insurance nur die japanische Gewohnheit, auch am Ende des 20. Jahrhunderts noch Häuser aus Holz zu bauen. Mit Genugtuung stellten die Besucher fest, daß die Aids-Seuche in Japan längst nicht so um sich greife wie in Amerika und Westeuropa. Das betraf die Lebensabteilung. Auch Magen- und Darmkrebs spielten als Todesursache in japanischen Versicherungsstatistiken eine untergeordnete Rolle. Die schwarzgekleideten Herren hatten andere Sorgen. Sie blickten zu dem kostbaren Schwert. Also Harakiri.

Kaffee kam und Tee, aber kein Ka-Dong.

Scherer lud die Gäste zum Mittagessen ein. Er schlug das Restaurant im Fernsehturm vor wegen der Aussicht auf die Rheinschleife. Das gab Rheinleben eine Atempause, weiter nach Herrn Ka-Dong zu suchen.

Winterstein kam, aber kein Ka-Dong.

Was wollten die wirklich? Die flogen doch nicht um den halben Erdball, nur um ein Samuraischwert zu überreichen aus Dankbarkeit für etwas, das Rheinleben dem mysteriösen Herrn Ka-Dong angetan haben sollte. Vielleicht werden sie sich bei Tisch erklären, vor dem Dessert.

Im Vorzimmer ging die Verzweiflung um. Die Becker bekam einen Weinkrampf. Winterstein, der die Koordinierung der Fahndung übernommen hatte, erschrak, als er seine Stimme hörte, die per Telefon den Einsatz leitete. Die Personalabteilung sah ihre Namenlisten bis zur ersten Ölkrise durch, fand aber keinen Ka-Dong. Fehlanzeige auch im Schadenressort, Abteilung Ausland. In Japan sei noch nie ein Kunde der Rheinleben zu Schaden gekommen.

Vor der Abfahrt zum Fernsehturm baten die Besucher, man solle Herrn Ka-Dong, wenn er denn auftauche, zum Turm nachschicken. Die Becker versprach es mit fernöstlichem Lächeln, aber ohne jede Hoffnung.

Während Scherer die Schönheiten der Stadt vom fahrenden Auto aus erklärte, dachte er an Ka-Dong. Natürlich arbeiteten Ausländer bei Rheinleben. Die Materialverwaltung beschäftigte einen Inder, der mit einer Deutschen verheiratet war und es sich nicht nehmen ließ, zum rheinischen Karneval in indischer Tracht zu erscheinen. Mehrere Polen, die nach dem 13. 12. 1981 nicht mehr ins winterliche Warschau zurückkehren mochten, hatte die Rheinleben für Hilfsdienste eingestellt. Sie blieben, auch als in War-

schau der Frühling ausbrach. In der EDV spielten latein-
amerikanische Studenten aushilfsweise mit japanischen
Computern. Türkische Frauen säuberten, wenn die Nacht
über Rheinleben hereinbrach, die Büroräume. Aber ein
Japaner war ihm noch nie begegnet. Sollte etwa der freund-
liche Vietnamese, der in der Kantine aushalf und zu jedem
Fischgericht erzählte, wie er unter Haien im Südchinesi-
schen Meer schwimmen gelernt habe, ein verkappter japa-
nischer Versicherungsagent sein?

Während des Essens priesen die Japaner die wahre
Freundschaft. Sie konnten sich nicht genugtun in Dankbarkeit für das, was Rheinleben ihrem Ka-Dong angetan
hatte. Kein Vorschlag zur Kooperation der Gesellschaften
kam zur Sprache, sie wünschten keine Beteiligung an
einem heiklen Rückversicherungsgeschäft, keinen Erwerb
eines Grundstücks am Rhein. Nur pure Dankbarkeit. Vor
dem Dessert wurde Scherer ans Telefon gerufen. Die Bek-
ker meldete mit schmelzender Stimme, Ka-Dong sei
gefunden worden. Ob sie ihn noch in den Fernsehturm
schicken solle?

Nein, halten Sie ihn im Sekretariat fest, wir kommen
gleich, entschied Scherer.

Er saß in der Besucherecke, ein freundlicher Mensch,
noch kleiner als die anderen. Als Scherer erschien, sprang
er auf und verneigte sich tief, auch vor der Becker und der
Dolmetscherin und den beiden Herren aus Tokio.

Der Pförtner hat ihn gefunden, flüsterte die Becker. Er
erinnerte sich, daß in Zimmer 109 ein Japaner arbeitet.

Vor fünf Jahren sei er mit einem Empfehlungsschreiben
seiner Gesellschaft zu Scherers Vorgänger, dem verstorbenen Dr. Bardowiek, gekommen, erzählte Ka-Dong in vor-
züglichem Deutsch. Die Hokaido Insurance beabsichtigte,

15

in Deutschland eine Filiale zu errichten. Da Ka-Dong sich weder in den Städten am Rhein noch in deutschen Versicherungsbräuchen auskannte, habe er den verehrten Dr. Bardowiek gefragt, ob Rheinleben ihm am Anfang etwas behilflich sein könne. Dr. Bardowiek habe ihm einen Büroraum zugewiesen, eben jene Nummer 109, in der er seit fünf Jahren arbeite.

Die Becker schob einen Aktenvermerk über den Tisch, den die Hausverwaltung seinerzeit angefertigt hatte: Anruf von Herrn Generaldirektor Dr. Bardowiek. Dem Japaner Ka-Dong soll ein Büroraum zur Verfügung gestellt werden! Später verloren sie Ka-Dong aus den Augen. Die Hausverwaltung führte ihn zwar ordnungsgemäß unter Nummer 109, aber als Sonderfall zur speziellen Disposition des Vorstandsvorsitzenden. Die Personalabteilung wußte nichts, denn er gehörte nicht zu den Mitarbeitern der Rheinleben. Nur der Pförtner sah den fleißigen kleinen Mann, wenn er früh kam und spät ging. Fünf Jahre lebte er im Hause der Rheinleben, vermittelte Geschäfte für Hokaido Insurance, knüpfte Verbindungen, zahlte keinen Pfennig Miete, bekam Wasser, Licht und Wärme gratis, auch die Telefonrechnung lief aus purer Freundschaft über Rheinleben. Und wären nicht die Herren aus Tokio gekommen, um sich zu bedanken, er säße noch weitere fünf Jahre als Sonderposten in Nummer 109 zur speziellen Disposition des Generaldirektors.

War dies der Augenblick, in dem der Vorstandsvorsitzende eines deutschen Unternehmens sich in ein Samuraischwert zu stürzen hatte?

Scherer winkte gelassen ab. Es sei nicht der Rede wert, sagte er. Was dem Herrn Ka-Dong widerfahren sei, entspreche eben der großzügigen Art des Hauses Rheinleben.

Als der verehrte Dr. Bardowiek starb und Scherer sein Nachfolger wurde, habe er den Versuch unternommen, zu ihm vorgelassen zu werden, erklärte Ka-Dong. Doch habe Scherer, was er wohl verstehen könne, keine Zeit für ihn gehabt. Zum bevorstehenden Jahreswechsel habe er sich erneut bei Scherer anmelden wollen, um sich zu bedanken für die Gastfreundschaft, die er im Hause Rheinleben genossen habe. Nun sei es zu dieser überraschenden Begegnung vor der Zeit gekommen, und er könne seinen Dank in Anwesenheit der Herren aus Tokio persönlich aussprechen.

Scherer blickte verloren in den dahinströmenden Rhein.

Als Ka-Dong auf das kostenlose Mittagessen in der Kantine der Rheinleben zu sprechen kam, entfuhr der Dolmetscherin wieder das Wort von der wahren Freundschaft.

Hokaido Insurance werde nun nach fünfjähriger Aufbauzeit ein größeres Büro für die deutsche Niederlassung mieten, ließen die Herren aus Tokio übersetzen.

Das sei durchaus nicht nötig, erwiderte Scherer. Herr Ka-Dong könne in Nummer 109 bleiben, solange er wolle.

Sie lächelten dankbar. Das sei wahre deutsch-japanische Freundschaft.

Ein halbes Jahr später kam Ka-Dong zu Scherer, um sich zu verabschieden. Die Hokaido Insurance sei so beeindruckt gewesen von der Art, wie Ka-Dong mit geringstem Kostenaufwand eine Niederlassung in Deutschland gegründet habe, daß man ihn höherer Aufgaben für würdig gehalten habe. Ka-Dong war in den Vorstand der großen japanischen Gesellschaft berufen worden. Er lud Scherer ein, ihn im Hauptquartier der Hokaido Insurance zu besuchen.

Ein Jahr später flog Scherer über den Pol in den Fernen

Osten. Ka-Dong holte ihn vom Flughafen ab. Im Wolkenkratzer des Unternehmens, doppelt so hoch wie Rheinleben, gab es einen Empfang, an dem fünftausend Mitarbeiter der Hokaido Insurance und die Presse der Hauptstadt teilnahmen. Ka-Dong bezeichnete Scherer als seinen deutschen Freund und Wohltäter, dem er nicht nur sein Wissen um die Versicherungsdinge verdanke, die fünfjährige Zusammenarbeit mit Scherer sei auch eine wahre Schule der Menschlichkeit und herzlichen Freundschaft gewesen. Er würzte seine Rede mit Anekdoten aus den rheinischen Tagen, erzählte von dem Versuch, rheinische Knödel mit Stäbchen zu essen, lobte das Altbier, das so trübe aussehe wie der Vater Rhein, aber vorzüglich schmecke, und erinnerte sich mehrerer Karnevalsumzüge und närrischer Sitzungen, die ihm die Seele des rheinischen Menschen offenbart hätten. Schließlich schritt Ka-Dong zur Enthüllung eines Gedenksteins auf dem Rasen vor dem Hauptquartier der Hokaido Insurance. Ein Marmorblock mit eingemeißelter Windrose kam zum Vorschein. Zwischen Nord und West zeigte ein fünfter Pfeil über die Meere und Kontinente aufs Herz Europas. »Rheinleben« stand in Goldbuchstaben auf weißem Marmor.

Beim anschließenden Essen im kleinen Kreis besprachen Scherer und Ka-Dong, daß es wohl nützlich sei, wenn beide Gesellschaften nun doch ein wenig kooperierten und im Wege der Rückversicherung das eine oder andere Risiko wechselseitig übernähmen. So könne die Geschichte nach allem, was sie gekostet habe, einen wirtschaftlichen Sinn bekommen und die Anerkennung der Finanzämter finden. In wahrer Freundschaft, versteht sich.

Der Polizist
und das Mädchen

Er wachte auf, weil nebenan das Wasser plätscherte. Heißer Dampf quoll über den Vorhang, er sah die Umrisse ihres Körpers. Sie trocknete sich ab, glättete das Haar, der Haartrockner begann zu summen, warmer Wind wehte bis zu seinem Bett.

Als sie den Vorhang zur Seite schob, stellte er sich schlafend und beobachtete, wie sie sich vor dem Spiegel ankleidete.

»Hast du heute Dienst?« fragte das Spiegelbild.

»Eigentlich nicht«, antwortete er. »Nur, wenn etwas passiert.«

Durchs Fenster kroch das Licht des Morgens, traf erst die Wand, dann den Spiegel, schließlich ihr Gesicht.

»Wenn wir zusammen eine Wohnung hätten, wäre es viel billiger«, sagte er.

Sie antwortete nicht, warf nur den Kopf zurück, was in ihrer Gestensprache Verneinung bedeutete.

»Wir sollten uns ein Haus vor der Stadt mieten, du fährst morgens zur Uni, ich zum Dienst, irgendwann werden wir Kinder haben.«

Sie lachte.

»Du bist ganz schön heruntergekommen«, sprach das Spiegelbild. »So wie du träumten früher nur die Mädchen, jetzt fangt ihr Männer auch schon damit an.«

Er wollte sie an sich ziehen, aber sie stand schon im Mantel und hatte es eilig.

»Wenn du einen Sitzplatz im Hörsaal haben willst, mußt du eine halbe Stunde vor der Vorlesung da sein.«

Sie griff nach der Büchertasche, fuhr flüchtig über sein Haar. Das war's.

»Abends beim Griechen?« fragte er, als sie die Tür öffnete. Sie schaute zurück, war unschlüssig.

»Ja, vielleicht«, sagte sie.

Er blieb liegen und zählte die Schritte im Treppenhaus. Als unten die Tür ins Schloß schnappte, sprang er auf, riß den Vorhang zur Seite und sah sie über die Straße gehen.

Im Radio der Wetterbericht und das Verkehrsstudio. Stau im Elbtunnel Richtung Norden. Vom Hafen trieben tiefhängende Wolken über die Dächer, aber es regnete nicht.

Unten im U-Bahn-Schacht zündete sie sich eine Zigarette an, nahm aber nur ein paar Züge, weil die Bahn einlief. Sie stand im überheizten Wagen neben den Arbeitern, die zum Hafen wollten. Über Kopf las sie die Schlagzeilen vom Elend der Welt: Tote in Südafrika. Ein Massaker in Peru. Und immer wieder Bomben. Über den Frühling, der der nördlichen Halbkugel zuwanderte, schrieb die Zeitung nichts. Kein Wort von den Krokussen, die vor der Uni blühten, und den prallen Knospen der Kastanien auf der Moorweide.

Am Dammtor verteilte einer Flugblätter.

Hände weg von Nicaragua!

Ein Kommilitone aus ihrem Fachbereich kam ihr nachgelaufen, legte den Arm auf ihre Schulter.

»Die Yankees haben den Contras 85 Millionen bewilligt! Wir treffen uns um zwei auf der Moorweide, von dort geht es durch die Innenstadt zum Rathaus. Aus Bremen und Hannover kommen auch welche.«

Er war außer Atem und bemerkte nicht, daß sie den Kopf schüttelte.

»Du weißt doch, daß ich nicht mitmache, wenn er Dienst hat«, sagte sie.

Vor dem Hauptgebäude warteten die anderen, standen in Gruppen zusammen und diskutierten. Einer sagte, es werde langsam Zeit, private Gefühle von diesem Anliegen zu trennen. Ziemlich laut sprach er das und blickte sie an.

»Wenn es nur darum geht, daß du ihm nicht begegnen willst, ziehst du Sabines Kleider an und vermummst dich wie ein arabische Frau«, schlug ein anderer vor.

Mittags rief sie ihn von der Telefonzelle aus an, aber er meldete sich nicht. Entweder hatten sie ihn zum Bereitschaftsdienst beordert wegen der Demonstration am Nachmittag, oder er war im Kaufhaus. Zum Kaufhaus hatte er eine besondere Zuneigung, meistens aß er dort zu Mittag, und bei Demonstrationen bewachte er die großen Schaufensterscheiben.

Sabine brachte ihr das Flickenkleid.

»Wie Fasching«, lachte sie, als sie die Verkleidung anprobierten. »Du mußt ihn mal mitbringen«, schlug sie vor. »Das wäre doch mal eine Attraktion, ein Bulle auf der Demo, aber auf unserer Seite.«

»Der kommt nie«, antwortete sie. »Der setzt keinen Fuß in eine Wohngemeinschaft, höchstens, um sie zu räumen. Er will mit mir aufs Land ziehen, von dort jeden Morgen zum Dienst fahren, Schaufenster bewachen und Wasserwerfer dirigieren, während bei mir im Garten die Kälber blöken, die Hühner gackern und ich ihm im Häuschen die Suppe koche.«

Nach dem Essen in der Mensa ging sie wieder in die Telefonzelle. Er war immer noch in seinem Kaufhaus, oder er saß schon im grünen Mannschaftswagen, bereit für den Einsatz.

Die ersten strömten zur Moorweide. Freiheit für Nicaragua! trugen sie auf weißen Transparenten. Am Dammtorbahnhof sperrten Polizisten die Kreuzung, der Verkehr staute sich hinauf bis zum Fernsehturm, während der Demonstrationszug die Straße überquerte. Das Verkehrsstudio meldete zähfließenden Verkehr mit zeitweiligem Stillstand. Die Innenstadt sollte man weiträumig umfahren.

Am Eingang zum Botanischen Garten empfing sie ein größeres Polizeiaufgebot, daß das Kriegerdenkmal bewachte. Deutschland muß leben und wenn wir sterben müssen! Diese Scheißkerle. Auf dem Denkmal marschierten sie in Reih und Glied, sie ging eingehakt mit den anderen unter dem Bild des schäbigen Uncle Sam, der, gebeugt wie ein Dollarzeichen, mit knöcherner Hand nach dem kleinen Land in Mittelamerika griff. Als sie am Stephansplatz ihre Parolen skandierten, stimmte sie mit ein.

»Wie siehst du häßlich aus«, sagte einer ihrer Freunde und lachte.

Im Flickenkleid glich sie einer alten Frau, den Kopf verhüllte ein graues Tuch, nicht einmal an den Haaren würde er sie erkennen, denn sie hatte sie hochgesteckt und unter dem Tuch verborgen.

Vor dem Gänsemarkt eine Straßensperre. Eine Lautsprecherstimme verkündete, der Demonstrationszug müsse umgeleitet werden. Im Rathaus tage die Bürgerschaft, eine Demonstration vor dem Rat wäre Nötigung des Parlaments.

Ein Pfeifkonzert antwortete, irgendwo, sehr fern, klirrten Scheiben.

Nicaragua besaß sandige Strände, auch wohl Palmen, die sich vor dem kühlenden Wind des Meeres beugten. Sie sah sich im Sand liegen ohne das Flickenkleid, er ohne Helm und ohne die furchtbare Uniform. Er spielte mit den Füßen in den auslaufenden Wellen des Ozeans. Freiheit für die Sandstrände Nicaraguas!

Zwei Wasserwerfer riegelten den Jungfernstieg ab. Wenn die spritzen, ist das Flickenkleid hin, dachte sie. Die Lappen werden sich auflösen, einfach vom Körper fallen, sie wird dastehen wie am Strand des Stillen Ozeans.

Die da drüben glichen nicht mehr gewöhnlichen Menschen. Alle waren gleich, die weißen Helme, die Schilde vor dem Körper. Sie warteten auf das Signal einer Trillerpfeife, um sich in Bewegung zu setzen. Auch waren sie sprachlos. Nur aus dem Lautsprecher drang diese überlaute Stimme, die alles in Grund und Boden lärmte.

Ob Polizisten auch singen können? Die singen wie die Männer auf dem Denkmal, die mit Gesang in den Tod marschiert sind.

In Nicaragua ist jetzt Sommer, in Nicaragua ist immer Sommer.

Sie erkannte ihn an der Art, wie er dastand. Das rechte Bein etwas vorgeschoben, den Oberkörper lässig nach vorn gebeugt, das Gesicht verborgen unter dem häßlichen Helm.

Wir verkleiden uns beide, dachte sie und mußte lachen. Aber abends gehen wir zum Griechen, und danach ist Demaskierung. Im Halbdunkel die Musik, die er mochte: Brahms. Griechischer Wein zu Ungarischen Tänzen.

Was geschähe, wenn sie sich zu erkennen gäbe?

Er wird auf der Stelle die Absperrkette verlassen, er wirft den Helm aufs Pflaster, den Schlagstock hinterher. Er zeigt sein wahres Gesicht, ein Gesicht, das lachen kann. Offen tritt er vor sie hin, wird wieder Mensch, wandert mit ihr zu den Palmen am Stillen Ozean. Sie reißt sich das Flickenkleid vom Leibe, umarmt ihn vor den Tausenden, um danach eingehakt davonzuziehen. Demonstriert ihr nur weiter, wir haben Wichtigeres zu tun, wir gehen zum Griechen und danach die Ungarischen Tänze.

Aber die Wahrheit war, daß er reglos in der Menschenkette stand und sie nicht wahrnahm. Als ein Stein flog, hob er den Schild. Einem parkenden Auto gingen die Scheiben zu Bruch.

»Ami go home!« riefen sie.

Die Lautsprecherstimme forderte die Demonstranten auf, dem Zug Richtung Karl-Muck-Platz zu folgen.

Die Rohre des Wasserwerfers schwenkten aufs Lessingdenkmal. Verstört flogen die Tauben auf und entschwebten über den Dächern der laut gewordenen Stadt. Ein Stein traf die Panzerung, prallte ab und landete in der Menge der Schaulustigen, die immer dabei sind, auch an diesem Freitag im Frühling. Deutschland muß leben, und wenn wir sterben müssen, sangen die toten Soldaten.

In Nicaragua ging jetzt die Sonne auf.

Als eine Gruppe an der Polizeikette vorbeizudrängen versuchte, erwachte er aus der Erstarrung, rannte mit den anderen, den Schild voraustragend, hinter ihnen her. In der engen Poststraße fingen sie sie ab, errichteten eine zweite Verteidigungslinie, drängten sie zurück. Nun auch mit Schlagstöcken. Wie häßlich siehst du aus mit diesem Knüppel in der Hand! Ein Stein traf seinen Helm. Neben ihm stolperte ein Polizist und fiel auf den Bürgersteig. Die

Menge johlte. Eine Bierflasche klirrte in einem Hausein-
gang.

Jetzt bist du auch ein Schwein wie die anderen.

Ob er wohl zuschlägt?

Sie sah, wie er einen am Rollkragen packte, ihn mit
Polizeigriff in die Knie zwang. Abführen zum grünen
Auto! Wieder splitterte Glas. Ein Unfallwagen kam jau-
lend den Jungfernstieg herauf.

Die Palmen warfen lange Schatten. Er kam aus dem
Meer, ganz nackt, er winkte ihr zu. Ein Dröhnen vom
mächtigen Getöse der Brandung lag in der Luft.

»Folgen Sie bitte dem Demonstrationszug Richtung
Karl-Muck-Platz!« wiederholte die Lautsprecherstimme.

»Was ist los mit dir?« fragte einer ihrer Freunde.

»Drüben, der vierte von links, das ist er.«

»Mit so einem Schwein schläfst du?«

Drei wurden abgeführt. Die Polizeikette drängte die
Demonstranten am Kino vorbei, er kam näher, unaufhalt-
sam näher. Sie stand auf der Verkehrsinsel, klammerte sich
an den Pfahl mit den Fahrplänen der Buslinien. Irgendwo-
hin fliehen, vielleicht aufs Land oder an den Strand von
Neumühlen, der ohne Palmen ist, aber auch schön.

Als er zehn Schritte entfernt war, erkannte sie sein
Gesicht. Es lachte ein grimmiges Lachen. Das macht dir
wohl Spaß, was? Im Radio spielten sie Brahms. Hinter dem
Vorhang plätscherte Wasser. Wie kannst du in einer
Wohngemeinschaft leben? Wir ziehen aufs Land. Tags-
über mit dem Schlagstock auf Demonstranten einschlagen,
abends heimkehren in die Natur, durch Wälder spazieren,
an der Elbe bummeln, Schiffen nachschauen, die zu Pal-
menstränden fahren. Mit so einem kannst du schlafen?

Er kam näher. Gleich wird er sie erkennen und ihr die

25

Maskierung vom Gesicht reißen. So eine bist du, wird er verächtlich sagen. Um ihm nicht zu begegnen, rannte sie zur U-Bahn-Treppe. Neben ihr traten sie aus den Hauseingängen, kamen wie die Ratten aus den Kellergewölben, quollen aus Nebenstraßen, ein lebender Wall, der dem Strom ein Bett zu geben suchte. Hinter ihr klirrten Scheiben.

Sie ging nun mit den anderen hinauf zum Karl-Muck-Platz, wie es die Lautsprecherstimme befohlen hatte. Ihn hatte sie aus den Augen verloren, er war untergegangen im Meer der weißen Helme. Vielleicht hatten sie ihn auch abgelöst. Du hast genug getan, du hast den Durchbruch in der Poststraße verhindert, du darfst nach Hause gehen und dich ausruhen von deinen Heldentaten, am Deich spazierengehen und den Schiffen nachschauen. Abends will er beim Griechen essen und anschließend mit ihr schlafen. So einer ist das.

Von Uniformen begleitet, zogen sie über den Karl-Muck-Platz. Nicht an den Gerichten vorbei, das wäre Nötigung der Rechtspflege. Nicht zum Hauptbahnhof, das wäre Verkehrsbehinderung. Nicht vor die Kunsthalle, das wäre eine Beleidigung der Musen. Nicht zu den Krankenhäusern, das liefe auf ruhestörenden Lärm hinaus. Nicht an die Alster, das käme einer Beschmutzung dieser schönsten aller Perlen gleich. Es blieb nicht viel Raum für Proteste, vielleicht die Boberger Dünen, verlassene Güterbahnhöfe oder das Volksparkstadion, wenn die Lampen erloschen sind.

Die Ost-West-Straße hatten sie abgeriegelt. Dieser Schlagader der Stadt sollte nicht das Blut abgeschnürt werden, jedenfalls nicht wegen Nicaragua. Dort sah sie ihn wieder. Der Feind hatte seine Truppen vom Jungfernstieg abgezogen und mit grünen Autos zum neuen Brennpunkt der Schlacht an die Ost-West-Straße geworfen. Er auf der Straße, hinter ihm der steinerne Bismarck, der dem grausamen Spiel den Rücken zukehrte. Lässig stand er da, spielte mit dem Knüppel, als wäre er ein Taktstock. Warum bist du nicht Verkehrspolizist geworden? Das wäre zu ertragen gewesen.

Rechter Hand der graue Bunker, der den Krieg überdauert hatte.

Noch immer war Krieg oder schon wieder. Das ganze Gesocks in den Bunker sperren, die Türen schließen und warten, bis die Sirenen Entwarnung heulen. Das möchtet ihr wohl gern.

Auf dem Heiligengeistfeld baute ein Zirkus seine Zelte ab. Die Artisten waren ratlos, die Tiger liefen unruhig in ihren Käfigen herum, die Clowns hatten das Lachen verlernt. Im Hafen heulte ein Dampfer. Die Ost-West-Straße herauf brandete der Verkehr, als wäre nichts los in Nicaragua. Auf der Reeperbahn flimmerten bunte Lichter, bald wird es dunkel und Zeit, sich auszuziehen.

Sie verspürte Hunger. Es überkam sie plötzlich, sie rannte zu einer Imbißbude, setzte sich auf die Holzbank und bestellte Bratwurst. Mit Ketchup bitte.

Auf dem rohen Holz sitzend, umgeben von den Rauchschwaden des Wurstgrills, Mostrichgeruch und dem dampfenden Fett der Friteusen, fühlte sie sich geborgen. Hinter den Scheiben tobte die Schlacht. Ein Hubschrauber donnerte über die Wallanlagen. Weit voraus ihre Leute, das Transparent über den Köpfen. Vor der Polizeikette machten sie halt. Hinter den Polizisten die drohenden Rohre der Wasserwerfer und der schweigsame Bismarck. Die Bratwurst kam.

»Macht keinen Spaß, mit leerem Bauch zu demonstrieren«, sagte der Mann aus Jugoslawien und lachte.

»Ketchup bitte.«

Niemals hätte sie sich in ihn verliebt, wenn er ihr in dieser Uniform begegnet wäre, in diesem abschreckenden, alle Gefühle tötenden Aufzug. Als sie ihn zum ersten Mal sah, saß er in verwaschenen Jeans auf einem weißen Gartenstuhl. Er trug einen roten Pulli mit dem Emblem von Alcatraz.

»Waren Sie schon mal in San Francisco?«

»Nein, ein Freund hat mir den Pulli aus Amerika mitgebracht. Westlicher als Portugal bin ich nie gewesen.«

Er erzählte von den Stränden der Algarve und ihren Fischern. Als er in Portugal war, brach die Revolution aus. Das imponierte ihr, sie ging noch zur Schule, als Portugal seine Revolution hatte.

Das rote Licht der Fackeln erhellte den Garten, vom Grill her roch es nach Bratenfleisch, in den Fliederbüschen raschelte es. Er holte ein Getränk, diesen scharfen Obstschnaps aus dem Süden, vermutlich aus Portugal.

»Willst du auch einen haben?« fragte er.

Damals wußte er sich zu verbergen. Er lachte, wie Polizisten niemals lachen können. Lehrer, dachte sie. Oder Angestellter bei der Stadtverwaltung. Allerdings trug er keinen Bart, sein Haar war auffallend kurz geschnitten, das hätte ihr zu denken geben sollen. Als die Fackeln niedergebrannt waren, fiel der Garten in Finsternis. An der Pforte kicherten Stimmen.

»Es ist noch Suppe da!« schrie einer durch die Nacht.

Sie saßen auf den Gartenstühlen, bis der Tau vom Himmel fiel und die meisten gegangen waren. Sie sprachen von Meeresstränden. Nicaragua besitzt gewaltige Strände, aber das wußte damals noch keiner. Die Revolution in Portugal war zehn Jahre alt, das atlantische Meer vor der Algarve hatte sich ausgetobt.

Wie selbstverständlich brachte er sie, als der Morgen graute, zu ihrer Studentenbude, zu Fuß von Wellingsbüttel nach Alsterdorf, er übrigens in Turnschuhen. Heute trug er diese harten Stiefel, die zutreten wollten, die alles zermalmten. Als ein Polizeiwagen mit Blaulicht und Martinshorn vorbeiraste, schimpfte er über die eigenen Leute.

»Ruhestörender Lärm!« schrie er dem Auto nach, nahm sie in den Arm und hielt ihr die Ohren zu.

Ja, er verbarg seine wahre Identität. Diese weichen Hände. Nicht auszudenken, daß sie einen Schlagstock halten konnten. Sie kochte Tee. Er saß auf dem Küchenhocker und summte Porgy and Bess. Kerzenlicht genügte. Ihre Stimme gefiel ihm. Sie sei so tief und melodiös, sagte er. Che Guevara hing über ihrem Bett, das hätte ihm zu denken geben sollen, aber er nahm ihn nicht wahr im Halbdunkel.

»Ich bin Studentin«, sagte sie.

Er revanchierte sich nicht, verlor kein Wort über seinen Beruf.

»Was studierst du denn?« fragte er nur.

Erst als er ging, als das Sonnenlicht durch die Vorhänge kroch und der bärtige Che Guevara an der Wand erkennbar wurde, verriet er sich.

»Um acht Uhr fängt mein Dienst an«, sagte er.

»Wo hast du Dienst?«

»Ich bin Polizist.«

Er merkte nicht, wie ihr der Schreck in die Glieder fuhr. Aber es war schon zu spät, sie mochte ihn. Damals tröstete sie der Gedanke, daß es unter Tausenden Polizisten wohl auch einen anständigen Kerl geben werde. Polizistsein ist ein Beruf, keine Gesinnung, sagte sie sich. Vielleicht verteilt er nur Strafzettel wegen falschen Parkens und schreibt Protokolle über Verkehrsunfälle.

Mittags rief er sie über den Polizeiapparat an. Sie besprachen ganz undienstliche Dinge, die vergangene Nacht betreffend, und sie fragte, ob er mit ihr überhaupt schlafen dürfe, ob das nicht gegen die Dienstvorschrift verstoße. Sie sei bestimmt in der Kartei der künftigen Terroristen gespeichert und deshalb zu meiden.

»Ich darf dich sogar heiraten«, antwortete die Polizei.

»Daß ich nicht lache! Eines Tages werden sie dich auf der Straße erschlagen, und ich bekomme Witwenpension von diesem Staat.«

Über seinen Beruf wollte er nicht diskutieren.

»Diskussionen töten Gefühle, machen uns fremd«, sagte er. »Wer sich lieben will, muß den Mund halten.«

Sie hoffte, eines Tages werde es ihm wie Schuppen von den Augen fallen. Er wird den Beruf wechseln, vielleicht doch Lehrer.

Er hoffte auch. Sie wird diesen Che Guevara von der Wand reißen und mit ihm aufs Land ziehen.

Statt dessen zog sie in eine Wohngemeinschaft.

»Daß du so leben kannst«, bemerkte er traurig.

»Noch eine Wurst?« fragte der Jugoslawe.

Nein, sie mußte gehen, sie wurde gebraucht. Die Menge staute sich vor dem Spielbudenplatz. Wenn der Damm bricht, strömt es durch die Grünanlagen zum Hafen, überschwemmt den alten Bismarck und stürzt in die Elbe.

»Da bist du ja«, hörte sie eine Stimme.

Einer von ihren Freunden kam über die Straße und hakte sich bei ihr ein. Sie stand nun wieder unter dem Transpa-

rent des häßlichen Uncle Sam und dachte an die sonnen-
überfluteten Strände Mittelamerikas. In der Uni-Biblio-
thek saßen jetzt die Streber über alten Büchern, während
draußen die Schlacht tobte.

Sie sah ihn ganz deutlich. Sie marschierte ihm entgegen,
niemand konnte sie aufhalten. Dieser Ekel im Hals. Ob die
Bratwurst verdorben war? Sie wird vor ihm stehen und auf
die Straße kotzen.

Einer rief ihren Namen.

Sie gab Antwort. Da erkannte er sie. Es war die Stimme,
die sie verriet, die tiefe, melodiöse Stimme, die er so
mochte. Er drehte sich nach ihr um, starrte sie einen
Augenblick an. Langsam nahm er den Helm ab. Der Wind
fuhr in sein Haar. Wie ein hilfloses Kind stand er vor ihr.
Der Helm fiel auf die Steine. Er rutschte seitwärts weg.
Sein Nebenmann fing ihn auf.

Die Demonstranten lachten. Nun fallen die Scheißkerle
schon in Ohnmacht!

Zwei trugen ihn nach hinten, hoben ihn in einen Mannschaftswagen. Er tat ihr leid. Sie wäre gern Krankenschwe-
ster gewesen, um neben ihm zu sitzen und seine Hand zu
halten. Oder mit ihm durch Planten und Blomen zu spazieren, den Goldfischen zuzuschauen und über Portugal
zu plaudern. Auch der Atlantik hat schöne Strände.

Abends ging er wie verabredet zum Griechen, bestellte
Wein und wartete. Er wollte ihr vorschlagen, sich zu arran-
gieren. Wenn er Dienst hat, geht sie nicht auf die Straße.
Eine zweite Begegnung wie die heutige würde er nicht
ertragen, wollte er ihr sagen.

Als sie mit halbstündiger Verspätung kam, war es die
Polizei, die sie bei einer Verkehrskontrolle aufgehalten
hatte. Immer ist es die Polizei.

Sie stand im Mantel an seinem Tisch.

»Willst du dich nicht setzen?«

»Warum setzen? Ich bin nur gekommen, um zu gehen.«

Ihm fiel auf, daß sie ihr Haar zurückgesteckt hatte, sie sah streng und unerbittlich aus, alles Weiche war von ihr gewichen.

»Geht es dir besser?« fragte sie beiläufig.

Er winkte ab. Das sei nicht der Rede wert, meinte er und trank, wie um zu zeigen, daß er sich wohl fühle, sein Glas leer. Danach bat er sie, doch endlich Platz zu nehmen. Sie setzte sich, ohne den Mantel auszuziehen. Sie sprach von Blessuren und einem ausgerenkten Arm, einer ihrer Freunde habe ein blutunterlaufenes Auge.

»Zwei von unseren Leuten sind im Krankenhaus«, antwortete er.

»Schade, daß ich dich nicht gefilmt habe. Du hättest dich mal sehen sollen, wie du Ralf abgeführt hast. Immer bereit zuzuschlagen, immer bereit, mit dem Stiefel in den Hintern zu treten.«

»Das war der, der den Stein in die Ladenpassage geworfen hat«, sagte er.

»Ralf sitzt immer noch bei euch.«

Er wollte ihr Glas füllen, aber sie hielt schnell die Hand darüber.

»Du müßtest euch mal sehen«, sagte er leise. »Dieser Haß in den Gesichtern. Ihr spuckt uns an, ihr beschimpft uns, der Kollege neben dir wird von einem Stein getroffen, aber du erwartest, daß wir stillhalten und keine Gefühle zeigen. Es ist ein Wunder, daß keiner von uns durchdreht und einfach in die Menge schießt, um sich zu befreien von den Beleidigungen und Verletzungen.«

Sie wollte nichts essen. Er widere sie an, sagte sie. Wenn

sie an die Polizeiknüppel, die Stiefel und Helme denke, müsse sie sich übergeben.

»Es ist mein Beruf«, sagte er und trank wieder allein.

»Ein Beruf wie Schlachter oder Scharfrichter«, lachte sie bitter. »Die Wachleute in Bergen-Belsen hatten auch einen Beruf.«

Er blickte an ihr vorbei aus dem Fenster und wußte, daß er sie verloren hatte. Sie entfernten sich mit Lichtgeschwindigkeit voneinander. Vor ihm saß ein fremder Mensch, in einen grauen Mantel gewickelt. Aus der Ferne hörte er Sätze wie Gewehrfeuer: Die Väter bewachten Bergen-Belsen, die Söhne verrichten ihren Dienst in Brokdorf und Wackersdorf.

Es halfen keine Worte mehr. Der große Strom, in dem die Meinungen und Überzeugungen fließen, sich wandeln und umkehren, war versiegt. Niemand wird anders. Einmal geprägt, bleiben wir so, bis der Tod uns den Schädel einschlägt. Unterwegs gibt es nur oberflächliche Kratzer, verstandesgemäße Korrekturen, opportunistischen Wandel, der Kern bleibt, wie er ist. Erkaltete Lava.

»Wollen wir zu mir gehen?« fragte er nach einer kurzen Pause.

Sie schüttelte den Kopf.

»Dafür mußt du dir eine andere suchen.«

Der Ober brachte die üblichen Schnäpse.

»Ach, ist sie schon gegangen?«

»Ja, sie ist gegangen.«

Er trank beide, dann ging auch er.

Jahre später, als sie aus Bangladesh zurückgekehrt war, er längst vor den Toren der Stadt lebte, auch Kinder hatte, Jahre später trafen sie sich in einer Einkaufspassage am Gänsemarkt und erkannten sich sofort.

Sie sprachen über sein Haus im Grünen und das Elend in Bangladesh. Plötzlich fragte er:

»Was ist eigentlich aus Nicaragua geworden?«

Sie zuckte die Schultern. Genaues wußte sie auch nicht. Nur soviel, daß es ein schönes Land ist mit weiten Sandstränden und Palmen am Meer.

Die Reise nach Nikolaiken

Als der Herr noch auf Erden wandelte, kam er am späten Nachmittag, als er schon etwas müde war, ins Masurische und erschuf, bevor er einschlief, mit sanfter Hand und ohne viel nachzudenken, die masurische Wildnis. Seitdem ist Masuren ein Land ohne Eile, das gern die Zeit verschläft und seinen Menschen die Langeweile lehrt. Brachen neue Zeiten an, erreichten sie Masuren mit gehöriger Verspätung so um die Vesperzeit, nachdem sie sich unterwegs ausgetobt hatten. Das elektrische Licht wurde ein Menschenleben später erfunden, das Telefon blieb lange stumm, die Ozeandampfer erreichten die Masurischen Seen nicht, und von den ersten Automobilen wird berichtet, daß sie ihren Dienst verweigerten, als sie der masurischen Wildnis ansichtig wurden. Die Luftschiffahrt, die überall mit Lärm und Getöse daherkam, zeigte sich in Masuren mit bunten Ballons und dicken Zeppelinen, die lautlos, ohne Mensch und Tier zu erschrecken, ihre Schattenbilder über die Seen zogen. Auch die Eisenbahn näherte sich mit Bedacht. Ihr größter Fehler war es, daß bei ihrem Anblick die Pferde durchgingen. Darum stahlen sich die Züge unauffällig durchs Land, nahmen gern die lieblichere Form der Kleinbahn an und vermieden unterwegs jedes Läuten und Pfeifen. Auch bewahrte sich die masurische Eisenbahn eine gewisse Beschaulichkeit dadurch, daß sie an Steigungen erschöpft stehenblieb und den Fahrgästen Gelegenheit gab, mit Wassereimerchen zum nahen See zu laufen, um Flüssigkeit für den Dampfkessel zu holen. Wintertags war sie oft bockig, wollte bei Stiehmwetter nicht fahren oder gab den Reisenden Zeit, sie aus Schneeschanzen freizuschaufeln.

Die masurischen Menschen erfanden die Langsamkeit und das Fluchen. Ihnen sagt man nach, daß sie mehr trinken als andere und sich im Winter gern mit ein paar Flaschen Bärenfang einschneien lassen. Auch liegt es ihnen mehr, Fische zu fangen und Rehböcke zu jagen, als die Felder zu bestellen. Doch ihre Eisenbahnen lassen sie pünktlich fahren. Hat der Schaffner die Zeit verschlafen, fährt der Lokomotivführer schon mal los, um die Pünktlichkeit zu beachten. Nach einem Kilometerchen hält er auf freier Strecke vor der Siedlung, in der der Schaffner zu nächtigen pflegt, pfeift und läutet, bis der Verschlafene mit wehenden Rockschößen über den Acker gerannt kommt, seine Dienstpflichten zu erfüllen.

Auch die Oma Kossak konnte ein Lied singen von der ungewöhnlichen Pünktlichkeit der masurischen Eisenbahn. In dem Jahr, als der Hindenburg zu Grabe getragen wurde, wollte sie ihre erste Reise unternehmen, aber als sie mit letzter Luft das Treppchen zum Bahnhof erreichte, war es schon drei Minuten über höchste Zeit und vom Personenzug nach Nikolaiken nur eine Rauchfahne übriggeblieben, die trübe in den Bäumen hing und sich bedächtig auf den leeren Bahnsteig und die alte Frau senkte.

Na, wenn es so ist, wird das Trudke ihr erstes Kind allein auf die Welt bringen müssen.

Die alte Frau setzte sich auf die Bank, um zu verpusten. Sie legte Gesangbuch und Katechismus neben sich, trank ein Schlubberchen Himbeersaft und war eigentlich recht zufrieden, daß die übermäßige Pünktlichkeit der masurischen Eisenbahn ihr diese Reise erspart hatte. Bloß das Trudke, das tat ihr leid.

Der Bahnhofsvorsteher, der nach der Abfertigung des Nikolaiker Zuges auch nuscht zu tun hatte, nahm neben ihr Platz und sagte die Abfahrtzeiten späterer Züge auf. Über vier Stunden sollte die Oma Kossak sich die Zeit vertreiben, nach dem masurischen Wetter und dem nächsten Zug Ausschau halten.

Als der Mann hörte, daß es um Leben oder Tod ging, stellte er die Signale so, daß der Güterzug, der leere Rübenwagen von Ortelsburg bringen sollte, zum Stehen kommen mußte. Er besprach sich mit dem Lokomotivführer, warf ein Bund Stroh auf den letzten Wagen, dann hoben die beiden Männer Oma Kossak, der es gar nicht recht war, auf den offenen Waggon, setzten sie mit dem Rücken zur Fahrtrichtung ins Stroh, reichten ihr die Tasche, in der Eier, Speck und ein Literchen Schmand mitreisten, und versprachen der alten Frau, daß sie in einer halben Stunde unversehrt in Nikolaiken eintreffen werde. Damit die Zugluft keinen Hexenschuß verursacht, spannten sie einen blaukarierten Regenschirm auf, unter dem die Oma Kossak saß wie die Marktfrauen von Marggrabowa.

Nicht bedacht hatten sie den rauchigen Atem der Lokomotive, der die alte Frau so in Schwaden hüllte, daß sie die liebliche Landschaft hinter einem Schleier sah, wenn überhaupt. Die meiste Zeit hielt sie die Augen geschlossen und klammerte sich ans Gesangbuch, denn es kam ihr so vor, als sei dieses keine Reise nach Nikolaiken, sondern zum Herrn der Unterwelt, der mit Pech und Schwefel regiert.

37

Da auch die masurischen Güterzüge es mit der Pünktlichkeit hielten, kam sie wie versprochen nach einer halben Stunde auf dem Nikolaiker Güterbahnhof an. Sie warf das Strohbund auf den Schotter, nahm den aufgespannten Regenschirm nebst Tasche in beide Hände und sprang hinterher. Ein Weilchen mußte sie sich am Geländer festhalten, weil sie benusselt war von der weiten Reise, aber dann fand sie den Weg zu ihrer Tochter und kam mit Dreiviertelstunde Verspätung gerade nach Kleinmittag an. Der Gnubbel war schon geboren, wog sechseinhalb Pfund und wurde gerade gebadet.

Ein paar Tage blieb Oma Kossak in Nikolaiken, versorgte Mutter und Kind, bis ihr das städtische Leben zu aufregend wurde und sie sich bangte nach der masurischen Wildnis. Das Trudke wollte sie erster Klasse nach Hause schicken, denn die Oma sollte erfahren, wie schön Eisenbahnreisen wirklich sein können. Aber die alte Frau bestand darauf, mit dem Milchwagen zurückzuklappern. Pferdefuhrwerke haben zwar auch ihre Eile, bergab gehen sie meistens im Trab, aber sie lassen den Gedanken Zeit und geben dem Auge Raum für die Landschaft zu beiden Seiten. Auch gefiel es ihr, unterwegs Buttermilch zu trinken und mit dem Milchkutscher über alte Zeiten zu plachandern, als sich die Eisenbahn noch nicht nach Masuren verirrt hatte.

Eine Woche später kam Oma Kossak mit einem Viertelschock Eier und einer Ringelwurst zum Bahnhof, um den blaukarierten Regenschirm abzubringen und ihre Schulden zu bezahlen für eine einfache Fahrt im Güterzug nach Nikolaiken. Sie erzählte von Trudkes erstem Kind, das auf den Namen Elias getauft war zur Erinnerung an den biblischen Propheten mit den Feuerrössern, na, du weißt schon. Sie selbst hatte genug vom Eisenbahnfahren. Später hat sie dann doch noch einen Zug bestiegen, den letzten, der Masuren verließ, um über Heilsberg, Elbing und Dirschau ins große Reich zu fahren. Aber das ist eine andere Geschichte.

Mai in der
Neustädter Bucht

Lina Sakies wollte ans Wasser und hatte nach allem, was geschehen war, ihre Gründe. Die Straßen des Wassers hatten sich als sicherer erwiesen. Als die Chausseen barsten, die Gräben sich öffneten, die Eisenbahnen brannten, hatte nur das Wasser standgehalten.

Sie sagte es zu dem Mann am Schalter, der ihren Namen wissen wollte. Der blickte, als sie vom Wasser sprach, verwundert auf, schaute an der Schlange der Wartenden vorbei und schüttelte müde den Kopf.

»Wir reisen hier nicht in die Sommerfrische«, sagte er.

Er notierte ihren Namen und den Ort der Herkunft.

»Es war ein Fischerdorf«, sagte Lina Sakies und gab die Namen ihrer Kinder mit Dore und Jettke zu Protokoll. Die beiden Kleinen standen hinter ihr, hielten sich am Pelzmantel der Mutter fest. An den Füßen trugen sie Holzschlorren, das Jettke hatte eine Schnoddernase, und beide leuchteten blond wie ein Haferfeld im August.

Sie habe zwingende Gründe, am Wasser zu bleiben, erklärte Lina Sakies. Sie erwarte noch etwas von diesem Wasser, das auch ihr Wasser gewesen sei, auf der anderen Seite, versteht sich.

In Ostholstein gibt es Dörfer, die dem Meer zugerechnet werden. Die Getreideschläge enden am Wasser, Rinderherden stehen an der Steilküste und brüllen den Schiffen

nach, die aus der Bucht fahren, wenn sie fahren. Alleen
führen gradlinig dem Meer zu, als wollten sie Brücken
werden zu einem Ufer jenseits der Horizonte. Aus den
Fenstern der Herrenhäuser sieht man bei klarem Wetter
die mecklenburgische Küste, die Leuchtfeuer der Wismar-
bucht und der Insel Poel, aber nur in Friedenszeiten. Feld-
wege stürzen sich ins Meer, jeder kann sie schwimmend
weiterwandern oder vom Kahn die Angel auswerfen oder
Netze stellen, aber nur in Friedenszeiten.

In jenem April stieg der Frühling wie immer aus dem
Meer, früher als sonst. Pferdefuhrwerke brachten die, die
zum Wasser wollten, auf die Dörfer. Auf einem der Wagen
saß Lina Sakies mit den blonden Haferköpfen. Als die
Allee sich öffnete, das grünliche Wasser sichtbar wurde,
dachte sie, es sei wie Nachhausekommen von der anderen
Seite.

Sie zeigte den Kindern das Meer. »Dort, wo man nichts
mehr sieht, sind Papa und Ewald«, sagte sie.

Auf den Gutsfeldern arbeiteten die Pflüger. Aus den
Drillmaschinen lief die Saat in die Erde. Der Wind trieb
Staubwolken über die Äcker und versenkte sie im Meer.

»Manchmal müssen sie nachts arbeiten«, erzählte der
Mann, der die Pferde führte. »An Tagen mit Sonnenschein
ist es nicht geheuer auf unseren Feldern. Neulich haben die
Tiefflieger ein ganzes Gespann umgebracht, auch den pol-
nischen Kriegsgefangenen, der hinter dem Pflug ging.«

Als die Fuhrwerke auf den Hof bogen, traten sie in
Scharen aus den Scheunen, um die Neuen zu sehen, die
immer noch kamen, jeden Tag kamen. Der eine oder
andere hoffte auch, einen guten Bekannten zu treffen, der
im großen Mahlstrom verlorengegangen war.

»Bald ist Schluß, bald kommt keiner mehr«, sagte der

alte Mann, der die Pferde führte. »Wir haben auch genug von denen.«

Er zeigte mit der Peitsche Richtung Meer. »Aus und vorbei!«

Der Gutsverwalter war ein Mann, dem der linke Arm fehlte. Er trat auf die Terrasse, um zu verkünden, daß das Gut längst überfüllt sei. Doch vorgestern habe das Wachpersonal die Gefangenen nach Norden getrieben, nur Polen und Franzosen durften bleiben, nun sei die Russenbaracke frei.

»Wir haben sie schon desinfiziert.«

Sie war aus festem Holz, vor drei Jahren gebaut, als der Strom der Gefangenen anschwoll. Sie besaß kleine vergitterte Fenster und einen schweren Balken, der die Eingangstür sicherte. Inwendig roch die Baracke nach grüner Seife. Der kyrillischen Schrift, die in die Wände geritzt war, vermochte die Desinfektion nichts anzuhaben, die Zeichen blieben am Holz haften als Erinnerung, bis es einmal brennt, was das Ende aller Baracken ist.

Lina Sakies nahm sich drei Pritschen nahe einem Fenster, wählte ihr Lager so, daß sie im Liegen die Wolken zu sehen vermochte. Richtete sie sich auf, fiel ihr Blick auf das Meer.

Die hier vorher gelebt hatten, werden auch übers Meer geschaut und dem Westwind ihren Gesang mitgegeben haben, dachte sie und fühlte sich, zum ersten Mal eigentlich, mit den fremden Menschen verbunden. Wenn sie am Herd Suppe rührte, spürte sie durchs vergitterte Fenster, wie nahe ihr das Meer war. Oft leuchtete es im Sonnenlicht, dann wieder ertrank es im Nebel oder hängte tiefgleitende Wolken zwischen sich und das Festland. Bei günstigem Wind hörte Lina Sakies die Brandung, und eines

Abends, als der Mond aus dem Wasser steigen wollte, rief sie die Kinder ans Fenster: »Seht nur, es brennt immer noch im Osten!«

Jeden Tag gingen sie ans Meer. Die Kleinen spielten im Sand, Lina Sakies saß auf angeschwemmtem Holz und suchte den Horizont ab, bis sie Masten entdeckte, Schornsteine oder weiße Aufbauten. Rief sie die Kinder, um ihnen das Bild zu zeigen, war es im Dunst verschwunden. Oft erschreckte sie Kanonendonner, der vom Meer herüberwehte, ein fernes Grummeln, als gehe hinter Bornholm ein Gewitter nieder. Auch Rauchsäulen stiegen ohne erkennbare Ursache vom Meer auf und flüchteten zu den Wolken.

Eines Morgens fanden sie einen Toten. Er hatte sich unter allerlei Gerümpel am Strand verkrochen, teilte seinen Platz mit zerborstenen Kisten, teerbeschmierten Planken und vollgesogenen Matratzen. Die Kinder entdeckten ihn, weil er eine Hand aus dem Unrat streckte, als wolle er ein Zeichen geben.

Es wird ein Soldat sein von einem der untergegangenen Schiffe, dachte Lina Sakies. Oder ein Gefangener, der nicht nach Norden getrieben werden wollte, sondern übers Meer gegangen ist. Oder ein in die Fluten gestürzter Flieger. Gelegentlich rasten Flugzeuge so tief übers Wasser, daß sie den Wellen nahe kamen, einmal stürzte vor aller Augen eine brennende Maschine ins Meer und erlosch augenblicklich.

Nach der Begegnung mit dem Toten mied Lina Sakies den Strand. Es genügte ihr, abends durchs Fenster zu blicken, den Möwen zuzuschauen, wenn sie, des Fliegens müde, sich auf den Feldern niederließen. Nahm die Schwärze überhand, geschah es, daß sie Lichter sah. Rasch erloschen sie und tauchten an anderer Stelle wieder auf.

»Seht nur, dort blinkt ein Leuchtfeuer!«

Wenn die Kinder kamen, waren die Lichter verschwunden. Die Zeit verlangte, daß man Licht verbergen mußte, nur die wahrhaft großen Feuer durften brennen.

»Schade, nun ist es ausgegangen«, sagte Lina Sakies.

In den letzten Apriltagen wurde es so warm, daß die Kinder baden wollten. Aber die Mütter erlaubten es ihnen nicht, denn Wasser macht hungrig. Außerdem fürchteten sie das Strandgut, das der östliche Wind an die Ufer spülte.

An den warmen Tagen fanden sie zum Meer zurück.

»Die Frau Sakies sucht Bernstein«, sagten die aus der Baracke, wenn sie sahen, wie die Frau den Strand abwanderte. »Die kommt von der Bernsteinküste und kann nicht anders als suchen, es ist ja auch dasselbe Meer.«

Wertvoller als Bernstein war der Ledermantel, den ein deutscher Major ausgezogen hatte. Im Futter eingenäht fand sie einen Zettel:

Bitte Inge Wondratsch in Graz, Klagenfurter Straße 12, benachrichtigen, daß ich tot bin.

Welch ein schöner Mantel!

An einem Morgen entdeckten sie die Schiffe. Sie waren über Nacht gekommen. Als die Sonne aufging, lagen sie schon in der Bucht auf Reede, wahrhaft große Schiffe, für Ozeane und Eismeere gedacht, Schiffe, die auf Fahrgäste warteten, um mit ihnen dem Krieg davonzufahren zum Kap Finisterre oder zur Guten Hoffnung.

Sie dachte, es wären feindliche Schiffe. Aber eine Frau aus der Baracke, die sich auskannte in Schiffen, die mit »Kraft durch Freude« bis Spitzbergen gefahren war, aber nur in Friedenszeiten, diese Frau erkannte die Schiffe. »Der große Dampfer ist die ›Cap Arcona‹!«

Einen Tag später kamen die, für die die Schiffe bereitstanden, die Fahrgäste nach Spitzbergen und zur Guten Hoffnung. Ein Menschenwurm wälzte sich von Süden die Landstraße hinauf. Die Pferde scheuten beim Anblick der elenden Gestalten in Sträflingskleidung. Als die vielen Menschen das Meer sahen, liefen sie die letzten Meter zu dem rettenden Wasser wie eine Rinderherde, die der Tränke zustrebt. Sie lagerten am Strand der Neustädter Bucht, ihre Bewacher bildeten einen Halbkreis, Schäferhunde umkreisten die Herde.

»Das sind die aus den Lagern«, wußte einer in der Baracke. »Es geht nun dem Ende zu, und sie wissen nicht, wohin mit den vielen Menschen.«

Endlich kamen kleine Boote, die die Sträflinge zu den großen Schiffen übersetzten.

»Man wird sie ertränken, wo das Meer am tiefsten ist«, sagte der aus der Baracke, der sich auskannte mit diesen Leuten.

Oder man wird sie nach Norden bringen, wohin die Gefangenen getrieben wurden. Norden ist eine ausgesprochen schöne Gegend, nach Dänemark oder Spitzbergen. Nicht nur der Frühling zog in jenen Tagen nordwärts, auch die Menschen trieb es hinauf in die Kühle.

Drei Tage war der Mai alt. Auf den Schiffen lagen Tausende in der wärmenden Sonne, schon gaben die Schornsteine verdächtige Rauchsignale von sich. Man wird bald aufbrechen. Da erschienen Flugzeuge. Im Tiefflug rasten sie über die Äcker, die schon erstes Grün zeigten, dem Meer zu, fielen hinter der Steilküste aufs Wasser, jagten Leuchtspurmunition vor sich her, Fontänen stiegen auf und fielen zusammen. Vom Dach des Herrenhauses beobachteten sie mit Feldstechern, wie die Schiffe sich in Rauch hüllten. Auch sahen sie Menschen von Bord springen und

dem Ufer zuschwimmen. Schreie hat niemand gehört. Der
Lärm der Maschinen, das Hämmern der Bordkanonen, das
Detonieren der Bomben übertönte jeden menschlichen
Laut. Eine Zeitlang schien es, als wolle das Meer Feuer
fangen, die ganze Bucht abbrennen. Nach einer halben
Stunde wurde es still. Rauch hing über der Bucht, als wäre
ein Vulkan ausgebrochen. Hilferufe wurden vernommen,
kein SOS jagte durch den Äther, die Gesellschaft zur Rettung Schiffbrüchiger hatte ihren Dienst eingestellt. Nur
wenige stiegen erschöpft aus dem Meer, fielen auf die Knie,
um dem Herrgott zu danken. Noch heute wissen die alten
Leute, die in den Dörfern am Meer leben, davon zu erzählen, wie sich das Wasser der Neustädter Bucht rötlich
färbte und am Abend des unglückseligen Tages Schwärme
von Seevögeln über dem Meer kreisten. Kein Radio
brachte eine Sondermeldung, kein Zeitungsreporter hielt
das Ereignis für die Nachwelt fest, und bis heute fand sich
kein Überlebender, des Schreibens kundig genug, um das
Unerhörte jenes Tages, als die Bomben der Befreier jene
trafen, die seit Jahren nichts sehnlicher herbeiwünschten
als die Ankunft der Befreier, zu Papier zu bringen. Das
Oberkommando der Sieger meldete kurz:
Anfang Mai waren die Verbindungslinien in Nord-
deutschland und der Schiffsverkehr der baltischen
Häfen die Hauptziele der alliierten Luftwaffe.
Fünf Tage später kam nach dem Frühling endlich der
Frieden. Da es ein warmer Frühling war, trieb der auf-
landige Wind süßlichen Gestank ins Binnenland. Der
Strand wurde gesperrt, um die angeschwemmten Leichen
zu bergen. Man verscharrte sie notdürftig im Sand, um sie
später in ein großes Massengrab zu geben. Nun zeigten
sich keine Schiffe mehr, nicht einmal Fischerboote fuhren

hinaus, denn es gab nichts zu fischen, das Meer war tot. Der aus der Baracke, der sich auskannte, sprach davon, daß der Frieden furchtbarer sein werde, als es der Krieg war.

»Aber wenigstens das Töten wird aufhören«, antwortete Lina Sakies. »So ein Morden wie auf den Schiffen wird es nicht mehr geben.«

Mit dem Frieden hatte sie eine neue bestimmte Hoffnung gefunden.

»Jetzt werden sie kommen«, sagte sie zu den Kindern.

Für sich fügte sie still hinzu: Wenn sie nicht im Sturm gesunken, von einem Kriegsschiff gerammt, auf eine Mine gelaufen sind.

Als der Strand sich leerte, ablandiger Wind den Unrat hinaustrieb, ging sie wieder ans Meer, nahm auch die Kinder mit, die sie anhielt, Holz zu sammeln und am Wege Sauerampfer zu pflücken. Wie merkwürdig leer doch die See blieb. Als hätte dieses eine Inferno jedes Leben vertrieben. Kein Segel glitt am Horizont vorüber, keine Rauchfahne zeigte die Richtung des Windes, sogar die Flugzeuge blieben aus. Über dem Friedhof der Neustädter Bucht kreisten Vogelschwärme. Nur die Wracks der untergegangenen Schiffe waren ohne jedes Leben. Später, im kalten Winter, wird die Ostsee zufrieren, die Kinder werden über das Eis zu den toten Schiffen laufen, Bretter und Planken herausreißen und an Land schleifen, um sie in Kanonenöfen zu verfeuern.

Im Frieden begannen die Butterblumen zu blühen, im Binnenland leuchteten die Rapsfelder. Üppig trug die Natur ihre Farben auf, brauchte sich nicht mehr zu tarnen. Noch heute erzählen die Alten, wie in jenen ersten Friedenstagen ein Schifferklavier das Lied vom Golf von Biskaya gespielt habe. Der Klang sei hinausgetrieben zu den

Gräbern, und, was noch niemals am Meer erlebt wurde, ein Echo sei zurückgekehrt.

Zwölf Tage war der Frieden alt, als im Weiß abziehender Lämmerwolken ein dunkles Segel auftauchte, einen weiten Bogen um die Wracks steuerte und Kurs nahm auf den Wasserturm, der als Wahrzeichen der Stadt über das Meer grüßte. Man sah einen halbwüchsigen Jungen unter dem Vorsegel sitzen und am Ruder einen bärtigen Mann stehen.

Es sei ein Kurenkahn namens Pirogge gesichtet worden, hieß es in der Baracke. Sie traten vor die Tür, um das Wunder zu beobachten. In dieser Endzeit, in der so viele untergingen, kommt einer von der Memelmündung in die Neustädter Bucht gesegelt. Ja, es war ein Wunder.

Der Fischer Emil Sakies, nachdem er an Land gegangen war und sich bekannt gemacht hatte, sagte zu den Umstehenden, daß er wieder zu fischen gedenke, es sei schließlich dasselbe Meer wie an der Memel.

»Hier wirst du nie mehr fischen«, erwiderte seine Frau. »Die Neustädter Bucht ist nämlich ein Friedhof.«

Vesperle oder
Die Freuden des Kapitalisten

Lieber Sohn, wenn Du diesen Brief öffnest, weile ich nicht mehr unter den Irdischen. Du bist an meine Stelle getreten und in den Kreis derer aufgestiegen, die vom Kapital leben. Vergiß, was Deine Lehrer Dir von dem bösartigen Tier namens Kapitalismus erzählt haben. Vergiß den bärtigen Menschen, der behauptete, wir Kapitalisten könnten nur nach dem Motto leben: Nach uns die Sintflut! Das Schönste, was er mit seinem Marxismus in mehr als hundert Jahren hervorgebracht hat, sind die drei Marx-Töchter, und die leben auch nicht mehr. Schlage Dir den Poeten Brecht aus dem Kopf, dem Aktien verhaßter waren als Einbruchwerkzeuge. Bertolt wußte nicht, daß Aktien die Speisekammertüren zu öffnen vermögen, wohingegen ein Dietrich vor dem kleinsten Tresor versagt.

Diesem letzten Brief an Dich habe ich fünfzig Papiere beigelegt, Dein einziges Erbe. Laufe nicht gleich zur Börse, sie zu verkaufen, sondern höre erst ihre Geschichte. Ohnehin rate ich Dir, jenen unheiligen Ort zu meiden, er ist kein Umgang für Dich. Seit der Herr die Schacherer aus dem Tempel jagte, haben wir die Börse, an der geschwitzt, gebetet, sauer aufgestoßen und geschrien wird. Die wahren Freuden eines Kapitalisten genießt man nicht an der Börse. Um ihrer habhaft zu werden, mußt Du allen ideologischen Vorurteilen entsagen. Laß Dir nicht einreden, Du seiest ein

Profiteur und Ausbeuter, der die Welt in Zinsknechtschaft hält und vom Blute der Werktätigen lebt. Verzichte auf den Sachverstand derer, die an der Börse herumschreien. Bezugsrecht, Rendite, Dividende und Kapitalerhöhung sollten Dir gleichgültige Begriffe sein, das Kurs-Gewinn-Verhältnis muß Dir böhmisch vorkommen, cash-flow gehört in die großen amerikanischen Ströme und nicht in Deine Portefeuilleüberlegungen. Stehe nie gaffend vor den Schaufenstern der Großbanken, um die Kurse zu studieren. Nicht der Kurszettel sollte Dich faszinieren, sondern der Speisezettel, denn die Papiere, die ich Dir hinterlassen habe, sind keine Kapitalanlagen, sondern Eintrittskarten zu gutem Essen und Trinken. Du wirst feststellen, daß jedes Papier den Namen einer anderen Gesellschaft trägt. Ich legte meine bescheidenen Mittel nach dem Prinzip des Streuens und Mischens an, um mit dem geringsten Kapitaleinsatz den größten Nutzen aus den Aktien zu ziehen. Eine Aktie genügt, um die vollen Rechte eines Aktionärs wahrzunehmen. Sie müssen Dich zu allen Veranstaltungen einladen, wie das Gesetz es befiehlt. Du kannst Reden halten und Fragen stellen, Protest anmelden und Widerspruch zu Protokoll geben. Natürlich kannst Du nicht erwarten, daß sie Kleinaktionäre in den Aufsichtsrat wählen. Diese Position, die etwas mehr einbringt als gutes Essen, behalten sich die Großen selbst vor. Ein Aufsichtsratsmandat sollte nicht Dein Lebensziel sein, denn es ist mit etwas Arbeit verbunden, auch mußt Du gewissen Sachverstand vortäuschen.

Den eigentlichen Nutzen ziehen wir Vesperleaktionäre aus einer Veranstaltung, die in der modernen Sprache shareholders meeting genannt wird. Das Gesetz verlangt, daß die Gesellschaften ihre Aktionäre wenigstens einmal im Jahr zusammenrufen, um über den Lauf der Geschäfte zu berichten. Dabei hat sich der Brauch herausgebildet, die anreisenden Aktionäre angemessen zu verköstigen, eine Gewohnheit, die auf der alten Volksweisheit gründet, wonach Zuneigung durch den Magen geht und ein voller Bauch nicht gern studiert, schon gar nicht Bilanzzahlen. Psychologen haben herausgefunden, daß die notwendigen Beschlüsse einer Aktiengesellschaft am besten beim Verzehr von Fleischklößchen in Tomatentunke gefaßt werden. Der Wert der verabreichten Speisen und Getränke liegt weit über dem Ertrag an Dividenden. Hinzu kommt, daß das Essen kapitalertragssteuerfrei serviert wird. Da sich jeder Mensch nicht mehr als satt essen kann, der Großaktionär mit seinen fünfzigtausend Stimmen auch nicht mehr auf den Teller bekommt als Du, wirft der Besitz einer einzigen Aktie einen unverhältnismäßig hohen Profit in Naturalien ab. In bezug auf das Essen gilt noch immer der schöne demokratische Grundsatz: One man, one vote.

Bevorzugt habe ich Aktien linksrheinischer Gesellschaften in mein Depot genommen. Sie neigen dazu, nach Erledigung der Regularien die Aktionäre in Busse zu laden und zur guten französischen Küche über die Grenze zu fahren. Solche Ausflüge sind Höhepunkte im Leben eines Vesperleaktionärs, der ansonsten nur dürftige Beziehungen zum Ausland unterhält; die hohen Reisekosten stehen einem Engagement in Paris, London oder Mailand im Wege.

Du bist gut beraten, Dich nicht sonderlich um die Geschäfte zu kümmern, die Deine Gesellschaften betreiben. Bei Abstimmungen entschied ich mich stets für den Vorschlag der Verwaltung und erntete dafür, obwohl meine Stimme kaum ins Gewicht fiel, Lob und Dankbarkeit. In tausendzweihundert Hauptversammlungen, die ich besuchte, ergriff ich nie das Wort. Es genügte mir, im olympischen Geiste dabeizusein und meinen Leib zu stärken. Nicht zu unterschätzen sind die immateriellen Vorteile solcher Veranstaltungen. Während der Hauptversammlung sind wir Aktionäre Personen von herausgehobener Bedeutung, man hofiert uns, lobt den Weitblick unserer Anlageentscheidung und spricht nur Gutes. Das temporäre Wohlbefinden, das nur wenige Stunden anhält, läßt sich vervielfältigen, wenn du statt fünfzig Aktien von einer Gesellschaft eine Aktie von fünfzig Gesellschaften besitzt. So wirst du an fünfzig Tagen im Jahr zu einer bedeutenden Persönlichkeit, der Glanz der Hauptversammlungstage fällt auf den Rest des Jahres und nimmt ihm seine düsteren Schatten.

Ich habe die Papiere alphabetisch nach Firmennamen geordnet. Jeder Aktie sind die Speisekarten der letzten drei Hauptversammlungen beigeheftet, so daß Du eine Auswahl nach Deinem Geschmack treffen kannst. Wie ich weiß, verabscheust Du Kartoffeln, also kannst Du Dich für jene Gesellschaften entscheiden, die es mehr mit Spätzle, Reis oder Glasnudeln halten. Ähnlich den bekannten Hotelführern habe ich die Aktien mit Sternen versehen. Sie sagen aus, was ich von der Bewirtungskunst der Unternehmen halte. Drei Sterne vergab ich an dreigängige Menüs, die von einem in Paris ausgebildeten Koch zubereitet wurden. Längst verkauft habe ich die Volksaktien jener Großgesellschaften, die es bei einer Massenabfertigung mit Bockwurst und Kartoffelsalat bewenden lassen. Sie wissen nicht, in welchen Armeleutegeruch sie ihr Unternehmen mit einer so dürftigen Speisung der Zehntausend bringen.

Als Vesperleaktionär mußt Du unbedingt auf die Entfernungen achten. Wolfsburg habe ich aus meinem Portefeuille gestrichen, weil die Fahrtkosten die gesamte Nahrung plus Dividende aufzehren. Lohnend sind Gesellschaften mit Sitz an Rhein und Ruhr, deren Hauptversammlungen für drei Mark fünfzig per Schnellbahn erreichbar sind. Auch im Rhein-Main-Gebiet, wo die Aktiengesellschaften neuerdings in den Himmel wachsen, hast Du Gelegenheit, im Nahverkehrsverbund zwei Hauptversammlungen am selben Tage zu bewältigen und Dich gut zu versorgen.

Unter den fünfzig Aktien befindet sich nur eine aus dem Ausland, das Papier einer elsässischen Elektrizitätsgesellschaft. Sie brachte mich wenigstens einmal im Jahr zur elsässischen Küche. Du kannst in dieser Hinsicht natürlich anders disponieren. Wenn Dir nach einem französischen Mahl mit Champagner zumute ist, kaufst Du Dir kurz vor der Hauptversammlung die Aktie einer französischen Petroleum-Gesellschaft und fährst zum Festmahl an die Côte d'Azur. Wenn es Dich nach scharfem Wodka und Rentierfleisch mit anschließendem Saunabesuch gelüstet, wäre die Aktie einer finnischen Zellulosefabrik zu empfehlen. Aber bedenke die Reisekosten! Unbeschwert werden wir Vesperleaktionäre die ausländischen Aktien erst dann genießen können, wenn die Reisekostenerstattung gesetzlich verankert ist und jeder auf Kosten seiner Gesellschaft zu Hauptversammlungen nach Hongkong, Vancouver, möglicherweise sogar Bangkok reisen darf. Da heutzutage alles einer Interessenvertretung bedarf, haben auch wir Vesperleaktionäre uns zusammengeschlossen und eine Art Gewerkschaft der Kleinaktionäre gegründet. Zum Sitz der Vesperlegewerkschaft wählten wir Stuttgart, weil die

Schwaben das gute Essen erfunden haben. Ich rate Dir dringend, unserer Gewerkschaft die Treue zu halten. Als Interessenvertretung der kleinen Leute genießt sie überall Sympathien, wir erhalten öffentliche Bürokostenzuschüsse, sind gemeinnützig und können Spendenbescheinigungen ausstellen, die alle Finanzämter anerkennen.

Unser Hauptanliegen ist nicht die 35-Stunden-Woche, sondern der Kampf um die Reisekosten. Nur wenn die Gesellschaften ihren Aktionären die Reisespesen erstatten, können wir Kapitalisten unsere demokratischen Grundrechte frei ausüben. Solange vor der Stimmabgabe und dem guten Essen die Hürde der Reisekosten steht, verkümmert das demokratische Bewußtsein.

Es schmerzt mich, daß ich den Erfolg der Bemühungen unserer Gewerkschaft nicht mehr erleben und genießen kann. Noch kurz vor meinem Tode gelang es mir, die Gesellschaft zur Förderung der Aktie für unser Vorhaben zu gewinnen. Ein gewaltiger Aktienboom steht ins Haus, wenn die Gesellschaften zur Erstattung der Reisekosten verpflichtet werden. Wir werden ein Volk von Aktionären, das nicht mehr sinnlos und auf eigene Kosten an fremden Stränden brät, sondern per Flugzeug oder im Intercity die schönsten Städte Europas bereist, um Hauptversammlungen wahrzunehmen.

Mit Bedacht habe ich eine Vielzahl von Brauereiaktien erworben. Für diese Firmen ist der Ausschank kräftiger Biere ein Muß, oft werden den Aktionären ein paar Fläschchen als Wegzehrung für die Heimreise mitgegeben. Weil Biertrinken hungrig macht, fehlt es nie an einem deftigen Aktionärsmahl. Es wird als Aktienbrotzeit oder Renditepicknick meistens im Sitzen eingenommen, gelegentlich kommen auch Dividenden-Steh-Buffets vor, an denen jeder unbeobachtet essen kann, was ihn gelüstet.

Der scharfe Wettbewerb, der in unserer Wirtschaft tobt, hat sich in den letzten Jahren immer stärker von Produkten und Preisen zu den Speisekarten verlagert. Jeder sucht den anderen auszustechen. Züricher Geschnetzeltes ist längst nicht mehr gut genug, es müssen Spreewälder Hechte oder schottische Flußkrebse sein. Schuhfabriken offerieren Schlemmerplatten, Linoleumwerke tischen Cordon bleu auf, Wolldeckenhersteller versuchen sich mit geräucherten Forellenfilets, und Landmaschinenhändler servieren Quiche Lorraine. Jeder hat den Ehrgeiz, der Konkurrenz voraus zu sein und sogar die Banken und Versicherungen zu überbieten, die so trockene Zahlen vorzutragen haben, daß sie notgedrungen ihre dürftigen Darbietungen mit gutem Essen kompensieren müssen. Ein Elektrizitätswerk wartete kürzlich mit einem auf Atomstrom gegarten Festmenü auf, worauf sich ein Ökosozialist, der sich als Aktionär eingeschlichen hatte, auf der Stelle übergeben mußte. Ein Chemiewerk demonstrierte die Reinheit des Rheins, indem es gebratenen Zander, am Kai von Sandoz in Basel gefangen, auf den Tisch brachte. Der Genuß wird oft dadurch erhöht, daß zum fröhlichen Mahle ein Streichquartett Mozarts »Nachtmusik« spielt oder Bläser »Nun danket alle Gott« anstimmen. Während des Essens mischen sich die Herren von Vorstand und Aufsichtsrat unters Volk und sprechen mit jedem, auch mit uns kleinen Vesperleaktionären.

Weil die Gesellschaften ihre Eßgewohnheiten ständig ändern – entscheidend für den Wandel ist der jeweilige Leibeszustand des Vorstandsvorsitzenden –, solltest Du ein waches Auge auf Dein Depot werfen. Notfalls sind

Umschichtungen erforderlich, um jenen Asketen zu entgehen, die es mit Mineralwasser und Brezeln genug sein lassen. Wichtig ist auch – ich habe die Aktien mit einem roten Aufkleber versehen –, ob schon während der Hauptversammlung oder erst danach gewissermaßen zur Belohnung für die Abstimmung Speisen und Getränke gereicht werden. Während die Herren vorn über ihre Zahlen schwätzen, sollte den Aktionären in den hinteren Reihen schon eine Stärkung gereicht werden. Übermäßig lange Hauptversammlungen, wie sie bei Automobil- und Chemiefirmen eingerissen sind, sollte der hungrige Aktionär meiden. Ich habe es erlebt, daß einige Freunde aus der Vesperlegewerkschaft, die mit leerem Magen und im Vertrauen auf gute Bewirtung angereist waren, in Ohnmacht fielen, weil sie stundenlang Reden anhören mußten. Ein Schrecken sind jene politischen oder ökologisch umgetriebenen Kleinaktionäre, die wie wir von der Vesperlegewerkschaft auch nur mit einer Aktie anreisen, aber nicht, um zu essen, sondern um zu diskutieren und mit endlosen Fragen die Veranstaltung in die Länge zu ziehen, bis alle Suppen kalt und die Kellner eingeschlafen sind. Wenn Dir ein solches Subjekt begegnet, verkaufe sofort Deine Aktie, denn Du wirst keine Freude mehr an ihr haben.

Nachdem ich Dich über die Lebensweise eines Vesperleaktionärs aufgeklärt habe, bitte ich Dich herzlich, die vermachten Papiere als Familienerbstücke in Ehren zu halten. Sie sind nicht nur schön anzusehen, sondern auch ein Grundstock für schlechte Zeiten, eine sichere Altersversorgung, die Dich wenigstens fünfzigmal im Jahr sättigt. Es ist mein innigster Wunsch, daß Du die Substanz Deines Erbes nicht aufzehrst, sondern die besten Stücke Deinen Kindern vermachst. Auch in fünfzig Jahren, wenn der

Kapitalismus längst an Überfressenheit gestorben sein wird, soll es noch Menschen geben, die die wahren Freuden eines Kapitalisten zu genießen verstehen und sich jener Zeiten erinnern, als Aktionäre nicht mit einer dürftigen Dividende, sondern einem Rehrücken »Hubertus« verwöhnt wurden.

Die Umkehr

Wir sind zwei Tage unterwegs, wohin soll es noch gehen? sagte die Frau. Mutter kann nicht schlafen. Kaum schließt sie die Augen, frieren ihr die Füße, und sie wacht wieder auf.

Der, zu dem sie es sagte, saß vor ihr und dachte: Wenn sie nur reden kann, ist alles gut. Er hob die Leine, ließ sie auf die Pferderücken klatschen. Das Geschirrleder knirschte, die Hufe mahlten den schmutzigen Schnee, es roch nach den Tieren.

Morgen ist Sonntag, hörte er sie sagen. Willst du auch am Sonntag fahren?

Er kannte die Kinder nicht. Weil er aber schon drei Stunden hinter ihnen fuhr, waren sie ihm vertraut geworden. Ihre beiden Köpfe lugten aus grauen Wolldecken. Manchmal schnitten sie den Pferden Grimassen oder lachten, nicht zu ihm, sondern zu den Tieren. Sie besaßen kein Alter, auch wußte er nicht, ob es Jungen oder Mädchen waren. Jedes Kind trug eine rote Pudelmütze bis über die Ohren gezogen.

Nun reibt sie der Mutter die Füße ein, dachte er, als er den Brennspiritus roch.

Sie denkt immer, daß einer sie mit eisigen Händen anpackt, sagte die Frau. Sie denkt, daß er es ist, na, du weißt schon.

Ja, manchmal redet sie sonderbar, aber das ist kein Wunder, weil wir zwei Tage unterwegs sind und sie nicht schläft.

Die Kinder gaben den Pferden Namen. Eines aß eine Mohrrübe. Als es den Pferden mit ausgestreckter Hand die Mohrrübe hinhielt, legten sie sich ins Geschirr. Er mußte sie zurückhalten, um nicht aufzufahren.

Ja, Kinder müssen reisen, dachte er. Kinder haben noch etwas vom Leben, aber wir haben keine Kinder, nur eine achtzigjährige Mutter, die vor Kälte nicht schlafen kann.

Wenn wenigstens Sommer wäre, hörte er die Frau hinter sich.

Am Endstück des vorausfahrenden Wagens schepperten Blecheimer. Ein Strauchbesen zeigte zum Himmel, und ein Pungelchen mit Hafer hing an der hinteren Wagenrunge. Die Pferde rochen es und folgten dem Hafer. Als er nahe auffuhr, sah er, daß die Kinder bis zum Bauch im Heu saßen.

Mutter wird es wohl nicht überleben, hörte er die Frau leise sagen. Die Kälte kriecht ihr an den Füßen hoch, wenn sie das Herz erreicht, ist ihre Reise zu Ende.

Vor der Stadt hielten die Wagen, auf einer Kreuzung trafen sich mehrere Kolonnen. Die Frau sagte, daß es nun Zeit wäre abzukochen. Heiße Suppe gibt warme Füße.

Wenn ich jetzt ausschere, lassen sie mich nicht mehr auf die Straße, antwortete er.

Auch die Pferde wollen getränkt und gefüttert sein, widersprach sie.

Abends werde ich füttern, sagte er. Wenn es dunkelt, werde ich füttern, und du kannst abkochen.

Herr, laß Abend werden, der Tag hat sich geneiget! ertönte eine Stimme aus dem Innern des Wagens.

Manchmal hört sie alles und gibt auch klare Antworten, flüsterte die Frau. Fünf Minuten später dämmert sie dahin und denkt, es ist Juni und sie liegt auf dem Heufuder.

Während des Halts vor der Kreuzung sprangen die beiden Kinder vom Wagen. Er sah sie nun von Nahem, denn sie standen vor seinen Pferden, streichelten ihnen die Köpfe und hielten die nackten Hände in den wärmenden Atem der Tiere.

Morgen ist Sonntag, und wir können nicht mal in die Kirche gehen, sagte die Frau.

Du sollst den Feiertag heiligen! rief die Stimme aus dem Innern des Wagens.

Einer in Uniform ging an den haltenden Wagen vorbei und sagte, die Stadt sei überfüllt, die Fuhrwerke müßten um die Stadt herumfahren.

In der Ferne grollte der Donner, als wenn einer mit der leeren Sackkarre über den Speicher fährt. Der Lärm blieb in den Alleebäumen hängen, die Pferde spitzten die Ohren.

Zwei Tage unterwegs, aber der Donner ist so laut wie bei der Abreise, sagte die Frau. Er kommt uns nach, er hört nicht mehr auf.

Gewitter im Winter gibt gutes Brot im Sommer! rief die Stimme aus dem Innern.

Als es weiterging, blieben die Kinder auf der Straße, liefen hinter ihrem Wagen, sprachen mit seinen Pferden und zeigten ihnen die Zunge.

Die Wagen umfuhren die Stadt, die verdunkelt im dämmrigen Schneelicht lag. An einer Stelle stand wie erfroren eine Rauchsäule über den Häusern. Die Abenddämmerung steigt gewöhnlich aus der Tiefe der Erde, nur im Winter, wenn die Felder weiß sind, fällt sie vom Himmel, deckt die Dächer, nimmt den Häusern ihre Farbe und macht die Alleen düster. Als es dunkel war, verstummte das Donnergrollen, es mahlten nur die Räder im zerfahrenen Schnee, vorn und hinten prusteten die Pferde.

Vor ihm schlug eine Frau die Plane des vorausfahrenden Wagens zur Seite, sie rief die Kinder. Er sah, wie sie eines nach dem anderen hinaufzog. Für die Kinder war es Zeit, schlafen zu gehen. Sie werden eine Mohrrübe essen und sich ins wärmende Heu wühlen.

Sie kamen an einem Gehöft vorbei, dessen Bewohner gerade aufluden. Auf dem Hofplatz loderte ein Feuer, ein Schwein hing ausgenommen auf der Leiter.

Die wollen auch fahren, sagte er zu der Frau, die hinter ihm saß und über seine Schulter blickte. Alle wollen fahren. Wohin bloß mit den vielen Menschen?

Auf einem Schneefeld am Waldrand sammelten sich die Wagen. In langer Reihe nahmen sie Aufstellung. In dicke Mäntel gewickelte Gestalten stapften durch den Schnee. Pferde wieherten. Bald brannten die ersten Feuer.

Jetzt kannst du abkochen, sagte er zu der Frau. Er warf den Pferden Decken über die Leiber, holte vom hinteren Teil des Wagens, wo die Mutter lag, einen Ballen Heu, schnitt ihn auf und warf ihn den Tieren vor. Mit zwei Eimern ging er fort, Wasser zu suchen. Vor einer vereisten Hofpumpe wartete eine Menschenschlange.

Wenn die alle ihre Pferde tränken wollen, ist der Brunnen bald leer, hörte er einen sagen.

Aber er bekam sein Wasser. Als er mit den gefüllten Eimern zum Wagen kam, sah er die Frau vor einem kleinen Feuer hocken und in einer Blechschüssel Schnee schmelzen.

Hier hast du dein Wasser, sagte er und schöpfte ihr aus den Eimern, bevor er die Pferde tränkte. Er band ihnen den

Hafersack vors Maul und setzte sich, nachdem die Tiere beschickt waren, zu der Frau ans Feuer.

Es roch wieder stark nach Brennspiritus.

Sind wir schon zu Hause? rief die alte Mutter.

Ich werde ihr heißen Tee kochen, davon wird sie schlafen, sagte die Frau.

Ein paar Wagen weiter spielten die Kinder. Nun sah er, daß es zwei Mädchen waren. Sie rodelten mit einem Schlitten die Böschung hinunter und blieben in einer Schneewehe stecken. Bis zum Bauch standen sie im Schnee und lachten. Wie sie sich mühten, den Schlitten die Böschung heraufzuziehen und immer wieder im Schnee einbrachen.

Wenn wir Kinder hätten, müßten wir auch fahren, meinte die Frau.

Hinter ihnen, wohl in der überfüllten Stadt, stieg eine weiße Leuchtkugel auf, hielt sich lange am Himmel, bevor sie im Schnee verglühte.

Die Frau schnitt Brot. Der alten Mutter flößte sie Pfefferminztee ein, schob ihr kleine Speckwürfel in den Mund und sagte: Die mußt du lutschen, das gibt Kraft.

Sie saßen, die Füße dem Feuer zugekehrt, auf den umgestülpten Wassereimern, aßen und tranken.

Wie lange soll das noch so gehen? fragte er.

Wir hätten gar nicht losfahren sollen, dann wäre uns vieles erspart geblieben, meinte die Frau.

Wenn einer tot ist, bleibt ihm auch vieles erspart, gab er zur Antwort.

Die Kinder mit dem Rodelschlitten kamen und stellten sich neben das Feuer. Er sah, daß eines der Mädchen Sommersprossen hatte und rötliches Haar, dem anderen waren ein paar Milchzähne ausgefallen. Nach den Kindern kam die Mutter der beiden und fragte, ob sie das niederbrennende Feuer benutzen könne, ihr sei das Brennholz ausgegangen.

Wir sind schon über zwei Wochen unterwegs, sagte sie, und haben nichts mehr, was brennt. Sie nannte den Namen ihres Dorfes, ein unbekannter Ort irgendwo an der Grenze bei Treuburg. Am liebsten wären wir zu Hause geblieben, aber der Kinder wegen mußten wir fahren.

Die fremde Frau kochte Suppe. Während sie Milch rührte, sprach sie vom Wasser. Sie habe gehört, es gebe keine Landwege mehr, alle Wagen müßten über das Eis.

Wohin reisen wir? rief die alte Mutter vom Wagen herab.

Sie sagt, alle müssen übers Wasser, antwortete die Frau.

Ach, unser Herr Jesus ist auch über das Meer gegangen.

Als die fremde Frau gegangen war, nahm er die Flasche.

Willst auch trinken? fragte er.

Davon wird nichts besser, antwortete sie.

Es wärmt mehr als das Feuer und dein Brennspiritus, behauptete er.

Sie kroch auf den Wagen, um die Mutter zuzudecken.

Versuch jetzt zu schlafen, hörte er ihre Stimme.

Er trank Rum, stellte die Flasche vor sich in den Schnee.

Willst du sie leer trinken? fragte die Frau vorwurfsvoll.

Morgen ist auch noch ein Tag, gab er abwesend zur Antwort und blickte über den grauen Schnee.

Ja, morgen ist Sonntag.

Ein Uniformierter ging die Reihe entlang und befahl, die Feuer niedrig zu halten. Wenn sie Feuer sehen, schießen sie sofort.

Nun ist sie eingeschlafen, flüsterte die Frau, rückte näher an die Feuerstelle und rieb die Hände über der Glut.

Ein Wagen setzte sich in Bewegung. Sie sahen ihn nicht,

hörten nur das Mahlen der Räder. Als er vorbeikam, erkannten sie die beiden Mädchen. Ja, die mußten fahren, mit Kindern mußte man fahren.

Die Kinder können auch nicht schlafen, dachte er und hob grüßend die Hand.

Der Wagen schwankte die Böschung hinauf, bog rechts ein Richtung Meer und verlor sich in der Dunkelheit. Sie werden mir fehlen, dachte er und trank wieder aus der Flasche.

Wie spät mag es sein? fragte die Frau.

Er blickte zum sternenlosen Himmel, als stehe dort die Zeit geschrieben.

Halb neun, sagte er.

Um diese Zeit war zu Hause alles beschickt. Wir saßen am Ofen, hielten Schimmerstunde, und Mutter ließ den Spinnwocken schnurren.

Auf der Chaussee fuhren Kettenfahrzeuge westwärts. Ihr Rasseln erfüllte die Nacht, schwoll an, klang ab.

Von soviel Lärm wird die Mutter noch aufwachen, sagte er.

Ob sie schon in unserem Dorf sind? fragte die Frau.

Seit gestern oder vorgestern, antwortete er.

Sie fing nun an, über die Tiere zu sprechen. Ob die Schweine noch leben, ob die Kühe Futter haben? Die Kaninchen sah sie im Schnee hoppeln. Den Hühnern werden sie den Kopf abgeschlagen haben.

Heu habe ich ihnen genug runtergeworfen, sagte er. An Wasser könnte es mangeln.

Im Kuhstall war es immer warm, fing sie nach einer Pause an.

Lieber im Kuhstall schlafen als auf so einem Schneeakker, sagte er.

Sie stocherte in der Glut, er griff zur Flasche. Als er getrunken hatte, fragte sie: Willst du wirklich übers Wasser fahren?

Er schüttelte den Kopf. Da soll fahren, wer will, ich kenn' mich auf dieser Art Straßen nicht aus.

Auf einem der Wagen weinten Kinder.

Die Kinder müssen fahren, für die wird es höchste Zeit, sagte er.

Sie sind doch auch Menschen wie wir, sprach die Frau. Sind Gottes Geschöpfe, jeder hat eine Mutter. Warum sollten sie uns töten?

Im Südosten stiegen Leuchtkugeln hoch, hingen, bevor sie erloschen, in den Chausseebäumen.

Wir haben nichts Böses getan, wir nicht, fuhr die Frau fort.

Also haben wir auch nichts zu fürchten.

Er stand auf. Zu ihr sagte er, daß er sich die Beine vertreten wolle. Um den Wagen ging er einmal und noch einmal. Bei den Pferden blieb er stehen. Wieviel Wärme diese Tiere abgeben, dachte er, als er zwischen ihnen stand und ihre Leiber spürte.

Wir können ja doch nicht schlafen, sagte er zu der Frau, die ihm gefolgt war und zusah, wie er die Bauchriemen der Tiere festzog, die Stränge anlegte, die Leine von der Wagenrunge wickelte.

Willst du den Kindern nachfahren? fragte sie.

Die Kinder müssen zum Wasser, aber wir haben auf dem Meer nichts zu suchen.

Einer, der auch nicht schlafen konnte, neben seinen Pferden stand und eine Pfeife rauchte, fragte, wohin die Reise geht.

Nach Hause, gab er zur Antwort.

Immer hinein ins Massengrab! rief der andere ihm hinterher.

Was hat er gesagt? fragte die Frau.

Ach, der weiß auch nicht, wohin es geht, winkte er ab.

Der Wagen rumpelte über hartgefrorene Ackerkluten, vor der Chaussee hielt er. Seit Tagen war sie eine Einbahnstraße der Fliehenden gewesen, nun lag sie verlassen in beiden Richtungen, denn nachts fährt keiner, nachts versuchen sie zu schlafen, oder sie halten den Atem an.

Mag kommen, was will, sagte er, als er die Pferde einbiegen ließ.

Wir hätten gar nicht losfahren sollen, bestärkte ihn die Frau. Zu Hause unsere Arbeit tun und warten, wie es kommt.

Sie erreichten die dunkle Stadt, die nicht mehr überfüllt war. Vermummte Gestalten eilten durch die Gassen, aus einem Kellerfenster drang Musik. Morgen wird sie fallen, die Stadt, also muß heute noch der letzte Wein getrunken werden. Am Markt plünderten Unbekannte ein Kleidergeschäft.

Als sie an der Kirche vorbeifuhren, fiel der Frau ein, daß morgen Sonntag ist.

Stadtauswärts ließ er die Pferde traben, bis der Posten den Weg versperrte.

Wir haben etwas vergessen und müssen es holen, sagte er zu dem Mann in Uniform.

Nach Osten fährt keiner mehr, entschied der Soldat. An der Stimme erkannte er, daß der Uniformierte ein Kind war, ein Junge, den sie in diese Verkleidung gesteckt hatten und der furchterregend aussah mit dem Stahlhelm auf dem Kopf und dem Karabiner auf dem Rücken.

Es läßt sich nicht ändern, wir müssen nach Hause! rief

der Mann, hob die Peitsche und schlug auf die Tiere ein. Der Posten entsicherte das Gewehr, aber es fiel kein Schuß.

Sie fuhren dieselbe Straße, die sie am Tage gekommen waren, nur eben, daß sie leer war. Im Graben eine tote Kuh. Ein zerbrochenes Wagenrad wartete auf den Stellmacher. Zusammengerolltes Bettzeug, an den Straßenrand gelegt. Was mochte da drin stecken?

Die Gehöfte, an denen sie vorüberfuhren, zeigten kein Leben.

Wir könnten einkehren und uns in fremde Betten legen, sagte er zu der Frau.

Einer hing am Lindenbaum, schon steifgefroren. Was hatte er verbrochen?

Es ist bestimmt Mitternacht, sagte die Frau.

Ja, es ist Sonntag, dein Sonntag.

Kühe versperrten den Weg, sie standen zwischen den Chausseebäumen und brüllten. Er mußte die Peitsche nehmen, damit sie die Straße freigaben.

Ich werde als erstes einheizen, sagte er. Und du kannst melken gehen.

Ja, es wäre Milchsuppe zu kochen. Das wird auch Mutter guttun, sagte sie.

Im Osten ging der halbe Mond auf, kroch aus einer Wolkenbank und warf sein kaltes Licht auf die Schneefelder. Mit dem Mondlicht kam der Frost. Unter den Pferden begann der Schnee zu knirschen, als schnitte jemand Gras. An die Bäume hängte sich Rauhreif.

Nun werden ihr wieder die Füße kalt, flüsterte die Frau.

In der Helligkeit, die vom Mondlicht kam, sahen sie voraus die schwarzen Punkte neben der Straße, die einander zustrebten, davonliefen, im Schnee verharrten. Waren es Krähen oder herrenlose Rinder?

Wir sind noch dreißig Kilometer entfernt, aber die Pferde spüren schon, daß es nach Hause geht, sagte er.

Linker Hand gingen die Schneefelder in Wald über. Dort fiel ein Schuß, dann noch einer, schließlich ratterte ein Maschinengewehr, aber sehr fern.

Ich denke, die anderen werden auch umkehren, sagte er. Kurat wird nach Hause fahren, Schipper auch, vielleicht sogar Sablowski. Von denen geht keiner übers Meer.

Als sie das Waldstück verließen, sahen sie Feuer, an fünf Stellen brannte der Horizont.

Der Mond ist ihnen nicht hell genug, sie brauchen noch Fackeln, sagte er.

Was mag da brennen? fragte die Frau.

Unser Dorf kann es nicht sein, antwortete er und war sich ziemlich sicher.

Ein Scheinwerfer blitzte auf, wie ein Leuchtturm gab er seine Zeichen in die Nacht. Er glaubte Stimmen zu hören. Als er anhielt, hörte er ihr Schreien, einige sangen.

Die Russen feiern, sagte die Frau. Erst siegen sie, dann feiern sie, heute singen, morgen sterben, so geht das.

Und Schnaps haben sie auch, sagte er und forderte von der Frau die Flasche.

Sie gab ihm den Rum, dann kroch sie nach hinten, um nach der kranken Mutter zu sehen. Er trank einmal, zweimal, dann gab er den Pferden die Peitsche und dachte wieder: Nun mag kommen, was will, wir kehren nicht mehr um.

Rechter Hand ein niedergebrannter Bauernhof, aus den Ruinen kräuselte noch Rauch. Um das Anwesen war der Schnee geschmolzen. Die Einfahrt versperrten aufgedunsene Tierkadaver.

Die Frau stieß ihn an.

Ich glaube, Mutter ist tot, sagte sie.

Er wollte anhalten, aber der anschwellende Lärm von Motoren und Ketten, der aus einer Talsenke kam, zwang ihn, mit der Peitsche dreinzuschlagen.

Hinter ihm jammerte die Frau.

Unsere Mutter ist tot, und du hältst nicht mal an!

Wenn es so ist, wird sie zu Hause ihr Grab finden, gab er zur Antwort. In zwei Stunden sind wir da, dann hat sie ihre Ruhe.

An der Böschung zwei tote Pferde und ein zertrümmertes Fuhrwerk. Ein Kübelwagen lag Rad oben auf dem Acker, daneben ein Soldat.

Der kommt auch nicht mehr nach Hause, sagte er zu seiner Frau.

Im Osten verdrängte das Tageslicht den blassen Mond, gab den schwelenden Aschenhaufen Farbe.

Sie singen ja immer noch, sagte die Frau.

Das ist kein Singen, sie zerschlagen Glas.

Ein Strohberg hatte Feuer gefangen, räucherte mehr, als daß er wärmende Flammen gab. Rauchschwaden zogen über die Straße. Die Pferde scheuten, er mußte absteigen und sie durch den Rauch führen. Jenseits der Rauchwand sah er Gestalten, diesmal keine Rinder. Sie hielten die Straße besetzt, als wollten sie keinen durchlassen.

Sie werden sehen, daß Mutter tot ist, und uns den Weg freigeben, sagte die Frau hinter ihm. Vor Müttern haben sie Ehrfurcht, erst recht vor toten Müttern.

Im Näherkommen sahen sie, daß auf der Straße auch eine Kanone stand, das Rohr auf die Rauchwand gerichtet. Hinter dem Rohr machten sich einige zu schaffen, und einer schrie ein lautes Kommando.

Das geschah um die Zeit, als das Tagesgestirn aus dem Schnee wuchs, an einem Sonntagmorgen. Die Kinder fuhren längst über das Eis, auch Kurat, Schipper und Sablowski fanden den Weg zum Meer, zu Hause sind sie jedenfalls nicht angekommen.

Annas Gewerbe

Mittags lief die Meldung über die Radiosender, abends in
den Nachrichten des Fernsehens erschien ihr schwarzum-
randetes Bild: Anna Korupa war gestorben.

Am nächsten Morgen formierten sich die ersten
Demonstrationszüge, verstopften die Rheinbrücken und
brachten jeglichen Verkehr zum Erliegen. Die Krefelder
Textilarbeiterinnen legten spontan die Arbeit nieder, verharrten stumm in zwanzig Schweigeminuten. Vor dem
Frauenministerium kam es zu einem Menschenauflauf.
Mit beschrifteten Handtüchern und Bettlaken gingen die
Frauen der Republik auf die Straße, skandierten das Lied
der Frauenbewegung und demolierten im Vorbeigehen die
Straßenschilder männlicher Größen. Aus der Goetheallee
machten sie Vulpiusstraße, den Lessingdamm überschrie-
ben sie mit Minnaweg, den Lutherplatz verwandelten sie in
ein Borarund, die Karl-Marx-Alleen waren schon in frü-
heren Zeiten der wohlklingenden Rosa Luxemburg gewichen. Einem in Stein gehauenen männlichen Kurfürsten
beschmierten die trauernden Frauen die Haarlocke mit
roter Farbe. Gegen Abend empfing die Bürgermeisterin
der Hauptstadt eine Abordnung demonstrierender
Frauen. Sie versprach, einen repräsentativen Platz bereit-
zustellen, um ein würdiges Denkmal für die streitbare
Anna zu errichten. Auch verkündete sie vom Balkon des

Rathauses, daß der letzte männliche Strom Deutschlands endlich einen weiblichen Namen erhalten solle: die Rheine. Das h werde im Zuge der Rechtschreibreform auch noch gestrichen.

Über Annas Alter verlautete nichts. Die Frauenbewegung hatte es durchgesetzt, daß Jahreszahlen über weibliche Personen in öffentlichen Nachrichtensendungen tabu blieben. Aus den Nachrufen in den Zeitungen ließ sich jedoch versteckt entnehmen, daß Anna aus der dunklen Hälfte des Jahrhunderts kam, als Generäle und Kriegsherren den Ton angaben. Geboren wurde sie in Weibersbrunn. Ihre Mutter soll eine Schneiderin gewesen sein, die über Land wanderte und für Kost, Logis und ein paar Groschen die bäuerlichen Familien benähte. Von ihren ländlichen Ausflügen brachte sie ein Kind mit, eben Anna. Ein Vater wurde nicht erwähnt, er soll sich, wie es in jenen vorrevolutionären Zeiten üblich war, nach Verrichtung seines dürftigen Geschäfts davongestohlen haben.

Die Medien würdigten Annas Wirken in ihrer Zeit. Die Kommentatoren fanden den entscheidenden Punkt ihrer Karriere darin, daß Anna Korupa ein neues Gewerbe eingeführt und damit der Frauenbewegung eine bahnbrechende Richtung gegeben hatte.

Daß Menschen aus der ihnen von Gott gegebenen Eigenart, männlich oder weiblich zu sein, ein Geschäft zu machen verstehen, wußten schon die alten Babylonier. Aber nicht dieses Gewerbe brachte Anna zu neuer Blüte. Zum Erstaunen ihrer Umwelt arbeitete sie gänzlich körperlos, gebrauchte nur ihren Kopf, eine Schreibmaschine und einen Briefträger, der ihre Gedanken zustellte.

Die neue Art, mit dem Geschlecht gleichsam platonisch Geld zu verdienen, ist im Vergleich zum ältesten Gewerbe der Welt nur den Hauch einer Ewigkeit alt, genau gesagt, zwölfeinhalb Jahre. Die Neuerung lag in der Luft, wartete auf eine Persönlichkeit, die sie gestaltete. Und das war Anna Korupa.

Begonnen hatte es mit dem in den Verfassungen der Staaten niedergeschriebenen Grundsatz, daß die Geschlechter vor Gott und den Menschen gleich zu sein hätten. Was dieser Gleichheit im Wege stand, gehörte bestraft und verboten. Ein Mann, der eine bestimmte Frau zur Ehe wünschte, lief Gefahr, tausend andere, die er nicht nehmen konnte, gröblichst zu verletzen. Entschied er sich gar für einen Mann als Lebenspartner, diskriminierte er das ganze weibliche Geschlecht und mußte mit schwersten Sanktionen rechnen. Einem Bergsteiger, der den Himalaja zu erklettern gedachte und per Zeitungsanzeige einen männlichen Mitkletterer suchte, geschah es, daß er nach dem Abstieg nahe Katmandu in polizeilichen Gewahrsam genommen wurde, weil er die Weiblichkeit bei seinem Unternehmen diskriminierend ausgespart hatte. Laut Gesetz hätte er in der Anzeige einen Mitkletterer/Mitkletterin suchen müssen.

Auch Annas Karriere begann mit einer Anzeige, einem harmlosen Drei-Zeilen-Inserat im Wochenblatt. Ein Fuhrbetrieb suchte für seinen Lieferwagen einen Fahrer mit Führerschein Klasse 3. Anna ging hin, präsentierte ihren Führerschein und verlangte den Job. Der bestürzte Inhaber, männlich natürlich, betrachtete erst den Schein, dann die zierliche Person. Ach nein, meinte er, ich hatte eher an einen jungen Mann gedacht. Er führte Anna auf den Hof zu einem schmutzigen Lastwagen, zeigte ihr herumstehende Kohlen- und Zementsäcke, die seine Fahrer täglich tragen müßten, und glaubte, das sei Abschreckung genug.

Anna hob einen der Säcke kurz an und warf ihn auf den Lieferwagen. Daran sollte es nicht liegen.

Nehmen Sie es mir nicht übel, junge Frau, sprach der Fuhrunternehmer. So etwas haben wir noch nie gemacht, das wollen wir gar nicht erst einführen.

Empört verließ Anna den Fuhrbetrieb. Als sie auf dem Heimweg das Namensschild einer Anwaltskanzlei sah, stürmte sie die Treppe hinauf, erzählte dem staunenden Advokaten, was vorgefallen war, und fragte nach der Gerechtigkeit.

Als Mann stand der Anwalt auf der anderen Seite, er hätte wohl, wäre er Fuhrunternehmer gewesen, nicht anders gehandelt, aber als Organ der Rechtspflege mußte er zunächst die Gerechtigkeit bedenken, und die war hier zweifellos zu Schaden gekommen. Nach Durchsicht der einschlägigen Rechtsprechung hielt er die Sache für nicht ganz aussichtslos und schickte dem Fuhrunternehmer eine Abmahnung. Der biedere Mann erfuhr, daß er das Persönlichkeitsrecht einer gewissen Anna Korupa verletzt habe, was nach den Paragraphen 823 und 847 des Bürgerlichen Gesetzbuches einen Anspruch auf Entschädigung in Geld begründe. Gegen Zahlung eines einmaligen Betrages von tausend Mark und Übernahme der Anwaltskosten werde Frau Korupa von gerichtlichen Schritten absehen.

Der Mann zahlte. Der Anwalt bekam sein Honorar, Anna die tausend Mark, die es ihr erlaubten – damals lebte sie noch in bescheidenen Verhältnissen –, einen Monat lang ihren Unterhalt zu bestreiten.

Die Begegnung mit dem Fuhrmann war ein Erlebnis, das Anna prägte und ihren weiteren Lebensweg bestimmte. Sie erkannte die grenzenlosen Möglichkeiten, die das deutsche Recht der deutschen Frau eröffnet, und beschloß, die Diskriminierung der Frau zu ihrem Beruf zu machen. Jeden Samstag kaufte sie die Wochenendausgaben großer Zeitungen, studierte die Stellenanzeigen und schrieb eine Nacht lang Bewerbungen. Sie wählte Anzeigen, bei denen die Ablehnung gewiß war, bewarb sich als Portier eines Nachtlokals, als Brückenbauingenieur für Ghana und als Tankerkapitän im Golfkrieg. Kam wirklich mal eine Zusage mit dem Hinweis: Ja, wir stellen gern Frauen ein!, schickte Anna schnell einen Brief, sie habe sich nun doch anders entschieden und die Stelle einer Säuglingsschwester im Städtischen Krankenhaus angenommen. Es kam ihr nicht darauf an, eine Arbeit zu erhalten – das nächtelange Schreiben der Bewerbungsbriefe war ihr Arbeit genug –, sie wollte nur demonstrieren, wie ungerecht die Arbeitswelt mit dem weiblichen Geschlecht umgeht. Aus ihren Erfahrungen wollte sie eine Dokumentation erstellen und dem Parlament sowie dem höchsten deutschen Gericht, das sich ständig mit der Gleichheit zu befassen hatte, vorlegen.

Anna hatte stets ein Dutzend Bewerbungen laufen. Nur im Massengeschäft waren das nötige Material für die Dokumentation und jener Umsatz zu erzielen, aus dem sie ihren Lebensunterhalt bestritt. Anna mußte bei allem ideellen Einsatz für die Sache der Frau darauf achten, nicht den Hungertod zu sterben. Einnahmen, die über den angemessenen Lebensunterhalt hinausgingen, brachte sie in einen Fonds ein, aus dem Antidiskriminierungsprojekte gefördert wurden, etwa die Ausbildung junger Frauen zu Schornsteinfegern, Dachdeckern, Rennfahrern und Untertagearbeitern.

Anna schrieb an die Betreiber einer Ölplattform vor der norwegischen Küste und erhielt die Antwort, zum Deckschrubben und Supperühren habe man Personal genug, werde Anna aber auf die Warteliste setzen. Sie erwiderte, daß ihr an Deckschrubben und Supperühren nicht gelegen sei, sie wolle arbeiten, wo die Wellen gegen die Stahlträger klatschten, die Luft nach Öl stinke und die Männer das große Geld verdienten. Ihr Schadenersatzanspruch scheiterte, weil das deutsche Recht auf Ölplattformen keine Anwendung findet, durch die Auswanderung aufs Meer haben sich die internationalen Konzerne jeder Gesetzlichkeit entzogen, sie sind vogelfrei.

Reichlich Geld gab es von der Städtischen Oper. Anna hatte sich als Heldentenor beworben, wurde erwartungsgemäß abgelehnt und kassierte im Vergleichswege immerhin dreitausendfünfhundert Mark. Bei staatlichen Stellen verzeichnete sie ohnehin ihre größten Erfolge, weil diese Einrichtungen von Natur aus ein schlechtes Gewissen gegenüber Frauen haben. Beinahe wäre sie die erste Generalin des Atlantischen Bündnisses geworden oder hätte doch zumindest im Schadenersatzwege für ein halbes Jahr die Bezüge eines Divisionskommandeurs erhalten. Vor den Gerichten stand es auf Messers Schneide, ob die Armee einer Frau den Zugang zur Generalslaufbahn verwehren dürfe, nur weil sie eine Frau ist. Anna zog ihre Klage zurück, nachdem die vorsitzende Richterin – immerhin eine Frau! – ihr sagte, sie müsse, wenn sie diese Position anstrebe, auch zum Heldentod bereit sein. Gänzlich Schiffbruch erlitt sie bei dem Versuch, als Torpedokanonier auf einem U-Boot angestellt zu werden. Auch ihr Vergleichsangebot, doch wenigstens als Unterwasserfunkerin tätig werden zu dürfen, wurde nicht akzeptiert, nachdem das Gericht sich durch persönlichen Augenschein davon überzeugt hatte, daß es unmöglich sei, in dem beengten Raum eines Unterseebootes eine zusätzliche Damentoilette einzurichten.

Mit 48 Jahren bewarb sie sich im größten Bergwerk Westfalens für die Arbeit unter Tage, wurde abgelehnt und erstritt nicht nur eine Entschädigung in Höhe des Vierteljahreslohnes, sondern auch ihre Aufnahme in die knappschaftliche Renten-, Kranken- und Unfallversicherung, womit sie lebenslänglich sozial abgesichert war. Listig entzogen sich die politischen Parteien ihren Ansprüchen. Als Anna groß einsteigen wollte, sich als Generalsekretärin und Ministerin bewarb, führten die Parteien die Quotenregelung ein und blockten damit die Schadenersatzansprüche diskriminierter Frauen ab. Die Frage, ob die Quotenregelung nicht auch diskriminiert, weil den Frauen, die über der Quote liegen, der Zugang zu den begehrten Positionen verwehrt wird, ist höchstrichterlich noch nicht entschieden. Anna bereitete einen Musterprozeß vor, ihr früher Tod hat diese Arbeit unterbrochen. Gefahr droht dagegen von der anderen Seite. Aufgebrachte Männer wollen gerichtlich klären lassen, ob die Quotenregelung für Frauen nicht ihre, der Männer, Persönlichkeitsrechte verletzt.

Noch kurz vor ihrem Tode erstritt Anna von einem bekannten Rennstall fünftausend Mark, weil der sich geweigert hatte, sie als Jockey einzustellen. Kein Glück hatte sie bei der katholischen Kirche mit ihrer Forderung, alternierend einen männlichen und einen weiblichen Papst zuzulassen. Der Pontifex berief sich auf göttliches Recht und entzog sich so der Zuständigkeit des Bundesarbeitsgerichts.

Die Nachrufe verschwiegen, daß Anna es zu einem gewissen Wohlstand gebracht hatte. Auch der Advokat, der ihre Anliegen vertrat und früher mehr schlecht als recht von Verkehrsunfällen gelebt hatte, erlangte mit seinen Abmahnungen eine gewisse Berühmtheit. Er trat, wenn Anna verhindert war, in Talk-Shows auf, saß in den Polstermöbeln von »Wetten daß ...« und wurde ehrenhalber als einziger Mann in die Frauenfraktion der Alternativen aufgenommen. Jedenfalls ist er in zwölfeinhalb Jahren reich geworden, hat auch, jedenfalls im Geiste, feminine Züge angenommen. Von seiner Frau ließ er sich scheiden, weil er allen Frauen dienen wollte und nicht nur der einen, demnächst wird er nach Casablanca reisen.

Im Gegensatz zum ältesten Gewerbe konnte Anna ihren Beruf auch im fortgeschrittenen Alter ausüben. Zuvor waren allerdings einige Rechtsfragen höchstrichterlich zu klären. So bewarb sie sich an ihrem sechzigsten Geburtstag bei einem Stahlwerk für eine Tätigkeit an der Walzanlage und erhielt den Bescheid, daß sie schon im Rentenalter sei und deshalb nicht eingestellt werden könne. Da sieht man es wieder, antwortete Anna. Einer Frau verweigern sie mit sechzig Jahren die Arbeit, während Männer noch bis zum fünfundsechzigsten schaffen dürfen.

Als Anna diesen Diskriminierungsprozeß gewonnen hatte, brachte die Regierung ein Gesetz ein, das für Männer und Frauen dasselbe Rentenalter von fünfundsechzig Jahren festlegt. Das nun war der Gipfel der Ungerechtigkeit. Anna wies nach, daß das Rentenalter Sechzig für Frauen ein Ausgleich ihrer rollenspezifischen Benachteiligung während des ganzen Lebens sei, eine Abschaffung der vorgezogenen Rente diskriminiere die Frauen aufs gröblichste. Sie rief das Verfassungsgericht an und obsiegte wie so oft. Was sie in die Hand nahm, geriet ihr zum Guten. Wäre sie nicht vorige Woche gestorben, hätte sie den

Triumph erleben können, daß der Europäische Gerichtshof den weiblichen Papst einsetzt. Gestern entschieden die Richter und Richterinnen in Luxemburg, daß die Vatikanstadt durch und durch irdisch sei, einen Teil Europas darstelle und nicht göttlichem, sondern europäischem Recht unterliege.

Im Wald vor Czerwany Dwor

... Vom Scheunengiebel den Feldweg ostwärts ... dreihundert Meter zum Waldrand ... fünfzig Schritte rechts am Bachlauf ... dreißig Meter wald-einwärts. Am Bach steht eine Birke, dahinter eine Eiche ... zwischen den Bäumen ein grauer Stein ...

So stand es auf brüchigem Papier, mit Tinte geschrieben und verblaßt. Die Buchstaben in Sütterlin. Unten rechts ein Datum: 20. November. Keine Jahreszahl. Es wird '44 gewesen sein, als sie ihre Schätze in die noch ungefrorene Erde gaben und den Weg beschrieben, um das Vergrabene wiederzufinden, später, wenn die Welt in Ordnung ist.

In fünfundvierzig Jahren hatte sie kein Wort darüber verloren, den Zettel im alten Gesangbuch aufbewahrt wie ein Lesezeichen. Als sie starb, fanden sie den Zettel, auf seiner Rückseite die Skizze. Den Feldweg hatte sie rot markiert, den bewußten Stein zwischen Birke und Eiche mit einem Kreuz versehen.

Ja, sie vergruben viel, als es dem Ende zuging. Dokumente, längst zu Staub zerfallen, gefressen von Würmern und Maulwürfen. Das gute Geschirr aus der guten Stube, nicht zu vergessen das Silberbesteck. Waffen aus der Franzosenzeit, Säbel aus der Kosakenzeit, das wertvolle Kristall aus der guten alten Zeit. Nicht alles, was unter die

Erde kam, ist bis heute gefunden worden, zwischen Tilsit und Ratibor ruhen nicht nur Steine und Gebeine unter der Grasnarbe. Weil die Vergraber es nicht überlebten, weil sie auch vergaßen, Skizzen anzufertigen wie unsere Oma, es nur im Kopf behielten und Köpfe so vergänglich sind. Viele nahmen ihr Geheimnis mit in die eigene Erde. Im nächsten Jahrtausend werden Großraumbagger und tiefgehende Pflüge immer wieder alte Scherben zutage fördern für die Museen einer neuen Zeit. Der vergangene deutsche Osten ist nicht nur ein Gräberfeld, sondern auch ein weites Feld für Schatzsucher.

Nach dem Abendessen schob er dem Jungen den Zettel über den Tisch.

»Das hat Oma uns hinterlassen«, sagte er. »Es wird eine Kiste sein, die sie im Wald vergraben hat, bevor sie auf die Flucht ging.«

»Willst du hinfahren und sie ausbuddeln?« fragte Christian.

»Nur wenn du mitkommst und mir beim Graben hilfst.«

Der Vater lachte. Er wußte, daß der Junge andere Pläne hatte. In den großen Ferien wollte er mit Interrail durch Frankreich und Spanien reisen. Der Osten bedeutete ihm nichts, vielleicht später einmal mit der Transsibirischen Eisenbahn. Als der Geschichtslehrer fragte, wer einen Eltern- oder Großelternteil aus dem deutschen Osten habe, hob Christian nur zögernd die Hand und war erstaunt, daß sich drei Viertel der Schüler meldeten. Da könnt ihr mal sehen, wie es die Menschen nach dem Zweiten Weltkrieg durcheinandergewirbelt hat, erklärte der Lehrer. Es war die größte Völkerwanderung der Geschichte.

»Warum hat Oma die Sachen vergraben?« fragte Christian, nachdem er den Zettel studiert hatte.

»Vergraben war ihr sicherer als mitnehmen«, antwortete der Vater. »Sie glaubte fest daran, eines Tages heimzukehren. Nach dem Krieg wollte sie nach Hause fahren, den Schatz ausgraben, das gute Geschirr auftragen und zu Tisch bitten. Du weißt ja, daß es anders gekommen ist.«

»Wie konnte sie das denken?« wunderte sich der Junge. »Es war doch klar, daß keiner zurückkommt.«

»Heute ist es klar«, sagte der Vater. »Damals war es unvorstellbar. Flucht galt immer nur als vorübergehendes Verlassen, ein Ausweichen vor dem Krieg. Sie flüchteten in den Wald, über die Berge oder über die Grenze, um bald heimzukehren. Stets hatte es eine Rückkehr gegeben. Daß Millionen Menschen für immer reisen mußten, daß ein fünfhundert Kilometer breiter Streifen mitten in Europa entvölkert sein würde, das überstieg ihre Vorstellungskraft. Es war auch noch nie vorgekommen.«

Er legte den Zettel zwischen die Seiten, klappte das Gesangbuch zu und schob es ins Regal. Also lassen wir das.

Aber es bewegte sie beide. Eines Abends traf er den Jungen am Bücherbord, das aufgeschlagene Gesangbuch mit dem Zettel in der Hand, vor sich eine alte Landkarte, auf der die Provinzen Ober- und Niederschlesien, Pommern, Westpreußen und Ostpreußen noch ihre Namen hatten.

»Schatzsuche wie bei Karl May«, sagte Christian und lachte. »Der Schatz im Silbersee, der Schatz der Sierra Madre, Stevensons Schatzinsel, der Schatz von... Wie heißt der Ort?«

»Rothebude hieß das Dorf früher, den heutigen Namen kenne ich nicht.«

»Wie sollen wir den Schatz finden, wenn du nicht mal den Namen des Dorfes weißt?«

»Sechzehn Jahre war ich dort zu Hause und kenne alle Wege, in stockdunkler Nacht würde ich es finden.«

An einem Sommermorgen, noch vor Sonnenaufgang, brachen sie auf. Ohne Hotelreservierung. Wer zu solchen Abenteuern auszieht, kann nicht in klimatisierten Räumen schlafen. Im Kofferraum lagen ein Zelt, der Spirituskocher, Getränkeflaschen, dazu Werkzeuge für die zu erwartenden Erdarbeiten: Spaten, Schaufel, Hacke und ein geschärftes Beil. Ein feierlicher Abschied. So am frühen Tag nach Osten fahren.

Zum ersten Mal mit dem Jungen allein, fünf Tage lang. Was ließe sich da alles bereden. Wie nahe würden sie sich kommen oder wie fern bleiben. Eigentlich hatte er mit der Fähre nach Danzig reisen wollen, aber sie war ausgebucht. Also mußten sie über die Grenzen fahren. Auch gut, denn die Grenzen gehörten dazu, waren ein Stück jener Geschichte, die dort im Wald vergraben lag. Nach einer halben Stunde schon die erste. Scheinwerfer leuchteten den grauen Beton ab, hier ein bewaffneter Posten, dort eine Gruppe. Hinter den Scheiben des Grenzhäuschens saßen sie mit blassen Gesichtern, ihre Augen musterten sie streng.

»Haben Sie Waffen?«

Beide dachten an Beil und Spaten, die im Kofferraum lagen.

»Natürlich nicht, nein, keine Waffen, warum auch«, sagte der Vater.

Welch eine Grenze! Kilometerweit Mauern, Stacheldraht, Gräben, spanische Reiter, Posten, Scheinwerfer. Ein Bauwerk für die Ewigkeit. Eine solche Grenze kann niemals umfallen, wird sich niemals auflösen. Und Vater und Sohn mit dem kleinen Auto mitten in der Betonwüste. Es kam ihnen so vor, als wären die Lerchen verstummt.

»Was hältst du von solchen Grenzen?« fragte er den Jungen, als sie durch waren.

»Jeder richtet seine Grenzen so ein, wie er es für richtig hält.«

Die Antwort machte ihn betroffen. Daß sein Sohn, der die Umwelt mit so kritischen Augen sah, der die Katastrophen von Tschernobyl bis in den tropischen Regenwald verfolgte, diesen Alptraum von Grenze nicht wahrnehmen wollte, woran lag das? Wenigstens die Ökologie hätte er bemühen können. So viel Erde zubetonieren für weiter nichts als Grenze!

»Kannst du dir vorstellen, daß diese Grenze eines Tages nicht mehr sein wird?« fragte er den Jungen, als sie durch Mecklenburg fuhren.

»Wie soll das zugehen?« wunderte sich Christian. »Und wofür wäre es gut?«

Ja, wofür sind Grenzen gut? Eigentlich müßten wir über Geschichte sprechen.

In Christians Schule waren gerade Reformation und Bauernkriege dran, ein weiter Weg noch bis zu dem Loch in der Erde, das Großmutter 1944 gebuddelt hatte. Eine Riesenlücke von vierhundert Jahren, in der die Wurzeln lagen für das Loch in der Erde, zu dem sie fuhren.

Er wollte sich dem Jungen nicht aufdrängen. Nicht dieses ständige: Weißt du noch? Nicht aufzählen, was Deutschland verloren hatte. Deshalb sprachen sie über die mecklenburgischen Alleen, das Sterben der Bäume, über die Mülldeponie Schönberg ganz in der Nähe und das uralte Kopfsteinpflaster, zu dem Christian folgende Bemerkung einfiel: »Hier können die Autos wenigstens nicht rasen.«

Kein Wort zu den verfallenen Häusern, obwohl ihr

Anblick weh tat. Er hatte Wismar und Rostock 1946 gesehen, damals noch ansehnliche Städte. Kein Wort des Vorwurfs über das, was aus diesen Städten geworden war. Er lachte nicht über die schreienden Plakate, die glorreiche Aufbauleistungen feierten, die brüderliche Freundschaft zur Sowjetunion beschworen und glückliche Menschen zeigten. Der Junge, der sich zu Hause über jede McDonald's-Reklame mokierte, die sinnlose Geldverschwendung der Zigaretten- und Schnapswerbung beklagte, übersah die grellen Plakate, auf denen heitere Menschen mit strahlenden Augen einer roten Fahne nachliefen. Warum war das so?

»Fritz Reuter war hier zu Hause.«

Den kannte Christian. Fritz Reuter in Deutsch, die Bauernkriege in Geschichte, so weit waren sie gekommen. In Christians Schule feierten sie die rebellierenden Bauern als Helden, sein Vater erinnerte sich daran, daß sie zu seiner Schulzeit räuberisches Gesindel waren. So hatte jede Zeit ihre Räuber und Gendarmen.

Worüber können wir sprechen? Über Grenzen. Nach drei Stunden schon wieder eine. Diesmal weniger Beton, auch nicht so viele Türme mit Schießscharten, aber immer noch Grenze genug, um lange zu warten und nachzudenken. Nun stellte Christian Fragen.

»Glaubst du, daß diese Grenze verschwinden wird?« wollte er wissen.

Sein Vater war gerade mit den Papieren beschäftigt, er schlug die Pässe auf, warf einen Blick auf den vergilbten Zettel aus dem Gesangbuch, bevor er ihn in der Brusttasche versteckte. Schließlich sagte er: »Ja, das glaube ich.«

Er spürte, wie der Junge zusammenzuckte, wohl auch protestieren wollte, deshalb beeilte er sich hinzuzufügen:

»Nicht verschwinden, aber so bedeutungslos werden wie die Grenze zwischen Niedersachsen und Westfalen. Ich werde es nicht mehr erleben, aber du wirst dabeisein, wenn die europäischen Grenzen nur noch auf alten Landkarten zu finden sind und nicht mehr die Landschaft mit ihren Mauern, Zäunen und Schlagbäumen verunstalten.«

»Solche Träume hast du?« wunderte sich Christian.

»Wir müssen vorwärtsträumen, nicht rückwärts. Nicht Grenzen wiederherstellen, sondern Grenzen überwinden, durchlässig machen, ihnen den Stacheldraht nehmen, sie nur noch als gedachte Linien auf dem Papier zulassen.«

Diesmal fragte keiner nach Waffen. Der Grenzsoldat tippte auf das Beil im Kofferraum und fragte, ob sie zum Holzhacken kämen.

»Lagerfeuer«, sagte Christian.

Während sie über die Oder fuhren, erklärte der Vater, hier ungefähr sei einmal die Mitte Norddeutschlands gewesen.

»Stettin lag auf halbem Weg zwichen Memel und Wilhelmshaven. Heute ist die Stadt Soltau in der Lüneburger Heide die Mitte, so klein sind wir geworden.«

»Träumst du noch von Großdeutschland?« fragte Christian und fuhr mit dem Finger über die alte Karte, um die Entfernung zwischen Memel und Wilhelmshaven auszumessen.

An der Weichsel hielten sie, standen am Wasser und sahen den Kähnen nach. Im Gebüsch saßen Angler, am gegenüberliegenden Ufer spielten Kinder.

»Ein polnischer Fluß, nicht wahr?« fragte der Junge.

Sein Vater schüttelte den Kopf.

»Der Rhein ist nicht deutsch, und die Weichsel ist nicht polnisch, es gibt nur noch europäische Ströme.«

»Und ich dachte immer, du gehörst zu denen, die alles wiederhaben wollen, den Rhein, die Oder, möglichst auch die Weichsel.«

»Vorwärtsträumen, mein Junge, immer vorwärts. Ist die Donau ein bayerischer Fluß und ist die Weser bremisch? Es wird Zeit, daß wir diese besitzanzeigenden Beinamen vergessen.«

Am Drausensee bauten sie ihr Zelt auf. Christian sammelte Holz, der Vater warf den Spirituskocher an. Als der Rauch des Lagerfeuers zum Wasser zog, sich im Schilf verheddert und nicht weichen wollte, aßen sie Spiegeleier, dazu trockenes Brot.

»Wie lange war diese Gegend deutsch?« fragte der Junge und zeigte zum jenseitigen Ufer, wo gelbgrünes Hügelland in Wellen nordwärts auslief.

»Ungefähr siebenhundert Jahre.«

Christian stocherte im Feuer, pustete gegen den Rauch.

»Ich dachte, das Dritte Reich hätte diese Gebiete erobert.«

»Das Dritte Reich hat sie nicht erobert, sondern verspielt. In zwölf Jahren zugrunde gerichtet, was siebenhundert Jahre Bestand hatte.«

Sie tranken lauwarme Limonade, das Feuer brannte langsam nieder, und der Rauch legte sich auf das Wasser des Drausensees.

»Wenn wir die Kiste wirklich finden, lassen die uns mit dem Zeug bestimmt nicht über die Grenze«, meinte der Junge.

»Dann werden wir nicht nur Schatzsucher, sondern auch Schmuggler sein«, antwortete der Vater.

Sie lachten beide. Hinter ihnen fielen Wildenten ins Schilf. Der Junge legte sich ins Gras, blickte zu den blassen

Wolken und summte eine Melodie, die der Vater nicht kannte. Er fühlte sich ihm so nahe wie nie zuvor. Jeder Vater sollte mit seinen Kindern einmal auf große Fahrt gehen zu einsamen Nächten unter freiem Himmel, einmal vorwärtsträumen ins nächste Jahrhundert, wenn sie die Grenzen einreißen und den Flüssen ihre besitzanzeigenden Namen nehmen.

»Du müßtest doch wissen, was Oma vergraben hat«, fing der Junge an, als die Dunkelheit den See zugedeckt hatte.

»Im November '44 war ich nicht mehr zu Hause.«

»Wo hast du dich rumgetrieben mit deinen sechzehn Jahren?«

»Ich war schon Soldat, kein richtiger, aber so etwas Ähnliches, sie nannten es Volkssturm. Ein halbes Jahr vor Kriegsende wurden alle Männer zwischen sechzehn und sechzig Jahren zum Kriegsdienst eingezogen.«

»Davon hast du nie ein Wort erzählt, daß du als Soldat im Zweiten Weltkrieg gekämpft hast!« rief der Junge.

»Wir trugen keine Uniformen, nur eine Binde um den Arm und ein Gewehr in der Hand.«

»Mein Gott, damals warst du so alt, wie ich jetzt bin, und hast schon auf Menschen geschossen!«

»Sie ließen uns Bahnhöfe und Hafenanlagen bewachen. Nur einmal gab es eine Schießerei, es war nachts, ich habe auch ein paarmal abgedrückt, ob ich getroffen habe, weiß ich nicht.«

Der Junge schwieg und blickte zum See. Er hätte ihm nichts davon erzählen sollen. Diese dumme Schießerei in einer Januarnacht, die ein Menschenleben zurücklag, könnte sie wieder entfremden.

»Habe ich dir schon gesagt, daß ich niemals zur Bundeswehr gehen werde?« begann Christian und stocherte in der Glut.

»Es ist dein gutes Recht«, antwortete der Vater. »Ich hätte damals auch gern den Wehrdienst verweigert.«

»Was wäre geschehen, wenn du es getan hättest?«

»Sie hätten mich abgeholt und an die Wand gestellt. Fahnenflucht, Wehrkraftzersetzung, Feigheit vor dem Feind nannte man so was.«

An jenem Abend, als die Wildenten im Drausensee wasserten, das Abendrot seine Farbe wechselte und in purpurnem Blut versank, an jenem Abend sprachen sie über die letzten Tage des fernen Krieges, der so viele noch bewegte, der in so vielen drinsteckte und nicht weichen wollte. Zum ersten Mal erzählte er dem Jungen davon.

»Was hast du für Heldentaten vollbracht?« wollte Christian wissen.

»Wir sind fast nur gelaufen. Mit sechzehn ist man gut zu Fuß. Übers gefrorene Haff gelaufen, die Nehrung hinunter, eine andere Nehrung hinauf, fast wären wir über die Ostsee gelaufen. In den letzten Apriltagen brachte uns ein Schiff nach Kopenhagen. Dänemark ist ein großartiges Land.«

Das Feuer war erloschen, am anderen Ufer brüllten Kühe.

»Wenn ich es recht bedenke, hat mir der Volkssturm das Leben gerettet«, sagte der Vater. »Als hier der Krieg zu Ende ging, hatten Soldaten größere Überlebenschancen als Zivilpersonen. Einen sechzehn Jahre alten Jungen, groß gewachsen wie ich, hätten sie auf der Stelle erschossen oder nach Sibirien verschleppt.«

»Warum sollten sie das tun, du hattest ihnen doch nichts getan?«

»Was der einzelne getan oder nicht getan hatte, zählte längst nicht mehr. Tausende wurden umgebracht, die nichts getan hatten.«

»Es macht dir doch nichts aus, daß ich den Wehrdienst verweigern will?«

»Nein, es macht mir nichts aus.«

In Wahrheit machte es ihm etwas aus. Wir hatten damals keine Wahl, dachte er. Heute neiden wir es unseren Kindern, daß sie die Freiheit haben, ja oder nein zu sagen.

Sie saßen auf jener Erde, die siebenhundert Jahre deutsch gewesen war und vierundvierzig Jahre polnisch, die so vieles verborgen hielt, in der Waffen, Silber, Dokumente, menschliche Skelette und Wahrheiten begraben lagen. Dieser Erde waren die nationalen Aufkleber, die man ihr anheftete, gleichgültig, sie war einfach da mit ihren Wäldern, Seen und Klapperstörchen.

»Du wirst es noch erleben«, begann der Vater, »ihr werdet von der Lüneburger Heide nach Masuren reisen, wie wir heute von Ostfriesland ins Weserbergland. Ihr werdet über Grenzen fahren, die nur noch geschichtliche Erinnerungslinien sind, nichts Trennendes mehr, Grenzen der Sprache, des Dialekts, Folkloregrenzen, aber kein Beton.«

Sie lagen in ihren Schlafsäcken nebeneinander und sprachen über die Welt, wie sie sein wird in fünfzig Jahren, wie sie sein sollte. Vorwärtsträumen nannten sie es und warteten auf die Müdigkeit, die kommen sollte nach der beschwerlichen Reise, den vielen Grenzen und Strömen, die sie überquert hatten.

Am nächsten Morgen fanden sie auf halbem Wege zwischen Gizycko und Olecko mitten im Forst den Wegweiser nach Czerwany Dwor.

»Czerwany heißt rot«, sagte der Vater.

Er erkannte die Straße, erinnerte sich des Milchwagens, mit dem er in die Stadt gefahren war. Vor vierundvierzig Jahren ging er diesen Weg zum letzten Mal, ein Fußmarsch in die Stadt, um Soldat zu spielen, wie er es nannte. Wer hätte damals gedacht, daß es so lange dauern würde, wiederzukommen.

Ein Waldweg. Auf Lichtungen vereinzelte Gehöfte. Dort lebte der Förster. Hier stand einmal ein Kohlenmeiler. Ein See ohne Zugang, vier Pferde vor einem Langholzwagen. Als sich der Wald öffnete, sahen sie das Dorf, eine Ansammlung weniger Häuser, davor ein verkrauteter Teich, unzählige Hühner und Enten.

»In so einem gottverlassenen Nest warst du zu Hause?« wunderte sich Christian.

Im Schrittempo fuhren sie den Sommerweg, bis hinter dem letzten Haus die Straße endete. Sackgasse. Es bedurfte keines Schildes, jeder konnte sehen, daß Buschwerk und hohes Gras die Straße aufhielten. Sie stiegen aus.

»Hier war es«, sagte der Vater.

Vom Wohnhaus fanden sie nur die Fundamente, die Scheune hatte der Wind davongetragen, vom Stall war ein roter Giebel zurückgeblieben.

»Wußtest du, daß euer Haus nicht mehr steht?«

»Vor zehn Jahren war einer aus Hildesheim in Rothebude, er hat es mir erzählt.«

»Und trotzdem wolltest du hinfahren?« wunderte sich der Junge.

»Nicht, um das Haus zu sehen, sondern um die Kiste auszugraben.«

Als sie vor dem Anwesen standen, das kein Anwesen mehr war, kamen die Kinder. Einen Steinwurf entfernt

91

lagerten sie im Gras und sahen den Fremden zu, die das Gestrüpp durchbrachen, den Feldweg suchten, der vom Scheunengiebel zum Wald führen sollte. Auch diesen Weg gab es nicht mehr, nur der Waldrand war da, drohte mächtig und düster. Vor dem Wald ein Kartoffelacker und ein Feld mit Sonnenblumen.

Sie packten ihr Handwerkszeug aus, Christian versteckte den Spaten unter seiner Jacke, sein Vater trug das Beil in einer Plastiktüte. So ausgerüstet, spazierten sie gemächlich, als wüßten sie nichts Besseres zu tun, die Kartoffelfurchen entlang, gefolgt von den Kindern. Blieben sie stehen, gingen auch die Kinder nicht weiter. Setzten sie sich in Bewegung, liefen sie ihnen nach. Als sie den Sonnenblumenwald betraten, wurden sie unsichtbar. Die Blumen steckten ihre Köpfe zusammen, beugten sich vor dem Wind, ein Rascheln lief ihnen voraus. Nun blieben die Kinder zurück. Die Sonnenblumen endeten vor einer Wand düsterer Fichten. An einer Stelle fanden sie Erlengebüsch und Birken neben einem Bach, der ein spärliches Rinnsal war, überwuchert von dunkelgrünem Kälberkraut.

»Zur Schneeschmelze gab es immer Hochwasser«, sagte der Vater.

»Hast du als Kind hier gespielt?«

»Im Wald spielten wir nicht, den fürchteten wir. Wälder waren uns unheimlich, in ihnen steckte das Böse, der Feind, die Partisanen, die Räuber, Hexen und wilde Tiere.«

Die Eiche stand noch am Bachlauf, aber es fehlte die Birke.

»Weil Birken nicht lange leben«, sagte der Vater.

Nahe dem Baum jener graue Stein, der in dem alten

Papier erwähnt war. Er sah nicht mehr grau aus, sondern war von grünem Moos überwachsen. Zur Hälfte war der Granitblock im Erdreich versunken.

Der Vater schlug mit dem Beil Astwerk und Wurzeln ab, Christian kratzte das Moos von der Oberfläche des Steins.

»Und wenn andere schon vor uns gegraben haben?« fiel es dem Jungen ein, als er den Spaten in die schwarze Erde trieb.

»Dann ist der Schatz gestohlen«, antwortete der Vater.

Aber umsonst wäre die Reise nicht gewesen, dachte er, diese Rückkehr nach vierundvierzig Jahren mit dem eigenen Sohn. Asseln flüchteten ins molsche Laub, Grundwasser sickerte aus der Tiefe. Sie gruben den Felsen frei, wälzten ihn zur Seite, der Stein rutschte die Böschung hinunter, schlug platschend in den Bachlauf. Der Spaten durchtrennte Baumwurzeln, das blanke Eisen traf faseriges Holz, beim ersten Stoß gaben die morschen Bretter nach. Es war die Kiste. Sie schaufelten weiter, bis die Kiste in ihrer ganzen Länge frei lag. Da erkannten sie, daß es ein Sarg war.

»Nicht Schatzgräber, sondern Totengräber«, sagte Christian.

Der Vater lehnte sich an den Baum und schloß die Augen.

»Was hast du?« fragte der Junge.

»Ich weiß nicht, wen Mutter da begraben hat.«

Er kniete nieder und suchte nach Erkennungszeichen. Als er die Münze fand, das in der Mitte durchbohrte Geldstück, das einmal als Anhänger eines Halsbandes getragen worden war, erkannte er den Toten.

»Das muß Gregor sein.«

»Wer war Gregor?« fragte der Junge.

»Ein russischer Kriegsgefangener, der zweieinhalb Jahre auf unserem Hof arbeitete.«

»Und warum liegt er hier?«

»Vielleicht, weil er es nicht mehr aushalten konnte.«

Sie setzten sich neben das Grab des Soldaten Gregor, der unweit von Smolensk in Gefangenschaft geraten und im Frühling 1942 nach Rothebude gekommen war, um zu arbeiten.

»Hast du ihn näher gekannt?« fragte Christian.

»Ich saß abends oft mit ihm vor dem Pferdestall. Er brachte mir die russischen Zahlen bei, und von mir lernte er die deutschen.«

»Wo kam Gregor her?«

»Aus den Wäldern am Oberlauf der Wolga. Er war ein Waldmensch, Rothebude hätte ihm eigentlich gefallen müssen, aber er konnte es nicht aushalten.«

»Woran ist er gestorben?«

»Im Oktober fiel, nicht weit von uns entfernt, die Stadt Goldap in die Hand der Roten Armee. Gregor dachte, es kämen nun seine Leute, um ihn zu befreien, er könnte nach Hause fahren an die obere Wolga. Aber im November eroberten die Deutschen Goldap zurück, die Front wurde still, Gregor konnte es nicht mehr aushalten vor Heimweh und nahm sich das Leben. So wird es gewesen sein.«

»Wie alt war Gregor?«

»Zwanzig Jahre vielleicht oder ein bißchen älter. Er könnte noch leben, wenn er nicht ein so großes Heimweh gehabt hätte.«

Sie schaufelten die Grube zu. Christian holte Sonnenblumen und legte sie auf die schwarze Erde, sein Vater setzte aus Birkenästen ein Kreuz. Mit dem Granitblock beschwerten sie, was von Gregor übriggeblieben war.

Die Kinder saßen am Rain des Kartoffelackers. Als die Fremden durchs Sonnenblumenfeld brachen, rannten sie voraus und versammelten sich neben dem Auto.

»Weißt du, warum Oma die Skizze von Gregors Grab gezeichnet und ein Leben lang aufbewahrt hat?« fragte Christian.

»Sie hat nie darüber gesprochen. Vielleicht war es Gregors letzter Wunsch, eine Beschreibung seines Grabplatzes an die obere Wolga zu schicken, damit seine Angehörigen erfahren, wo sie ihn betrauern können. Aber Oma fand keine Gelegenheit, den Zettel nach Rußland zu schicken. Die Post versagte den Dienst, außerdem waren da die vielen Grenzen.«

»Ist die Wolga nicht Europas größter Strom?«

»In Geographie bist du besser als in Geschichte«, sagte der Vater und lachte. »Ja, die Wolga ist so europäisch wie der Rhein und die Weichsel. Und Gregor gehört zu den vielen Toten, die dieses Europa zu betrauern hat. Wir sind Brüder, wenigstens im Tode sind wir Brüder.«

Die Kinder hatten ein paar Sonnenblumen auf die Motorhaube gelegt. Sie verstauten sie neben Beil und Spaten im Kofferraum. Mehr brachten sie nicht heim aus Czerwany Dwor als diese welken Sonnenblumen.

Heilige Johanna der Bahnhöfe

Als sie ausstieg, berührte sie flüchtig seinen Arm. Entschuldigung, sagte er.

Sie antwortete nicht, schien ihn nicht gehört zu haben.

Durchs beschlagene Glas sah er sie zur Treppe hasten, der anfahrende Zug überholte sie. Ein schmales Gesicht huschte vorüber, eine zierliche Person, in einen grauen Mantel gewickelt, grau wie der Regentag.

Sie kam ihm bekannt vor. Am Berliner Tor war sie zugestiegen, hatte sich mit dem Rücken an die Trennwand gestellt und mit beiden Händen an den Haltegriff geklammert. Es gab freie Sitzplätze genug, aber sie wollte stehen. Nach vier Stationen verließ sie die Bahn, und schon kam sie ihm bekannt vor. Als wäre sie jeden Morgen mit ihm gefahren. Während der Zug in den Tunnel stürzte, schwebte sie wie ein Geist die Treppe hinauf.

Eine Woche später traf er sie im gleichen Abteil. Diesmal saß sie und blickte aus dem Fenster. Er nahm ihr gegenüber Platz, es kam ihm so vor, als hätte er die ganze Zeit an sie gedacht. Im hellen Sommerkleid, unbekleidet am Strand, schlafend, von einem Berg herab winkend, tanzend, so hatte er sie gesehen. Tanzen ist ihre Leidenschaft, entschied er. Er sah es ihrem Körper an. Nicht ausgeschlossen, daß sie auf der Bühne tanzte. Er stellte sie sich als weißes Porzellanpüppchen vor, das auf Zehenspitzen

Pirouetten drehte. Ihm wurde schwindelig. Sterbender Schwan, dachte er und mußte lachen.

Als er sich vorbeugte, spürte er den Duft ihres Haares, einfach nur Seife. Dieses Haar war schwarz wie der Süden, es verschwand im Regengrau des Mantels. Ihre Haut war auffallend blaß. Sie trug keinerlei Schmuck, auch den Lippen fehlte die Farbe, trotzdem fand er sie anziehend. Keinen Ring entdeckte er an den Fingern, die nichts weiter zu tun hatten, als eine Tasche festzuhalten. Er suchte ihre Augen, aber sie blickte zu den vorüberfliegenden Häusern. Als im Tunnel das Licht aufflammte, schloß sie die Augen. Ein Mädchen ohne Alter, sie könnte zwanzig sein oder dreißig. Vielleicht eine Tänzerin. Sie kam ihm so federleicht vor, er könnte sie auf einer Hand über die Bühne tragen. Was ihm noch fehlte, war ihre Stimme. Sie preßte die Lippen zusammen, als wollte sie sich die Sprache verbieten.

Als sein Bahnhof kam, fuhr er weiter, bis eine Lautsprecherstimme die Endstation ankündigte. Sie erhob sich und ging zur Tür. Er folgte ihr. Sie stand ihm gegenüber und starrte auf ihre zierlichen kleinen Füße. Sie die linke Hand am Türgriff, er die rechte. Er überlegte, wie er sie zum Sprechen bringen könnte.

Eine alte Frau kam ihr entgegen, er sah, wie die beiden sich wortlos umarmten. Dann öffneten sie ihre Taschen und tauschten Broschüren aus, einen Packen Reklamezettel oder Schulhefte. Als er vorüberging, hörte er die Alte sagen: Das bißchen Regen macht doch nichts.

Am Zeitungskiosk wartete er auf sie, tat so, als interessierten ihn die bunten Blätter mit den nackten Menschen. In Wahrheit suchte er im spiegelnden Glas ihr Bild, aber sie kam nicht, auch die alte Frau nicht. Hatte sie den anderen

Ausgang gewählt, oder war sie wieder in den Zug gestiegen und zurückgefahren? Während des Wartens gab er ihr einen Namen, eine vorübergehende Bezeichnung, bis er es wagen würde, sie nach dem richtigen Namen zu fragen. Er nannte sie Johanna.

Nachts trat sie im Zirkus auf. Er sah sie als weißes Prozellanpüppchen auf der Spitze eines Mastes rotieren. Als sie abstürzte, wachte er auf. Ja, in den Träumen war sie ihm nahe, aber in der Wirklichkeit verbarg sie sich. Oft sah er sie im Gedränge, wenn am Hauptbahnhof die Züge einliefen. Kam er näher, war es eine andere. Ebenso in den Kaufhäusern. Johanna am Stand für Sportschuhe, Johanna vor dem Spiegel in der Blusenabteilung. Blickte er ihr über die Schulter, lachte ihn eine andere an.

Bis jener Morgen anbrach, als auf dem Wasser die Nebelhörner Laut gaben, die weiße Brühe sich durch die Häuserschluchten wälzte, auch vor Bahnhöfen nicht haltmachte, den Turmuhren die Zeit stahl und die Passanten zu flüchtigen Schatten werden ließ. Er traf sie vor dem Portal des Hauptbahnhofs, neben ihr die alte Frau. Beide hielten den Passanten ein Heft entgegen, das Gott zeigte als Turm in der Schlacht. Keine zehn Schritte weiter verkaufte einer das Unglück der Welt in Schlagzeilen.

Er erschrak über diesen Anblick. So nahe beieinander das Elend und die Rettung, das Alter und die Jugend, die Schönheit und das Feuer, das sie verbrennt. Die beiden standen im Gehen und Kommen der Menschen wie Leuchttürme in der Brandung. Sie blickte über ihn hinweg, auch über die Passanten, die vorüberdrängten, ihre Augen verloren sich in der Stadt, die an diesem Morgen nichts weiter zu bieten hatte als wallenden Nebel.

Kann man das Heft kaufen? fragte er das Mädchen.

Jesus sagt: Bittet, so wird euch gegeben! antwortete die Alte. Er gab der alten Frau, was sie verlangte. Sie wollte ihm ihr Heft in die Hand drücken, aber er nahm das des Mädchens. Dabei berührte er ihre Finger, zum ersten Mal, daß sie lächelte.

Der Herr sei mit Ihnen, sagte die Alte.

Er spazierte zur anderen Straßenseite, lehnte sich an einen Lichtmast und schlug das Heft auf. Ohne zu lesen, blickte er über den Rand hinweg zu dem Mädchen, das den Passanten ein neues Heft entgegenstreckte.

So eine ist sie. Ein hübsches Mädchen, das sich vor den Hauptbahnhof stellt und den Herrn Jesus verkauft. Er spürte, wie sie ihm entglitt, wie sie grauer und unscheinbarer wurde, sich endlich auflöste in Nebel und ferne Gedanken.

Das weiße Prozellanpüppchen hatte ausgetanzt. Eine wie die geht nicht ins Kino, sie mag keine weltlichen Konzerte, sie läßt sich nicht von Männern berühren, sie ist eben von einer anderen Welt.

Vor dem Hauptbahnhof hielt ein Auto. Er sah, wie das Mädchen der alten Frau ihr Heft reichte und über den Bürgersteig rannte. Die Beifahrertür wurde von innen geöffnet, das Mädchen sprang hinein, der Wagen brauste davon. Im Wegfahren sah er, daß ein junger Mann am Steuer saß.

Kurze Zeit spielte er mit dem Gedanken, zu der alten Frau zu gehen und sie nach dem Mädchen zu fragen. Doch eigentlich ging sie ihn nichts mehr an. Er warf das Heft in einen Papierkorb, schlenderte die Straße abwärts und ließ den Bahnhof, die alte Frau und Gottes Turm in der Schlacht hinter sich im Nebel versinken.

Erst abends zu der Zeit, als im Zirkus die Vorstellung

begann, das weiße Prozellanpüppchen auf der Spitze des Mastes tanzte, der sterbende Schwan über die Bühne getragen wurde, kamen ihm Zweifel. Sie steht nicht freiwillig an den Bahnhöfen, dachte er. Sie ist abhängig von der alten Person, sie ist eine Gefangene. Er malte sich Johannas Gefangenschaft aus, erfand einen Käfig, in dem sie lebte, abgeschirmt von der traurigen Welt, über den Dächern der Stadt. Ein schmaler Streifen Himmel fiel in ihre kleine Kammer. Zwei Stunden am Tag durfte sie hinaus, um Gottes Wort unter die Menschen zu bringen, bis das Auto kam und Johanna zurückbrachte in ihren Käfig.

Sie haben das schöne Mädchen als Lockvogel abgerichtet, Johanna ist eine Werbeträgerin, eine lebende Litfaßsäule. Im Zirkus gingen die Lichter aus. Die Tänzerin stürzte in die Dunkelheit, lautlos fiel sie in den Sand.

Er sah sie nun öfter. Er wußte, wo sie stand und ihren Gottesdienst verrichtete, kannte auch die Zeiten, da man sie in Freiheit ließ. Jeden Morgen zwischen acht und zehn Uhr, wenn die Menschen aus dem Bahnhof in die Innenstadt strömten, sah er sie neben der alten Frau. Und jeden Morgen kam ihm der Gedanke, er müsse sie erlösen, dem gefangenen Vogel den Käfig öffnen. Eines Tages wird sie allein vor dem Bahnhof stehen. Er wird um ein Heft bitten und fragen: Heißen Sie Johanna?

Sie wird lächeln, und ihm wird es genug sein.

Aber nicht sie traf er allein, sondern die Alte. Eines Morgens hielt sie ihm ein Bild entgegen. Auf einer Blumenwiese grasten gemalte Pferde, Kühe und Schafe. Im Hintergrund ein altes Haus, aus dessen Schornstein Rauch kräuselte. Auf dem Dach Tauben. Eine Bank vor dem Haus, auf der zwei alte Leute saßen und sich an den Händen hielten.

Glauben Sie, daß die Welt noch einmal so aussehen wird wie auf diesem Bild? fragte die alte Frau.

Er zuckte die Schultern und dachte, daß sie so doch nie ausgesehen hatte.

Sie sprach von den letzten Tagen, die kommen werden, morgen oder übermorgen, jedenfalls bald.

Wo ist das junge Mädchen? fragte er.

Johanna ist bei ihren Leuten, antwortete die alte Frau geheimnisvoll. Dann schlug sie das Heft auf und las ihm vor: Das Ende naht, die Zeichen sind unübersehbar.

Kommt Johanna nicht wieder? fragte er.

Morgen steht sie wieder auf Posten, heute ist sie bei ihrer Familie. Vater, Mutter und Geschwister wurden ausgelöscht, sind brennend vom Himmel gefallen. Nur Johanna blieb, um Gottes Wort zu verbreiten.

Er wollte gehen, aber die Frau hielt ihn zurück.

Ich habe eine Bitte. Wenn Sie Johanna treffen, sprechen Sie sie nicht an, flüsterte sie. Sie kann sich nicht mit Worten wehren, sie ist stumm.

Er sah deutlich, wie sie ihm entschwebte, wie Johannas Körper zu Geist wurde, einem Nebel gleich, der über dem Wasser wallte. Wie eine Heilige schritt sie durch düstere Grotten, an den Wänden schmolz das Eis, die Felsen fingen Feuer.

Mit ihrem Körper verflüchtigten sich auch seine Gefühle. Wir können nur das Normale lieben, dachte er. Johanna aber war stumm und heilig.

Hinter sich hörte er die alte Frau. Sie sprach von den klugen Jungfrauen, die ihre Lampen anzünden, um auf den Herrn zu warten. Die Törichten aber schlafen in den Tag hinein.

Ein wahrer Patriot

Am 8. Mai kommt der Herr Minister. Gegen zehn Uhr wird seine Wagenkolonne von Clamency her zum Dorf Brinon fahren. Auf dem Kirchplatz wird der Herr Minister eine Rede halten, anschließend mit seiner Begleitung durch den Ort spazieren und im Gasthaus »Le Canard« ein Mittagsmahl einnehmen. Schlichter Eintopf, dazu Wein aus der Gegend. Gegen fünfzehn Uhr gedenkt der Minister Brinon zu verlassen Richtung Avallon.

Der Sekretär schrieb es vier Wochen vor dem Besuchstag. Er nannte keine Gründe. Niemand erinnerte sich des Ministers. Er hatte keine Verwandten am Ort. Brinon gehörte nicht zu seinem Wahlkreis, nie zuvor war er in Brinon gewesen, aber nun wollte er kommen an einem bedeutenden Feiertag in dieses unbedeutende Dorf.

Zwei Tage vor dem Besuch erschien der Sekretär, um den Auftritt des Ministers vorzubereiten. Mit dem Bürgermeister besichtigte er die Örtlichkeiten, bestimmte den Platz, von dem aus der Besucher sprechen werde, markierte die Bäume, in denen Lautsprecher zu installieren seien, und bezeichnete die Position der Sicherheitskräfte. Bei Regenwetter wäre ein wasserfester Baldachin zu errichten. Blumenschmuck sei wünschenswert, blühender Flieder, der Jahreszeit entsprechend. Sofern Veteranen der beiden Kriege in Brinon lebten, sollten sie in ihren alten

Uniformen antreten, auch Kämpfer der Résistance, wenn vorhanden. Schließlich fragte der Sekretär nach einem gewissen Marcel Rochard.

Ja, den gab es. Der lebte mit seiner betagten Frau auf einem abseitigen Anwesen. Da er seines Alters wegen den bäuerlichen Hof nicht mehr bewirtschaften konnte, hatte er sein Land verpachtet, wollte aber in dem allmählich verfallenden Haus, das seiner Familie seit Jahrhunderten gehörte, sein Leben beschließen. Von seinen erwachsenen Kindern wußte man nur, daß sie nach dem Krieg nach Quebec gefahren waren, zurückgekehrt war keiner. Der Sekretär bat, diesen Marcel Rochard am 8. Mai herbeizuschaffen, der Herr Minister wünsche es.

Kühl und windig begann der Tag. Auf dem Kirchplatz knatterten Fahnen, einsam wartete ein blumengeschmücktes Rednerpult auf den Gast aus der Hauptstadt. Ein Polizeiwagen parkte zwischen Fliederbüschen, vier Polizisten wanderten unverdrossen den noch leeren Platz ab, spähten in die schon belaubten Bäume, musterten Hecken und Sträucher. Gegen neun Uhr kamen die ersten Bürger festlich gekleidet, einige hatten vorsorglich Regenschirme mitgebracht. Schulkinder nahmen Aufstellung und übten noch einmal das Lied, das sie zur Ehre des Tages und des Besuchers singen wollten. Ordengeschmückte Veteranen marschierten im Gleichschritt, nahmen auf der Ehrenbank Platz und bewachten die mitgebrachten Fahnen. Widerstandskämpfer hatte man keine gefunden.

Da Marcel Rochard die anderthalb Kilometer von seinem Anwesen bis zum Kirchplatz nicht zu Fuß zurücklegen konnte, fuhr der Bürgermeister mit dem Auto den Feldweg hinauf, um ihn zu holen.

Es kostete ihn einige Mühe, Rochard zur Teilnahme an

der patriotischen Veranstaltung zu bewegen. Rochard konnte sich nicht erklären, was der Minister von ihm wollte, auch er kannte ihn nicht.

»Ach, diese Minister kommen und gehen, es gibt deren mehr als Heilige in der Kirche«, sagte er.

Der Bürgermeister beschwor ihn zu kommen. Wenn es ihm nicht gelinge, Rochard auf den Kirchplatz zu bringen, müsse er Nachteile befürchten für sich und die Gemeinde. Darauf willigte Rochard ein, weigerte sich aber, zu Ehren des Besuchers Festkleidung anzulegen. In abgetragenem Bauernkittel stieg er aus dem Wagen des Bürgermeisters. Auf eine Krücke gestützt, humpelte er zu dem Stuhl, der neben dem Rednerpult für ihn bereitstand. Rochard saß ohne Regung, eine Hand auf das Knie gelegt, die andere auf die Krücke. Gelegentlich strich er seinen grauen Bart. Über die Menschen blickte er hinweg, als wären sie ihm fremd. Als Kinder Fähnchen an seinem Stuhl befestigten – dreimal die Trikolore aus Papier –, nahm er es nicht wahr.

Eine Blaskapelle vertrieb den Wartenden die Zeit, um zehn Uhr begannen die Glocken zu läuten. Ein junger Mann meldete vom Turm der Kirche, daß sich eine Wagenkolonne mit hoher Geschwindigkeit Brinon nähere. Polizisten auf Motorrädern eilten voraus, im zweiten Wagen saß der Minister, eine kleine Person, kaum erkennbar hinter den getönten Scheiben. Im Vorbeifahren hob er flüchtig die Hand und winkte denen zu, die an der Straße standen. Es schien, als lächle er ein wenig.

Zwei Steinwürfe vor dem Kirchplatz hielt das Auto plötzlich auf offener Straße. Die Türen sprangen auf, Sicherheitsbeamte postierten sich in den vier Himmelsrichtungen. Eine kleine Gestalt kam zum Vorschein. Gebückt stand sie auf dem Trottoir und betrachtete die

Fassaden der alten Häuser. Weiß Gott, er sah gewiß nicht aus wie ein Minister der Republik, sondern glich einem ergrauten Professor, der sich verirrt hatte. Nun bewegte er sich auf die Bäckerei Goisseau zu. Jedermann sah, wie der Herr Minister seine Hand auf den grauen Putz des Hauses legte und zaghaft an einen Türpfosten klopfte. Er warf einen Blick ins spärlich ausgestattete Schaufenster und fragte einen der Umstehenden nach dem Besitzer. Der zeigte auf den jungen Goisseau, der mit Frau und zwei Kindern vor der Treppe stand, die zum Laden führte. Der Minister gab ihnen die Hand. Von Goisseau wollte er wissen, wie lange er die Bäckerei betreibe.

»Sieben Jahre«, antwortete der. »Vorher hat mein Vater sie gehabt, und dessen Vater hat das Gebäude errichtet lange vor dem ersten Krieg.«

Der Minister öffnete seine Geldbörse und reichte dem jungen Goisseau einen Fünfhundert-Franc-Schein.

»Ich habe eine alte Schuld zu begleichen«, sagte er, verschwand im Auto und ließ sich zum Kirchplatz fahren. Die Glocken verstummten. Der Bürgermeister schritt dem hohen Gast entgegen, die Veteranen erhoben sich und entrollten die Fahnen, Rochard blieb auf dem geschmückten Stuhl, weil seine Beine schmerzten. Die Kinder sangen. Der Bürgermeister begrüßte den Gast aus der Hauptstadt. Als er geendet hatte, begab er sich zu dem Minister und zeigte auf Rochard.

»Da sitzt der Mann, den Sie haben wollten.«

Er sei schon einmal in Brinon gewesen, rief der Minister ins Mikrofon. Das sei lange her, nur die Älteren würden sich jener düsteren Zeit erinnern.

Er sprach mit lauter, geübter Stimme, wie sie keiner dem gebrechlichen Körper zugetraut hatte. Jeder konnte sehen, wie er am Rednerpult zu einer gewissen Größe und mit der Stimme über sich selbst hinauswuchs.

Als müsse er beweisen, daß er sich in Brinon auskenne, begann er, den Ort zu erklären. Drüben – er schlug mit der Rechten eine Schneise über die Dächer – befinde sich die Schule. Die Autowerkstatt, die er am Eingang des Dorfes gesehen habe, sei in seiner Erinnerung eine Schmiede gewesen. Das Gasthaus »Le Canard« kam ihm unverändert vor, nur fehlten die drei Linden, die das Gebäude einst beschattet hatten. Der Minister beschrieb den Feldweg zum Flußufer, erwähnte die Bäckerei Goisseau, in der er Brot und Kuchen gestohlen habe, und kam auf einen regnerischen Novemberabend zu sprechen, als er von Avallon her das Dorf erreichte, damals zu Fuß in durchnäßter Kleidung und mit kalten Füßen.

Er löste sich von dem vorbereiteten Text, sprach in freien Worten und mit sichtlicher Bewegung über jenen Abend, als es ihn ein ums andere Mal in den Straßengraben zwang. Immer, wenn ein Automobil vorbeikam, mußte er sich verstecken. Gegen Mitternacht erreichte er das verdunkelte Dorf, dessen Bewohner längst schliefen. Er ließ sich am Portal der Kirche nieder, brach anschließend in die Bäckerei Goisseau ein, um sich Nahrung zu besorgen. In einem Heuschober außerhalb des Dorfes schlief er eine Nacht und einen Tag.

Der Minister blickte über die Menge, als suche er nach bekannten Gesichtern aus jener Zeit. Er schaute zu den Veteranen und schließlich zu Rochard, der wie abwesend neben dem Rednerpult saß.

Eine Woche lang habe er sich in Brinon versteckt gehalten, fuhr er nach einer Pause fort. Schließlich habe er soviel Zutrauen gewonnen, daß er sich ins »Le Canard« wagte, um eine warme Mahlzeit einzunehmen und ein Glas Wein zu trinken. Dort sei es geschehen, daß drei bewaffnete Männer zur Vordertür hereinstürmten, während er durch die Hintertür floh. Es fielen mehrere Schüsse.

Der Minister schwieg, schien dem Echo jener Schüsse zu lauschen. Um ihn knatterten die Fahnen, in der Ferne fuhren Autos davon.

Er richtete seinen Blick auf Rochard.

»Daß ich noch lebe, verdanke ich diesem Mann.«

Der Minister sagte es ohne Pathos, und Rochard merkte nicht, daß er gemeint war.

»Drei Tage bewachten sie sein Anwesen. Jeden Morgen und Abend kamen sie und fragten, ob er eine verdächtige Person gesehen habe, Marcel Rochard schüttelte stets den Kopf. Als sie endlich fort waren, zeigte er mir den Weg über den Fluß in die Wälder.«

Der Minister verließ das Podium, ging zu dem alten Mann und griff nach seiner Hand. Rochard erhob sich unsicher.

Die Begleitung des Ministers brachte ein Kissen, auf dem ein Orden ruhte. Der Minister nahm das silberglänzende Metall und hängte es Rochard um den Hals. Reporter drängten sich vor, Blitzlichter zuckten. Morgen wird ein Bild, das den Minister, Rochard und das silberglänzende Metall zeigt, die Zeitungen der Republik schmükken. »Ein wahrer Patriot« wird über dem Bild stehen.

Der Minister trat noch einmal ans Mikrofon, sprach nun feierlich und mit großem Ernst, daß Männer wie Rochard das Vaterland in seiner dunkelsten Zeit nicht im Stich gelassen, sondern zur Ehre der Nation ihre Pflicht erfüllt hätten. Die Kapelle intonierte die Marseillaise. Die Veteranen erhoben sich und standen bei ihren Fahnen.

An der Mittagstafel im »Le Canard« saß Rochard dem Minister gegenüber, der auf sein Wohl trank, die patriotische Gesinnung lobte und beiläufig fragte, ob Rochards Frau noch lebe. Als der bejahte, bedauerte es der Gast aus der Hauptstadt, daß Rochard die Frau nicht mitgebracht habe zu der schönen Feierstunde. Auch ihr wolle er danken, da sie ihn mit Brot und Milch versorgt habe.

»Was meine Frau betrifft, Herr, die ist noch menschenscheuer als ich«, erwiderte Rochard. »Sie verläßt unser Haus nur zu den großen christlichen Feiertagen.«

Nachdem Rochard mehrere Gläser geleert hatte, kamen ihm die Worte wieder. Er erinnerte sich jener Nacht, die eine der dunkelsten gewesen war. Er lag schon im Bett, als er vom Dorf her Schüsse hörte. Der Hund schlug an. Rochard trat mit einer brennenden Kerze ans Fenster, um nachzuschauen. Da sah er hinter dem Glas das Gesicht, ein Kindergesicht noch, blaß und mit großen Augen. Als er die Tür öffnete, huschte eine kleine Gestalt über die Schwelle, verharrte zitternd vor der flackernden Kerze. Rochard leuchtete dem Fremden ins Gesicht. Er fand keine Worte, nur die Frau, die mit gefalteten Händen hinter Rochard stand, sprach von Jesus und den Heiligen.

In jener Nacht raste ein Auto mit aufgeblendeten Scheinwerfern den Feldweg hinauf. Rochard führte den Fremden in seinen Stall. Die Kühe erhoben sich, Ketten klirrten. Er öffnete ihm die Luke zum Heuboden und bedeutete dem Besucher hinaufzuklettern. Als er oben war, schloß Rochard die Luke und nahm die Leiter fort. In diesem Augenblick sprangen sie draußen aus dem Auto. Der Hofplatz lag im Licht der Scheinwerfer. Männerstimmen riefen Befehle. Einer schlug mit einem harten Gegenstand gegen die Tür.

Rochard öffnete wieder. Vor sich sah er eine Pistole. Das Licht einer Taschenlampe blendete ihn.

»Rück ihn raus, er ist ein Verbrecher!« schrie eine Stimme.

Rochard schüttelte den Kopf.

»Ich weiß von keinem Verbrecher.«

Sie schoben ihn beiseite und stürmten hinein, durchsuchten die Wohnräume, gingen in den Stall, leuchteten die Wände ab, suchten unter den Leibern der Tiere. Schließlich fanden sie die Leiter.

»Wohin führt die Leiter?«

Rochard sagte ihnen, daß er sie zum Obstpflücken und zur Säuberung des Daches brauche, nun aber habe er sie in den Stall geholt, damit sie im regnerischen November nicht verrotte.

Der Minister lächelte.

»Genauso war es«, sprach er über die festliche Tafel. »Ich lag oben im Heu und hörte jedes Wort.«

Rochard und der Minister tranken sich zu.

»Nicht wahr, Sie haben gleich gewußt, daß ich kein Verbrecher bin, sondern ein Patriot, der für Frankreich kämpft?«

Rochard zuckte die Schultern.

»Woher sollte ich es wissen, Herr? Ich sah nur, daß da ein Mensch war, der große Angst hatte.«

»Aber einem Faschisten hätten Sie doch nicht geholfen, Rochard! Dessen bin ich sicher.«

Der alte Mann schwieg. Der Bürgermeister drängte ihn, die Frage des Herrn Minister zu beantworten. »Ach, Herr«, sprach er leise. »Ich habe mein Leben lang nie nach politischer Gesinnung gefragt. Wenn ein Mensch in Not ist, muß man helfen, so ist es Christenpflicht.«

Die an der Tafel schwiegen, auch über das Gesicht des Ministers huschte ein Schatten der Enttäuschung. Doch faßte er sich schnell und lachte.

»So ist es auch recht, Rochard!« rief er. »Ob jemand als Patriot oder als Christ seine Pflicht erfüllt, was tut es zur Sache. Nur, daß es geschieht, darauf kommt es an.«

Er bestand darauf, Rochard in seinem Dienstwagen nach Hause zu fahren, jenen Weg, den er damals um sein Leben gerannt war.

Die Frau empfing sie vor der Tür.

»Das ist der Herr Minister aus Paris«, sagte Rochard. »Er möchte sich unser Haus anschauen.«

Der Gast reichte ihr die Hand, dankte für Brot und Milch damals im November, als er beinahe unter die Mörder gefallen war. Ja, sie hätten ihn auf der Stelle erschossen, wenn sie seiner habhaft geworden wären.

Rochard führte den Minister durch sein Haus. Zuletzt kamen sie in den Stall, der naß und verwahrlost aussah, dem es auch an Tieren fehlte. Der Minister kletterte die Stiege hinauf. Oben bekannte er vor denen, die ihn begleiteten, auch vor einem Reporter, der die spinnwebverhangene Ecke unter den Balken fotografierte, daß er hier die schrecklichsten Stunden seines Lebens verbracht habe. Nie wieder sei er so von Todesangst befallen gewesen wie auf Rochards Heuboden.

Die Frau lud den Minister zum Essen ein, doch er winkte dankend ab. Er müsse dringend in die Hauptstadt, wo ausländische Gäste auf ihn warteten. Der Sekretär trat zu Rochard und sagte leise, er dürfe sich jederzeit, wenn er Sorgen und Wünsche habe, an den Herrn Minister wenden. Man werde ihm zu helfen wissen.

Dann raste die Autokolonne den staubigen Feldweg

abwärts, bog kurz vor dem Dorf auf die Landstraße nach
Clamency. Als die Wagen hinter den Hügeln verschwunden waren, gingen die beiden Alten ins Haus.

»Erinnerst du dich an das Milchgesicht, das vor fünfundvierzig Jahren nachts an unser Fenster klopfte?« fragte
Rochard seine Frau. »Der Junge ist Minister der französischen Republik geworden.«

Rochard legte den Orden ab, den der Minister ihm
verliehen hatte. Er verwahrte ihn in der Schublade, in der
alte Dokumente, Postkarten und Fotografien aus der
ersten Hälfte des Jahrhunderts lagen. Die Frau schlug das
Heilige Buch auf und las laut die Geschichte von dem
Menschen, der einst nach Jericho wanderte und unter die
Mörder fiel.

Die Fremde

Mitten aus dem Leben gerissen, sagte die Anzeige. Kein Unfall, sondern eine Herzattacke in den Kasseler Bergen. Er schaffte es noch bis zur Raststätte Kirchheim, dort starb er auf dem Parkplatz bei laufendem Motor.

Sechsundfünfzig Jahre ist kein Alter, sagten sie im Dorf. Er hat sich zuviel zugemutet. Diese endlosen geschäftlichen Verhandlungen, Gespräche in verräucherter Luft bis spät in die Nacht. Die Firma wollte ihm einen Chauffeur stellen, aber er fuhr selbst gern Auto, das Auto war ihm ein Stück Freiheit und Unabhängigkeit. An dieser Freiheit ist er gestorben. Ein Mann wie er hätte zwanzig Jahre älter werden können. Aber nun im besten Alter in den Kasseler Bergen.

Die Geschäftsleitung trat in Schwarz an, außerdem alle Mitarbeiter seiner Abteilung. Wer früh stirbt, bekommt ein großes Gefolge. Rentnern schickt die Firma nur einen Kranz und erwähnt ihren Verlust in den Hausmitteilungen.

Die Kirche war zur guten Hälfte gefüllt, vorn saß die Witwe mit ihren erwachsenen Kindern, die selbst schon Kinder hatten. Neben ihr der Bürgermeister und einige Mitglieder des Rates, denn der Verstorbene hatte sich, wie man so sagt, um die Gemeinde verdient gemacht.

Als die Glocke den letzten Ton von sich gab, die Orgel

aber noch schwieg, in diesem Augenblick völliger Stille, betrat eine Frau die Kirche, die niemand kannte. Sie trug ein graues Kostüm, die rechte Hand hielt einen unauffälligen Blumenstrauß, die linke ein Papiertaschentuch. Blaß das Gesicht, die Lippen gerötet, dunkle Lidschatten, die Augenränder nachgezogen, eine schlanke Person, von der alle nur wußten, daß sie fremd war.

Sie blieb neben der Tür stehen. Der Kirchendiener zeigte auf die freien Plätze in den letzten Reihen, aber sie wollte stehen. Sie sang nicht, als alle sangen, blickte nur zu den aufgetürmten Blumenbergen, stand reglos, vergoß keine Träne. Einmal schloß sie die Augen und schien zu träumen. Als sich alle erhoben, um hinauszugehen, trat sie scheu zur Seite.

Der Pfarrer kam auf sie zu, schwebend wie ein schwarzer Engel, hinter ihm schwankten die Blumenberge, endlich die Träger mit dem braunen Holz. Die Witwe, von ihren Kindern gestützt, blickte im Vorübergehen auf. Nein, man kannte sich nicht.

Sie blieb, bis die letzten die Kirche verlassen hatten. Langsam ging sie nach vorn, als sei dort etwas vergessen worden. Sie setzte sich in die erste Bank auf den Platz, auf dem die Witwe gesessen hatte. Draußen, durchs geöffnete Fenster vernehmbar, knirschten die Räder im Sand, entfernten sich Schritte.

»Gehören Sie nicht zur Trauerfeier Meinhold?« fragte der Kirchendiener.

»Doch, doch«, flüsterte sie und stand überhastet auf.

Er zeigte ihr den Weg, den der Trauerzug genommen hatte. Sie zögerte, ging seitwärts zu den Hecken und Lebensbäumen, hielt sich versteckt hinter den Laubvorhängen junger Linden. Von dem, was am Grab geschah, sah sie nichts. Sie hörte das Schluchzen der Frau, die seine Frau war und die in dieser Stunde das Vorrecht besaß, vor mehr als hundert Menschen laut zu weinen. Der Wind trug die Stimme des Pfarrers herüber.

Hörbar die Erdklumpen, die aufs Holz schlugen.

Sie blieb abseits, bis der letzte seine drei Hände Erde geworfen hatte und das Grab verwaist lag. Die Träger brachten die Kränze, türmten sie wieder zu Bergen. Süßlicher Blumenduft wehte herüber.

Am Tor versammelten sich die Trauergäste, standen in Gruppen und sprachen über dieses und jenes. Einer fragte, woran alle dachten: »Wer mag die Frau sein, die da allein zwischen den Gräbern steht?«

Niemand wußte es, aber einer bemerkte: »Sie ist ja viel jünger.«

Als die Friedhofsarbeiter begannen, die sandige Erde in die Kuhle zu schaufeln, trat die Frau ans Grab. Sie unterbrachen ihre Arbeit, um ihr Gelegenheit zu geben, das zu tun, was zu tun war. Wie sie da stand, glich sie einem jener kalten Marmorengel, die die alten Gräber bewachen. Die Arbeiter rauchten hinter der Hecke eine Zigarette, danach klopften sie den Schmutz von den Schaufeln, um anzudeuten, daß genug getrauert sei und die Arbeit getan werden müsse.

Der Beerdigungsunternehmer kam und berührte ihren Arm.

»Frau Meinhold bittet Sie, ins Restaurant Waldfrieden mitzukommen auf eine Tasse Kaffee und ein Stückchen Kuchen«, sagte er.

Der Marmorengel erschrak.

»Danke, ich bin sehr in Eile.«

Der Mann ließ sie stehen und ging zu der Witwe, um ihr

zu sagen, daß die fremde Person ihre Einladung dankend
abgelehnt habe.

»Hat sie ihren Namen genannt?«

»Nein, sie war in großer Eile.«

Sie sahen ihr nach, als sie durchs Tor lief. Jemandem fiel
auf, daß sie vergessen hatte, ihren Blumenstrauß ins Grab
zu werfen.

Darius

An einem Februartag, als der Sturm das Salzwasser in den Strom drückte, die Radiostationen ihre Warnungen verbreiteten und die Feuerwehren sich der umgestürzten Bäume und Baugerüste annahmen, an einem dieser Tage betrat eine junge Frau die Hafenkneipe und fragte: »Haben Sie meinen Hund gesehen?«

Der durchnäßte Mantel hing wie ein Sack an ihrem Körper, Haarsträhnen klebten in dem schmalen Gesicht. Sie blieb an der Tür stehen und tropfte ab.

»Du läßt ja Wasser!« rief einer vom Tresen, ein anderer pfiff auf dem Daumen und schrie: »Fiffi, wo bist du?«

»Ungefähr so groß«, sagte die Frau. Sie zeigte es mit den Händen, nicht größer als ein Laib Brot.

»Das ist kein Hund, sondern eine Ratte.« Die Männer lachten.

Einer reichte ihr ein Päckchen Papiertaschentücher.

»Wisch dir mal das Wasser aus den Augen«, sagte er. »Bei solchem Wetter jagt man keinen Hund vor die Tür.«

»Er hat sich losgerissen«, antwortete die junge Frau. »Und weil er nur eine Handvoll ist, hat der Wind ihn über die Landungsbrücken geweht.«

Die am Tresen lachten.

»Er ist ein Pudel«, fuhr die Frau fort. »Er müßte leicht zu erkennen sein, weil er weiß ist.«

Sie griff nach einem Bierdeckel, bat um einen Kugelschreiber und notierte eine Telefonnummer.

»Wenn Sie ihn sehen oder davon hören, daß ein Hund gefunden worden ist, rufen Sie mich bitte an«, bat sie den Mann hinter dem Tresen.

»Wie heißt der Kleine denn?«

»Darius«, antwortete sie. »Ich habe ihn Weihnachten geschenkt bekommen, er ist drei Monate alt.«

Als sie die Kneipe verließ, wurde sie vom Wind gepackt. Sie lief die Landungsbrücken entlang, sprach diesen an und jenen. Viele waren in den Hafen gekommen, um dabeizusein, wenn das Wasser im Becken brodelte, aber keiner hatte Darius gesehen. Vor dem Fischmarkt mußte sie umkehren, er stand unter Wasser. Vergessene Autos begannen mit angezogener Handbremse zu schwimmen.

»Das nächste Hochwasser soll bis zu fünf Meter zwanzig steigen«, sagte das Autoradio. »Für die Nacht ist Windstärke elf, in Böen zwölf angesagt.«

Die Dämmerung kam mit den Sturmwolken den Strom herauf. In der Nacht sind auch weiße Hunde grau. Längst ruhte der Schiffsverkehr. Nur ein Schlepper kreuzte mit schaukelnden Lichtern den Strom, die letzte Barkasse brachte Arbeiter von der Schicht aus dem Freihafen. Als sie anlegte, spritzten die Wellen bis zu den Fenstern der Kneipen und Andenkenläden.

»Haben Sie einen kleinen, weißen Hund gesehen?«

»O mien Deern«, sagte der Arbeiter, der gerade auf den Ponton gesprungen war. »Mach mal die Augen auf! Was siehst du da? Große, weiße Wasserberge, aber keine weißen Hunde!«

Die Möwen, die über ihnen standen, ließen sich fallen und wurden in die Stadt getrieben.

»Wo ging er über Bord?«

»An Brücke fünf. Er rannte einer Möwe nach, die auf dem Anleger stand, plötzlich war er verschwunden.«

»Soviel ich weiß, können Hunde schwimmen«, mischte sich ein anderer in das Gespräch.

»Darius ist sehr jung, er ist noch nie in seinem Leben geschwommen.«

»Also wenn das so ist ...«, sagte der Arbeiter und spuckte ins aufgewühlte Wasser. »Es gibt da diesen schönen Hundefriedhof in ...«

Die junge Frau hielt mit beiden Händen ihr Haar fest.

»Wenn du wieder mal einen kleinen Hund hast, lütte Deern, und es weht gerade Windstärke elf, läufst du nicht am Hafen spazieren, sondern nimmst ihn in den Arm und gehst mit ihm zu Bett.«

Sie wollte stromabwärts fahren, ihn bei Övelgönne oder Teufelsbrück suchen, wo gewöhnlich die Tonnen, Holzkisten und Flaschenpost antreiben.

»Bei so einem Wetter fließt die Elbe aufwärts«, meinten die Männer von der Schicht. »In Ochsenwerder wird er antreiben oder vor der Staustufe Geesthacht. Am besten, du fährst nach Hause, trinkst einen steifen Grog und wartest, bis das Unwetter sich ausgetobt hat.«

Das Wasser stieg auf fünf Meter achtzehn. Die Feuerwehr schleppte halb ertrunkene Autos ab. In der Nordheide raste ein Autofahrer in eine umgestürzte Fichte. Ein Radfahrer wurde von einer Sturmböe vor ein Auto geschleudert. Ein drei Monate alter Hund ist von den Landungsbrücken in die Elbe geweht ... nein, diese Meldung kam nicht durch die Nachrichten. Im Fernsehen zeigten sie die Brandung an der zerklüfteten Küste der Bretagne und Dächer, die über Südengland flogen.

Mitten in der Nacht läutete das Telefon.

»Sie können Ihren Hund abholen«, sagte eine Männerstimme.

»Lebt er?«

»Er ist verdammt müde und schläft.«

Die junge Frau fuhr zur Hafenkneipe. Nur wenige Männer saßen noch hinter ihren Biergläsern und warteten auf besseres Wetter. Auf dem Tresen stand ein Waschkorb, darin lag, mit einem Handtuch zugedeckt, Darius.

»Die letzten Arbeiter, die zu Fuß durch den Tunnel kamen, weil kein Schiff mehr ging, haben ihn mitgebracht. Er muß einen halben Kilometer quer durch den Strom geschwommen sein bei viereinhalb Grad Wassertemperatur. Vor den Helgen der stillgelegten Werft ist er angekommen und durchs verlassene Gelände geirrt, bis die Arbeiter ihn fanden. Einer wickelte ihn in seine Jacke und brachte ihn rüber.«

Ein Zittern lief durch den kleinen Körper.

»Nun träumt er vom Ozean.«

»Wir wollten ihm zur Stärkung einen heißen Grog geben, aber er mag noch keinen Alkohol.«

»Darius. War das nicht ein mächtiger persischer Kriegsheld?«

»Fünfhundert Jahre vor Christus«, antwortete die junge Frau.

»So klein und schon so stark«, sagte der Mann hinter dem Tresen und schob der Frau ein gefülltes Schnapsglas hin.

Darius schlief anderthalb Tage in einem Stück. Als er erwachte, hatte er das Schwimmen verlernt.

Jennifer oder
Die Konferenz der Meere

Vor Jahren, als das schwarze, stinkende Öl die Farbe des Goldes angenommen hatte und die klebrigen Klumpen an die Strände spülten wie Bernstein, vor Jahren also fand in der nördlichen Stadt eine Konferenz über die Meere statt. Zu ihr schickten die Staaten, die am Wasser lagen, ihre Minister, unter ihnen auch ein Abgesandter Arabiens, denn es hieß, die Ölländer wollten, nachdem sie London und Los Angeles in ihren Besitz gebracht hatten, nun auch die Ozeane erwerben, sie entsalzen, um mit dem Meereswasser die Wüste in einen blühenden Garten zu verwandeln. Schon handelten sie das Eis der Antarktis in kilometerlangen Barren an den Terminbörsen der Welt. Eines Tages wird man es den Nil hinaufschleppen, um der Sahelzone neues Leben zu schenken.

Der arabische Herrscher kaufte, bevor er in die nördliche Stadt reiste, dort das erste Hotel am Platze, reservierte für sich und sein Gefolge ein ganzes Stockwerk und gedachte in den Stunden, in denen er nicht gerade der Konferenz beiwohnte, vom Dachgarten die Aussicht auf die Stadt zu genießen und den schmutzigen Strom, auf dem schwerbeladene Tanker vom Meer hereinkamen und einen starken Geruch unraffinierten Öls verbreiteten.

Nach der Ankunft ruhte er aus in seinen Gemächern, dann begab er sich zur Konferenz der Meere, um eine

Grußadresse zu verlesen, befahl noch im Einsteigen seinem Diener, der für Speisen und Getränke des Herrschers zuständig war, eine Frau zu beschaffen. Zu seiner Begleitung gehörten fünf Damen des heimischen Harems, aber der Minister aus Arabien liebte es, an den Stätten seines politischen und ökonomischen Wirkens eine Blume des jeweiligen Landes zu erwerben. Warum sollte der Reichtum, der aus dem scharzen Gold floß, sich nur in toten Immobilien, kaltem Beton und der Entsalzung der Ozeane niederschlagen und nicht auch in lebenden Gegenständen? Wenn einst die Wüste mit Leben erfüllt sein wird, braucht sie schöne Frauen, die unter Palmen und Oleander lustwandeln, um die Abenddämmerung mit ihrem Gesang zu erfüllen. Als der Wagen sich schon in Bewegung setzte, bemerkte der Herrscher aus dem halbgeöffneten Fenster, daß es natürlich keine Dirne sein solle, sondern eine richtige Frau, die er zu ehelichen gedenke nach den Gesetzen seines Landes. Es müsse auch bald geschehen, noch vor dem Ende der Konferenz über die Meere.

Während er die Grußadresse verlas, schwärmte seine Begleitung aus. Einige Leute stellten sich vor die Mädchenschule, bis ihnen gesagt wurde, daß es in Europa verboten sei, schulpflichtige Kinder zu kaufen. Auch vor den Kirchen postierten sie sich, trafen aber nur Trauer tragende Witwen in vorgerücktem Alter. Auf dem Bahnhof begegneten ihnen zwei Schwedinnen auf der Durchreise, die aber so aneinanderhingen, daß sie nur zu zweit oder gar nicht dieses Abenteuer bestehen wollten. Da ersteres gegen die Gewohnheit des arabischen Herrschers verstieß, ließen sie die blonden Mädchen aus dem Norden unbehelligt südwärts reisen und suchten weiter, verliefen sich in die Kaufhäuser und Einkaufspassagen und fanden in einer

Boutique am Wasser in bevorzugter Lage Jennifer. Sie verkaufte Schmuck, auch kostbare Kleider und war von jener entrückten Schönheit, die man gelegentlich auf Laufstegen entschwinden sieht. Jennifer wartete seit Jahren darauf, entdeckt zu werden, nicht vom Film oder Fernsehen, sondern von den Modehäusern in Paris, New York oder Milano. Ihre größte Sorge war es, vor der Entdeckung alt zu werden.

Zur Probe erwarb einer aus dem arabischen Gefolge bei ihr einen Armreif für fünfeinhalbtausend Mark, zahlte in Dollar und fragte, während Jennifer die Ware hübsch verpackte, ob sie die Frau eines Scheichs werden wolle. Nicht für eine Nacht oder die Dauer der Konferenz über die Meere, sondern für alle Ewigkeit und wohlversorgt, denn Öl sei ja, wie jeder wisse, das pure Gold. Jungfräulichkeit sei erwünscht, aber nicht Bedingung, die Herrscher Arabiens hätten sich in diesem Punkte den europäischen Sitten angepaßt. Jennifer brauche auch nicht nach Arabien zu reisen, um ihr Leben in der Abgeschiedenheit eines Harems zu verbringen. Sie dürfe in der nördlichen Stadt bleiben, müsse aber stets bereit sein für die Besuche des Herrn, der viel umherreise und es liebe, an den wichtigsten Plätzen der Welt nicht von irgendeiner, sondern von seiner Frau empfangen zu werden. Einzige Bedingung: Es müsse schnell gehen, spätestens morgen.

Jennifer erbat sich fünf Minuten Bedenkzeit, verschwand in der Umkleidekabine, betrachtete dort ihr Gesicht und den Körper. Als sie Lippenstift und Nagellack aus ihrem Täschchen entnahm, fand sie den zerknitterten Brief der Hausbank, die ihr mitteilte, daß der Kredit zwar verlängert werde, aber zu steigenden Zinsen. Seitdem das schwarze Gold die Finanzmärkte beherrschte, stiegen die

Zinsen ins Unermeßliche, und hübsche Verkäuferinnen wie Jennifer mußten den Wucher bezahlen. Der Brief der Hausbank gab den Ausschlag.

Sie wollte dem arabischen Unterhändler ein Bild von sich mitgeben, aber der lehnte dankend ab. Sein Herr verlasse sich ganz auf die von ihm getroffene Auswahl und wünsche keine vorherige Besichtigung. Andererseits gebe es auch kein Foto des Herrschers, denn das Abbilden von Menschen sei in seinem Lande unüblich. Er könne aber versichern, daß sein Herr von ungewöhnlicher Kraft und im besten Mannesalter sei. Wenn sie ihn vorher sehen wolle, möge sie in die Morgenzeitung schauen, da sei er an der Spitze der arabischen Delegation abgebildet.

Am nächsten Tag kam der Abgesandte des arabischen Herrschers mit einem blauen Auto vorgefahren, das sie per Flugzeug aus der Wüste eingeflogen hatten. Es trug vorn die Wimpel des Herrscherhauses und glich jenen verdunkelten Limousinen, die zuweilen in den Straßenschluchten Manhattans rollen und von denen der Volksmund sagt, daß sie im Fond nicht nur eine Bar mit Television haben, sondern auch einen Swimmingpool. Zwei Männer trugen einen Rosenstrauß von gewaltigen Ausmaßen in den dritten Stock, wo Jennifer wohnte. Sie möge bitte, so erklärten die Überbringer der Rosen, ins erste Hotel am Platze kommen, nicht etwa, um ihrem künftigen Herrn vorgestellt zu werden – der war mit der Konferenz der Meere beschäftigt –, sondern um mit seinem Finanzberater den materiellen Teil der Transaktion zu besprechen. Jennifer rief in der Boutique an, entschuldigte sich wegen Unpäßlichkeit, gab den Rosen Wasser und fuhr mit der verdunkelten Limousine in jenes Hotel, das über Nacht einen arabischen Namen erhalten hatte.

Es sei nicht vorgesehen, ihr eine Suite im Hotel zur Verfügung zu stellen, empfing sie der Finanzberater, ein Geldgenie aus Zürich, das der Scheich vor Jahresfrist gekauft hatte, als die Gnome dort anfingen, Hunger zu leiden. Er habe eine Villa im vornehmen Teil der Stadt erworben mit Blick zum Strom, auf dem die Schiffe das schwarze Gold bringen. Die Beschaffung der Villa bereitete keine Mühe, wohl aber ihre Einrichtung innerhalb von zwölf Stunden. Gerade würden die Räume beheizt, die Kühlschränke aufgefüllt, die toten Glühbirnen in den Kandelabern ausgewechselt, Teppiche verlegt und die Schlafräume mit einem orientalischen Diwan versehen und mit Duftstoffen angereichert. Während die Ausstatter in der Villa am Strom sich die Klinke in die Hand drückten, besuchte Jennifer mit dem Finanzberater die Hausbank. Als erstes wurde der gerade verlängerte Kredit mit den erhöhten Zinsen gestrichen, denn es galt als unschicklich, wenn die Frau eines arabischen Scheichs Schulden besaß. Sodann eröffnete der Gnom aus Zürich ein Dollarkonto mit einer Startsumme von zehntausend, dem standesgemäßen Unterhalt für den gerade laufenden Monat. Der Bankdirektor sprach von einem Wunder. Recycling der Öldollars sei das Gebot der Stunde, jedes Mittel müsse recht sein, auch dieses. Auf dem Rückweg besuchten Jennifer und das Finanzgenie die vornehme Boutique, wo die sofortige Kündigung mündlich und schriftlich erklärt wurde. Mögliche Schadenersatzansprüche wegen des vorzeitigen Abganges wehrte der Gnom dadurch ab, daß er an Ort und Stelle Jennifers Brautkleid mit dem dazugehörigen Schmuck kaufte und bar bezahlte, ohne drei Prozent Skonto auszuhandeln.

In einer Konferenzpause am frühen Nachmittag fand die

Eheschließung nach islamischem Ritus statt. Jennifer sah ihn bei dieser Gelegenheit zum ersten Mal und war angenehm überrascht von der kräftigen Gestalt und den stechenden Augen. Sein Alter entsprach ihren Erwartungen. Er war kein Greis, aber auch nicht so jung, daß er länger als sie zu leben gehabt hätte. Sie sprachen englisch. Er fragte nach Alter und Namen, wollte wissen, ob die Eltern noch lebten, wenn ja, in welchen ökonomischen Verhältnissen. Er erkundigte sich nach der Gesundheit und wunderte sich, daß sie das unwirtliche Klima des Nordens ertragen konnte. Wenn es ihr unbehaglich werde, solle sie es ihm mitteilen, er werde dann ein Haus an den milden Gestaden des Genfer Sees für sie einrichten. Nach der Zeremonie küßte er flüchtig ihre Hand, eine Aufmerksamkeit, die er in Polen gelernt hatte und die er gelegentlich seinen europäischen Frauen zuteil werden ließ. Danach eilte er zurück zur Konferenz der Meere, die in ihr entscheidendes Stadium getreten war. Die Begleitung brachte Jennifer in die Villa am Strom. Dort besichtigte sie siebzehn Räume und zwei Bäder, gab Anweisung, einen Renoir in den Flur zu hängen und die blauen Vorhänge durch karminrote zu ersetzen, weil Rot jeden weiblichen Körper in ein wohltuendes Licht taucht. Erschöpft ließ sie sich auf dem Diwan nieder, blätterte in einem Modejournal, hörte arabische Musik und wartete auf den Herrn.

Abends brannten in der Villa am Strom alle Lampen. Verschwenderisch fiel das Licht in den Garten, vom Wasser herauf grüßten die Öldampfer. Zwei Diener eilten ihm voraus und rissen die Türen auf. Kaum hatte er den Fuß über die Schwelle gesetzt, ertönte Musik, die Hymne des Herrschers. Jennifer wartete im Nebenraum auf ihren Auftritt. Im Speisesaal war eine Tafel für zwei Personen gedeckt. Dort ließ er sich nieder. Ein Diener brachte ein Schälchen, er wusch sich die Hände, ließ sie sich abtrocknen und salben. Dann befahl er, die Frau zu holen.

Sie betrat mit jener selbstbewußten Unbekümmertheit den Raum, die orientalische Männer an europäischen Frauen so lieben, weil es jedem Mann schmeichelt, eine selbstbewußte Frau zu besitzen, wohingegen der Besitz einer unterwürfigen Sklavin gerade so viel Stolz erweckt wie das Eigentum an einem guten Mutterschaf.

Jennifer war unverschleiert. Er bat sie, Platz zu nehmen am anderen Tischende, fünf Meter von ihm entfernt. Sie möge essen, was sie begehre. Er habe arabische Spezialitäten einfliegen lassen, Datteln aus der eigenen Oase und das Fleisch eines Hammels, der in den heiligen Bergen um Medina gegrast habe. Es stehe ihr frei, auch die heimischen Gerichte des Nordens zu wählen, nur Fisch verbitte er sich. Sein Land hätte die Ozeane längst gekauft, wären sie nicht angefüllt mit diesem ekelhaften, stinkenden Fisch.

Ein Diener stand hinter ihrem Stuhl, legte vor, füllte nach, räumte ab. Der Herr saß ihr gegenüber und erklärte auf englisch die Speisen und Gewürze. Sie dachte, während sie aß, an ihren Englischlehrer, den sie gemocht hatte, was ihre Leistungen beflügelte und die Noten in die Höhe schnellen ließ, nebenbei ein schönes Beispiel dafür, wie eine gute Ausbildung die Lebenschancen zu erhöhen vermag. Ohne Englischkenntnisse hätte sie keine Anstellung in der vornehmen Boutique erhalten, denn dort erwartete man täglich internationales Publikum. Ohne Boutique mit internationalem Publikum wäre ihr der Abgesandte Arabiens nicht begegnet. So fügte sich alles zum Guten, angefangen bei der Wahl der Fremdsprache über den sympathischen Englischlehrer bis zu den süßen Datteln Arabiens.

Das Mahl dauerte an die zwei Stunden. Er sah müde aus. Diese internationalen Konferenzen über nichts weniger als die gewaltigen Meere strengten doch mächtig an. Plötzlich klatschte er in die Hände. Die Musik verstummte augenblicklich, die Diener verließen fluchtartig den Raum, nicht ohne vorher Duftstoffe zu versprühen und die Vorhänge zuzuziehen. Das Licht verdämmerte, geheimnisvolle Hände reduzierten es auf halbe Stärke, eine ägyptische Finsternis fiel von den Wänden. Aus dem Halbdunkel hörte sie seine Stimme. Er bat sie, sich zu erheben und zu ihm zu kommen. Er berührte ihre Hände, prüfte die Handgelenke und Arme, griff nach dem Ohrläppchen, ließ das helle Haar durch seine Finger gleiten, tastete flüchtig über die linke Brust, wie um zu sehen, ob sie überhaupt da sei, strich wie ein Schneider beim Maßnehmen mit beiden Händen an ihren Beinen abwärts bis zu den Knöcheln und den rotlackierten Zehnägeln. Er tätschelte wohlwollend ihre Hüften und gab zu verstehen, sie müsse ein wenig an Gewicht zunehmen.

Nachdem er alle Körperteile überprüft hatte, bat er sie, sich zu entkleiden. Er selbst hockte während der Zeremonie auf dem Teppich, zündete eine Zigarette an und betrachtete in weißen Rauchschleiern den Vorgang der Enthüllung. Jennifer entkleidete sich mit jenem Charme, den man gern auf Laufstegen spazierenträgt. Es dauerte eine Zigarettenlänge, bis sie nackt in der Mitte des Raumes stand und zu frieren begann. Vom Strom her tuteten die Öltanker. Der Herrscher Arabiens trat ans Fenster und grüßte seine Schiffe. Danach löschte er das Licht gänzlich, sprach von der Last der internationalen Konferenzen und der sich dort ausbreitenden großen Müdigkeit.

Die Nachrichten sprachen davon, daß es auf der Konferenz einen Eklat gegeben habe. Ein nicht genanntes Land habe beschlossen, seine Hoheitsgewässer auf tausend Seemeilen auszudehnen, um sich in den Besitz des halben Atlantischen Ozeans einschließlich der Inseln Madeira, St. Helena und der Kanaren zu setzen. Ein vorzeitiger Abbruch sei zu befürchten, man verhandele schon über einen Termin zur Fortsetzung im nächsten Jahr.

Jennifer saß allein beim Mittagessen, als der Gnom aus Zürich in ihrer Villa erschien, um zu erklären, daß sein Herr, der ja nun auch ihr Herr sei, vorzeitig abreisen müsse. Für ihr Wohlergehen sei gesorgt. An jedem 15. eines Monats werde auf dem bewußten Konto ein Betrag von zehntausend Dollar eingehen, der es ihr erlaube, ein standesgemäßes Leben zu führen. Der Herr werde, wenn seine Geschäfte es zuließen, zu Besuchen in die nördliche Stadt kommen. Doch pflege er solche Besuche niemals anzukündigen. Sie müsse ständig bereit sein, ihn zu empfangen. Im übrigen hinterließ er eine Kontaktadresse in Abu Dhabi. An sie solle sich Jennifer wenden, wenn sie ein Problem habe, sei es finanzieller Art oder Krankheit oder Schwangerschaft. Nicht erlaubt sei der Geschlechtsverkehr in jeglicher Form. Ihr Herr habe das Recht, sie nach einem Fehltritt zu töten, was vor einem Jahr mit einer Frau in Rio de Janeiro tatsächlich geschehen sei. Gänzlich ausgeschlossen sei es, daß männliche Personen die Villa am Strom betreten.

Auch kein Briefträger?

Nein, der auch nicht. In dringenden Fällen, etwa bei Wasserrohrbrüchen und elektrischen Defekten, solle sie in Abu Dhabi anrufen. Erlaubt seien das Anhören von Konzerten, Theaterbesuche und Spaziergänge in zoologischen Gärten, aber niemals in männlicher Begleitung.

Den Rest des Tages verbrachte Jennifer allein in der Villa. Sie lüftete die siebzehn Räume, befreite sie von dem süßlichen Duft Arabiens. Als sie eine Freundin anrufen wollte, erschrak sie, weil es in der Leitung knackte. In der Dämmerung spazierte sie durch den Garten und sah auf der anderen Straßenseite einen Mann stehen. Er ruhte aus an einem Laternenpfahl, rauchte eine Zigarette nach der anderen und schlenderte erst gegen Mitternacht, als in der Villa die Lichter ausgingen, von dannen.

Nach einigen Tagen der Verstörtheit, die sie allein in dem großen Haus verbrachte, wurde sie heiterer. Sie ordnete ihre persönlichen Verhältnisse, meldete sich bei den Behörden um, stellte eine Reinmachefrau ein, kaufte ein sportliches Auto und einen Hund. An die Kontaktadresse in Abu Dhabi schrieb sie, daß sie sich als ständigen Begleiter einen Pudel zugelegt habe, ein männliches Tier. Dagegen sei wohl nichts einzuwenden. Abu Dhabi antwortete nicht. Zu ihrem Geburtstag kam ein üppiger Rosenstrauß. Von dem Studenten, der den Strauß im Auftrage einer Gärtnerei an der Haustür abgab und den sie bei dieser Gelegenheit flüchtig berührte, erfuhr sie, daß der Blumenstrauß aus einem arabischen Land komme.

Im Parkhaus setzte sie ihr Auto gegen einen Betonpfeiler. Unaufgefordert schickte ihr Abu Dhabi als einmalige Sonderzahlung einen Scheck über zehntausend Dollar, damit demonstrierend, daß man alles wisse, auch ihre Verkehrsunfälle. Sie fuhr gern durch die Stadt. Mit Sonnenbrille und breitrandigem Hut, der männliche Pudel auf dem Beifahrersitz, glich sie der Garbo in ihren vornehmsten Zeiten. Oft saß sie auf einer Bank am Ufer des großen Stromes und hielt Ausschau nach fremden Segeln. Jede Woche kam eine Friseurin ins Haus, später auch ein weiblicher Masseur. Nur der Mann, dem sie gehörte, kam nicht. Kein Brief erreichte sie, kein Telefonanruf schreckte sie nachts aus dem Schlaf. Pünktlich schickte die Bank ihre Kontoauszüge. Eine Vermögensanlagegesellschaft sandte ihr Prospektmaterial über günstige Geldanlagen in der Schweiz. Luxemburg empfahl sich mit zehnprozentigen Papieren und mehrwertsteuerfreien Goldanlagen, Chikago offerierte Warenterminkontrakte. Ohne ihr Zutun war sie in die Adressenlisten der Finanzwelt geraten.

Aus der Zeitung erfuhr sie, daß die abgebrochene Konferenz der Meere in Lissabon fortgesetzt werde. Als das Fernsehen die Eröffnung zeigte, sah sie ihn, wie er flüchtig in die Kamera lächelte, im Hintergrund der Gnom aus Zürich. Einen Augenblick verspürte sie Neigung, nach Lissabon zu fliegen, sich ihm, wenn er von der Konferenz in sein Hotel fährt, in den Weg zu stellen, um ihn an seine Pflichten zu erinnern. Sie unterließ es, weil sie fürchtete, er werde sie nicht erkennen. Er wird längst ein eigenes Hotel in Lissabon gekauft und in einer Konferenzpause eine portugiesische Schöne geehelicht haben.

Jennifer kam sich überflüssig vor. Überall traf sie auf die sonderbarsten Anzüglichkeiten, ihren Zustand betreffend. Von Kinoleinwänden herab küßten sich pausenlos Liebespaare, in den Theatern redeten sie offen über sexuelle Praktiken, in den Vernissagen begegneten ihr weibliche und männliche Akte, und ein Polizist, der sie wegen Überschreitung der Höchstgeschwindigkeit zur Rede stellte, fragte beiläufig, ob sie Witwe sei. Sah sie so aus?

Die vielen arabischen Menschen, die ihr in der nördlichen Stadt begegneten, irritierten Jennifer. An Bushaltestellen, im Stau vor Verkehrsampeln, auf Bahnhöfen und Flugpätzen kamen sie ihr entgegen. Einige gaben sich zu erkennen und lächelten im Vorübergehen. Auch als sie in den Süden floh und stundenlang lesend auf einer Bank im Englischen Garten verbrachte, entdeckte sie jenseits des Buchrandes hinter Büschen und Springbrunnen arabische Menschen, die wie beiläufig Tauben fütterten. Als ein Herr aus einem der nahen Versicherungspaläste seinen mittäglichen Denk- und Verdauungsspaziergang unternahm und Jennifer anzusprechen wagte, mußte sie ihn bitten weiterzugehen. Abu Dhabi sah alles.

Zum christlichen Weihnachtsfest kam eine Kette aus Elfenbein, zum mohammedanischen Neujahrstag ein Diadem, Absender: Abu Dhabi. Die monatlichen Zahlungen erreichten pünktlich ihr Konto. Als die Inflation ins Kraut schoß und der öffentliche Dienst eine Tarifferhöhung um sechs Prozent durchsetzte, bekam Jennifer unaufgefordert einen Inflationsausgleich in gleicher Höhe. Jeweils zur Monatsmitte rief der Bankdirektor persönlich an und unterbreitete Vorschläge, die zinsgünstige Anlage betreffend. In nur einem Jahr kam Jennifer zu einem Aktienportefeuille, einem Festgeldkonto und einem Depot voller öffentlicher Anleihen, sie wurde vermögenssteuerpflichtig. Aber außer dem Geld kam niemand. Ein arabisches Konsulat lud sie zu einem Empfang ein. Sie verstand es als ein Zeichen, daß man Jennifer als ihnen zugehörig betrachtete. Ein Auto mit weißgekleidetem Fahrer holte sie ab und brachte sie vor Einbruch der Dunkelheit zurück in die Villa am Strom. Auf dem Empfang versuchte sie, in Erfahrung zu bringen, wo sich ihr Herr aufhalte. Niemand wußte Genaues, einige vermuteten Valparaiso, andere Mindanao.

So vergingen Jahre. Der Pudel starb und räumte den Beifahrersitz für einen Cockerspaniel, auch männlich. Der

Vermögensstatus, den der Bankdirektor für sie erstellte, überschritt die Millionengrenze. Es sei der Punkt erreicht, wo das Geld aus sich selbst lebe, erklärte ihr Steuerberater, mit dem sie telefonisch verkehrte und der ihr dringend empfahl, der wachsenden Steuerflut mit einem Transfer nach den Bermudas zu entgehen. Sie kaufte eine Wohnung im Tessin, fragte an, ob Abu Dhabi mit einer Wohnsitzverlegung einverstanden sei. Bevor die Antwort eintraf, brach der Ölmarkt zusammen.

Die Schlagzeilen schrien es hinaus, daß Öl wieder Öl sei, so schwarz und stinkend wie ehedem. Der Bankdirektor rief besorgt an. Zum ersten Mal seien die Zahlungen aus Abu Dhabi ausgeblieben. Es sei nicht tragisch, beileibe nicht, aber der guten Ordnung halber müsse er ihr den Verzug mitteilen. Dann kam der Tag, an dem die Kontaktstelle Abu Dhabi ihr ein Flugticket mit hektographiertem Begleitbrief schickte. Wegen der veränderten Lage auf dem Weltölmarkt sei man außerstande, allen rechtmäßigen Frauen des Herrschers ein Leben im Ausland zu gestatten. Der Herr befehle seinen Frauen die Heimreise. An seinem Hofe werde für sie gesorgt werden. Etwa vorhandene Kinder seien mitzubringen. Als Strafe für Nichterscheinen drohe der völlige Entzug der finanziellen Unterstützung, Verstoß als Ehefrau, nach Belieben des Herrschers wohl auch der Tod.

An einem Sommertag, als die Hitze über der Wüste flimmerte und Sandwolken dem Meer zutrieben, versammelten sich in der VIP-Lounge des Flughafens Abu Dhabi einundzwanzig Frauen und dreizehn Kinder. Drei Frauen waren dunkelhäutig, eine schien indianischer Abstammung zu sein und kam aus Mexiko, eine andere aus Venezuela. Tokio war vertreten und Bangkok, eine ungewöhnlich beleibte Person aus Sri Lanka hatte allerliebste Zwillinge mitgebracht. Aus Europa hatten eine Französin, eine Schwedin, eine Finnin, eine nordirische Protestantin und eine schottische Katholikin den Weg nach Abu Dhabi gefunden, außerdem Jennifer. Nordamerika war mit einem Weib vertreten, das der Freiheitsstatue im New Yorker Hafen glich, auch war eine Nachbildung der blonden Marilyn Monroe aus Key Biscane angereist. Stundenlang saßen sie schweigend, umgeben vom Plappern und Lachen der Kinder. Als die Mexikanerin mit der Französin ins Gespräch kam, fanden sie heraus, daß sie dasselbe Reiseziel hatten. Alle Frauen gehörten dem einen großen Herrscher und dem Öl. Diese Erkenntnis traf sie wie ein Donnerschlag. Einige lachten schrill, andere verbargen das Gesicht in den Händen, auch sollen Tränen geflossen sein. Die Kinder begannen zu schreien. In diesem Augenblick betrat er den Raum, er, auf den sie gewartet hatten. Ohne Begleitung kam er, wie es einem orientalischen Mann zukommt, der seinen Harem besucht. Die Frauen empfingen ihn im Halbkreis. Keine verneigte sich, keine küßte seine Füße. Und doch bückte sich eine und hob wie beiläufig eine herumstehende Bodenvase auf, schwang sie durch die Luft und zerschmetterte sie auf dem Schädel des Mannes. Augenblicklich brach er zusammen, Blut tränkte die weißen Gewänder. Im Beisein der dreizehn Kinder, die noch nie einen Menschen hatten sterben sehen, verschied er in den Armen seiner Frauen.

Es hielt sich das Gerücht, die Nordirin habe die kostbare Bodenvase zertrümmert. Auch der Polizei gelang es nicht, Näheres zu ermitteln, denn die Frauen, die sie verhörten, lachten nur. Die Zeitungen schrieben, die Irisch-Republikanische Armee habe ein Attentat auf einen arabischen

Herrscher mittels einer Bodenvase verübt. Mehrere arabische Staaten beschlossen, kein Öl mehr nach Europa zu liefern, der Dollar stürzte ins Bodenlose. Später, als die Finanzmärkte zur Ruhe gekommen waren, würdigte die »Financial Times« in einem dreispaltigen Artikel die Rolle der Frauen bei der Wiederherstellung des finanziellen Gleichgewichts in der Welt der Petrodollars.

Jennifer aber lebte noch viele Jahre herrlich und in Freuden. Auch als das Öl wieder schwarz und häßlich war, litt sie keinen Mangel, denn ihre Vermögensverhältnisse waren von der Art, daß ihr Geld, wie der Bankdirektor zu sagen pflegte, aus sich selber heraus lebte.

Alex kommt

Wo das Wasser ins Land schneidet, einem Linealstrich
gleich die sandige Geest teilt, unter Straßen und Eisenbahnen ins flache Grün fällt, wo der Geruch des Meeres mit
den Schiffen heraufkommt, die einem neuen Meer zustre-
ben, dort liegt im Schutz des Deiches der Martenshof.
Seine Gebäude sind älter als der bald hundertjährige Kanal.
Auf dem Stalldach nisteten Störche bis 1945, danach
kamen sie nicht wieder, ihr Nest vergammelte und wurde
verbrannt an einem 30. April im Maifeuer. Als sie dem
Wasser ein Bett gruben, dem Kanal einen Namen gaben
nach dem damaligen Herrscher – es kamen Arbeiter aus
den östlichen Provinzen, sogar Polen und Wolhynier, im
ersten Krieg schaufelten russische Gefangene den Bahn-
damm, auf dem die Züge übers Wasser nach Norden rollen
sollten –, in jenen Jahren verlor der Martenshof seine
besten Wiesen. Dafür wuchs ihm ein Geestacker zu, der
mehr Steine als Brot hergab. Auch setzten sie einen Deich
an die Nordseite des Hofes, der das Wasser daran hindern
sollte, Ställe und Gemüsegarten zu überfluten. Seitdem
blühten die Bauernrosen, geschützt vor den kalten
Winden, um einiges üppiger, der Flieder wuchs zu einer
mächtigen Hecke.
　　Hinter dem Deich kannst du Wein ziehen, sagte, als er
noch lebte, der alte Martens, der in seiner Kindheit dabei-

gewesen war, als sie den Kanal fluteten, und der gestorben war in dem Frühling, als die Engländer den Kanal einnahmen und die Störche nicht wiederkehrten. Weil er Wein nicht sonderlich mochte, hatte er Flieder gepflanzt, die Altenteilerkate mit einem grünen Wall umgeben. Jeden Frühling ertrank der Martenshof im Duft des lila Flieders. Die Radfahrer auf dem Deich hielten an, die Spaziergänger setzten sich ins Gras und bewunderten das blühende Meer zu ihren Füßen, einige stiegen hinunter und brachen heimlich einen Strauß.

So nahe der großen Welt und doch so einsam für sich. Tag und Nacht glitten die Aufbauten der Frachtschiffe, die über die Ozeane gekommen waren, am Martenshof vorbei, fuhren durch die Wiesen, wuchsen über die Viehherden hinaus, warfen Schatten in die alten Fenster und eine Bugwelle ins Schilf. Oft wehte Radiomusik herüber. Ins Stampfen der Schiffsturbinen mischten sich fremde Stimmen, ein Rufen und Singen. Keines der Schiffe hielt am schmalen Steg, auf dem die Angler saßen. Die Riesen kamen und gingen, nahmen ihre Lichter mit und die fremden Stimmen, fuhren von einer Brücke zur anderen. Wenn sie fort waren, blieben nur das Wispern des Windes und das Blöken der Schafe am Deichhang.

An einem Sommerabend ertrank der Kanal im Nebel. Die Schiffe fuhren halbe Kraft, schickten ihre Signale voraus, glitten nicht festlich illuminiert durch die Dunkelheit, sondern blieben verborgen, bis sie kurz vor dem Martenshof gewaltig und drohend auftauchten, zum Greifen nahe, um rasch wieder zu verschwinden. Die feuchte Luft trug die Stimmen, als wären sie hinter der Fliederhecke gesprochen.

Im Bauernhaus schliefen sie schon. Eine Stallaterne warf

weißes Licht in die schmutzigen Pfützen des Hofplatzes, in der Altenteilerkate leuchteten zwei Fenster. Oma Martens konnte nicht schlafen. Sie saß am halbgeöffneten Fenster, lauschte dem An- und Abfahren der Autos, die zur Fähre wollten, und den Schiffen, die mit halber Kraft fuhren und doch so laut waren in der feuchten Nacht. Kaum schlief sie ein, schrak sie wieder auf, wenn die Nebelhörner nahe ihrem Fenster dröhnten.

In jener nebligen Nacht klopfte es ans Stubenfenster, wo die alte Frau im Sessel saß, mit weiter nichts beschäftigt als den gefalteten Händen. Ein verhaltenes, zaghaftes Klopfen, als wäre ein verirrter Vogel gegen die Scheibe geflogen.

Da war es wieder. Dann flüsterte eine Stimme. Auf dem Hof schlug der Hund an. Fern klirrten Ketten, und ein dumpfer Aufprall ließ ahnen, daß die Fähre den Landeponton gerammt hatte. Die alte Frau sah ein Gesicht hinterm Fensterglas, aus den Haaren tropfte Wasser. Großer Gott, jemand ist in den Kanal gefallen! Ein Mann, sicher ein Matrose von einem der Schiffe, die um die Welt fahren und hier durch dieses Nadelöhr müssen am Martenshof vorbei. Sie schaltete das Licht aus, weil sie sich fürchtete. Am Fenster die Umrisse der Gestalt, sie hörte wieder die flüsternde Stimme. Über Bord wird er gefallen sein oder gesprungen. Ach, in dieser Gegend flohen viele. Von den Schiffen aus Rostock, Stettin, Danzig oder Leningrad ließen sie sich ins Wasser fallen, schwammen fünfzig Meter, krochen durch den Fliederbusch und klopften ans Fenster, während ihr Schiff ohne sie über die Meere mußte.

Sie hörte ihn ums Haus gehen. Nun klopfte es an der Eingangstür. Wieder bellte der Hund. Oben im Bauernhaus ging das Licht an.

Die alte Frau überwand ihre Angst und öffnete die Tür.

Auf der Schwelle stand der Fremde, naß von den Haarspitzen bis zu den Füßen. Geblendet vom Licht, neigte er den Kopf, verbeugte sich, stammelte in fremder Sprache einige Worte, verbeugte sich wieder. Unter ihm bildete sich eine Pfütze, Wasser lief über die Schwelle. Nun erst sah sie, daß er barfuß war.

Bist du vom Schiff gefallen? fragte die Frau.

Er blickte auf und lächelte. Sie sah sein Gesicht, ein junges Gesicht. Diese Augen, so schien es ihr, hatte sie schon einmal gesehen. Groß war er, der Mann. Sein Körper füllte die Tür, und doch schien alle Kraft aus ihm gewichen. Demütig, fast unterwürfig stand er vor ihr. Auf seiner Brust sah sie den roten Stern, beide Arme trugen das Zeichen Hammer und Sichel. Daher kommst du also. Nachdem sie ihn eine Weile angeschaut hatte, war sie sicher, diesen Mann schon einmal gesehen zu haben. Sie ließ ihn eintreten, ging voraus zur Badestube, reichte ihm ein Handtuch und sah zu, wie er sich abtrocknete.

Ihr Sohn hatte den Hund von der Kette gelassen.

Was geht hier vor? schrie er, als er die Altenteilerkate betrat.

Alex ist gekommen, antwortete die alte Frau und zeigte auf den Mann, der in der Badewanne stand und sich abtrocknete.

Du sollst doch nachts keinem die Tür öffnen, Mutter! Heutzutage ist soviel Gesindel unterwegs, die ganze Welt fährt an unserem Hof vorbei, irgendwann steigt einer aus und schneidet dir den Hals ab.

Alex schneidet keinem den Hals ab, antwortete Oma Martens. Erkennst du ihn nicht? Als du Kind warst, hat Alex oft mit dir gespielt.

Der Bauer beruhigte den Hund, dann ging er zu dem

Fremden und fragte nach Woher und Wohin. Der zuckte mit den Schultern und versuchte zu lachen.

Er versteht uns nicht, und wir verstehen ihn nicht, sagte die Frau.

Nun kam auch die Bäuerin über den Hof gerannt und fragte, ob sie die Polizei rufen solle.

Ruf lieber den Doktor, sagte Oma Martens. Alex ist naß, er wird uns noch krank werden.

Wer ist Alex? wollte die Bäuerin wissen.

Er ist zu Besuch gekommen aus Rußland.

Alex ist längst tot, Mutter! sagte der Bauer. Der war damals so alt, wie dieser heute ist, und das ist mehr als vierzig Jahre her.

Aber er sieht aus wie Alex, beharrte die alte Frau.

Die Bäuerin ging trockene Kleidung holen.

Ruf mal Rathjen an! schrie der Mann ihr nach.

Um Gottes willen, nicht Rathjen! bat Oma Martens. Alex soll bei uns bleiben, keiner soll ihn abholen und einsperren.

Wir wissen nicht, was mit ihm los ist, Mutter. Vielleicht ist er von Bord gefallen und will zurück auf sein Schiff, das in der Brunsbütteler Schleuse liegt und auf ihn wartet.

Er wird gewiß Hunger haben.

Oma Martens verschwand in der Küche, die beiden Männer standen sich gegenüber und hörten das Klappern von Töpfen und Pfannen im Nebenraum.

Bist du Russe? fragte der Bauer.

Der Fremde zeigte auf den roten Stern und deutete in die Richtung, aus der sein Schiff gekommen war.

Also stiftengegangen?

Der Besucher verschränkte die Arme vor seiner Brust, so daß sie den roten Stern verdeckten.

Die Bäuerin kam mit trockenen Kleidern, legte ihm das Bündel ins Badezimmer und schloß die Tür. Während der Fremde sich umzog, beratschlagten sie, was zu tun sei. Sie hatte Rathjen nicht erreicht, es nahm keiner ab.

Vielleicht sollten wir ihn ausschlafen lassen und morgen früh Rathjen anrufen, damit er ihn abholt, schlug die Bäuerin vor.

Oma Martens deckte den Tisch. Sie trug Kaffee und Milch auf, brachte Brot und eine Pfanne mit Spiegeleiern, die sie auf einen Ziegel stellte. Als der Fremde aus dem Badezimmer kam, bat sie ihn, am gedeckten Tisch Platz zu nehmen.

Spiegeleier mochtest du am liebsten, sagte sie.

Sie umstanden den Fremden und sahen zu, wie er aß. Er beugte sich tief über den Teller, biß große Stück ab, kaute langsam, ohne aufzublicken.

Heißt du Alex? fragte Oma Martens.

Der Fremde nickte.

Siehst du, ich habe es euch gleich gesagt, es ist unser Alex.

Was redest du von Alex, Mutter! Der wäre über achtzig Jahre alt und schwimmt durch keinen Kanal mehr.

Vielleicht ist es sein Sohn, fuhr die alte Frau fort. Jedenfalls sieht er unserem Alex ähnlich.

Der Fremde hantierte mit Messer und Gabel und wagte nicht aufzublicken.

Damals hattest du keinen Bart unter der Nase.

Der Fremde lachte.

Du hattest mir versprochen zu schreiben, aber ein Brief aus Rußland ist niemals angekommen. Du hast deine Ludmilla gefunden und uns vergessen, so war es wohl.

Mutter, du redest dummes Zeug!

Von den anderen hat auch keiner geschrieben, sprach die alte Frau weiter. Die von Sankt Margarethen nicht, und die aus der Zuckerfabrik in Sankt Michel auch nicht. Alle versprachen, als sie gingen, uns zu schreiben, aber keiner hat es gehalten. Einige wollten sogar auf Besuch kommen, wenn die Welt wieder in Ordnung ist, aber keiner ist eingetroffen. Nur du bist gekommen, Alex, nach vierzig Jahren bist du vom Schiff gesprungen, als es an unserem Hof vorbeifuhr.

Der Bauer schob dem Fremden eine Zigarettenschachtel und Streichhölzer über den Tisch. Als er sich eine Zigarette ansteckte, sahen sie, daß seine Hände zitterten.

Du brauchst keine Angst zu haben, sagte Oma Martens. Du wirst nicht eingesperrt, die Zeiten sind vorbei. Damals schickten sie die Gefangenen ins Straflager zum Torfstechen und Gräbenausheben. Ein paar sind im Moor untergegangen. Weißt du noch, wie einer aus dem Straflager ausbrach und sich bei Evers im Stroh versteckte? Morgens bellte der Hund vor dem Strohberg, Evers kam mit der Peitsche und prügelte ihn aus seinem Versteck.

Hör auf mit den alten Geschichten, Mutter!

Alex weiß, wie es damals ausgegangen ist, erzählte die alte Frau weiter. Evers hat dem entlaufenen Gefangenen einen Strick um den Hals gelegt, das Strickende über einen Balken geworfen und ihn hochgezogen. Wenn er blau anlief und sterben wollte, ließ er ihn auf die Erde fallen. Hatte er sich erholt, zog er ihn wieder zum Balken. So trieb er es eine halbe Stunde, bis der Mensch tot war.

Der Fremde hatte offenbar nichts verstanden. Er rauchte ruhig seine Zigarette, aber noch immer zitterten die Hände.

Alex weiß auch, wo Evers den Russen verscharren ließ,

nämlich auf seinem Rübenacker gleich hinter dem Deich. Alle im Dorf wußten es, aber keiner sprach darüber, bis die Engländer kamen. Alex zeigte ihnen das Grab auf dem Rübenacker.

So etwas ist hier vorgekommen? wunderte sich die Bäuerin, die von Meldorf her eingeheiratet hatte.

Ja, es ist vorgekommen, und du mußt es auch wissen, wandte sich die alte Frau an ihren Sohn. Du kamst gerade aus der Schule, als die Engländer den Evers durchs Dorf führten. Sie hatten ihm ein Schild um den Hals gehängt: Ich bin ein Mörder! Ihr lief ihm nach bis zum letzten Haus. Da luden die Engländer den Evers auf einen Lastwagen und verschickten ihn nach Rußland. Zurückgekommen ist er nicht, aber du bist gekommen, Alex. Du sitzt an unserem Tisch und ißt Spiegeleier. Dir ist es gutgegangen bei uns, dich hat keiner mit der Peitsche aus dem Strohberg geprügelt.

Hör auf, so zu reden, Mutter! Er versteht dich doch nicht.

Und ob er mich versteht. Nicht wahr, Alex, du verstehst mich?

Der Besucher lachte.

Die Frau Evers lebt noch in einem Altersheim in Marne. Die weiß auch, wie es zugegangen ist. Nachdem die Engländer ihren Mann abgeholt hatten, mußte sie mit eigenen Händen den toten Russen ausgraben und ihm ein ordentliches Begräbnis auf unserem Friedhof geben.

Der Fremde stand auf und verneigte sich vor der alten Frau.

Er kann bei uns im Bauernhaus schlafen, sagte die Bäuerin.

Warum denn schlafen? Wir haben noch viel zu bereden,

nicht wahr, Alex? Weißt du noch, wie du nach dem Krieg Schuhe eingekauft hast? Für Geld gab es nichts, nur für Naturalien. Du kamst zu mir in die Küche und wolltest zwölf Eier geliehen haben. Für drei Stunden, sagtest du. Du packtest die Eier in eine Tüte und gingst zum Schuhekaufen nach Wilster. Im Laden sagten sie, es seien keine Schuhe da. Du zeigtest ihnen die Eier, da nahm der Schuhhändler dich nach hinten, um mal nachzusehen. Und wirklich, es fanden sich Schuhe. Du probiertest sie an, behieltst ein Paar gleich an den Füßen, und als es ans Zahlen ging, drücktest du dem Schuhhändler ein Bündel Reichsmarkscheine in die Hand. Die Eier brachtest du zurück in meine Küche.

Der Fremde lächelte.

Siehst du, jetzt fällt es dir wieder ein.

Über dem Kanal lichtete sich der Himmel. Der Intercity nach Westerland rasselte über die Hochbrücke. Im Westen leuchteten die Industrieanlagen von Brunsbüttel.

Die Engländer stellten dir frei, nach Amerika auszuwandern oder nach Rußland heimzukehren, sagte Oma Martens. Aber du hattest ja Heimweh nach deiner Ludmilla, deshalb bist du nach Osten gefahren. Sonderbar, daß aus Rußland keiner geschrieben hat. Vielleicht haben sie dort keine Post, oder es fehlt ihnen an Papier. So viele Gefangene, und keiner schrieb ein Wort, nicht mal eine Ansichtskarte. Wo sind sie nur geblieben in dem großen Rußland? Damals lebten sie noch. Sie stiegen fröhlich in die Eisenbahnzüge, aber keiner hat je erfahren, wo sie angekommen sind.

Er soll nun schlafen, entschied der Bauer.

Sie gingen mit ihm über den Hof, die alte Frau begleitete sie.

Oma wird auch langsam tüdelig, meinte die Bäuerin.

Längst hatte der Mond den Nebel besiegt. Sein Licht fiel ins schwarze Wasser der Moorkanäle. Das düstere Gemäuer des Schöpfwerkes warf seinen Schatten an den Himmel. Die Nebelhörner waren verstummt.

Die Andere

Du sollst nicht töten... Du sollst nicht stehlen... Du sollst nicht ehebrechen... So steht es in dem alten Buch und straft den lieben Gott Lügen. Der auf der Kanzel sprach von den unerforschlichen Ratschlüssen: Den einen trifft es mit fünfundfünfzig, den anderen mit fünfundachtzig, wie Gott will.

Durchs Blumenmeer sah ich Uwe Jessen an der festlichen Tafel. Neben ihm Silvia, aufgeblüht wie ein Weihnachtsstern. Drei Stunden hatte sie den Friseur bemüht, danach die Schatten unter den Augen übertüncht, die Falten zugekleistert und war eine junge Braut geworden für einen einzigen Tag im November. Heute, fünf Jahre später, dieses Blumenmeer und ein Pfarrer, der von den unerforschlichen Ratschlüssen sprach.

Wo steckte Silvia? Sie saß nicht vorn, wie es ihr zugestanden hätte. Auch unter den Leuten des Betriebes, die die rechte Seite des Kirchenschiffes füllten, war sie nicht. Zu ihnen hatte sie einmal gehört, aber nun schämte sie sich vor ihren mitleidsvollen Gesichtern und den neugierigen Blikken. Silvia kam erst, als die Orgelmusik einsetzte. Scheu drückte sie sich in die Bank am Eingang, immer bereit davonzulaufen. Fünfundzwanzig Meter Luftlinie zwischen ihr und dem Blumenmeer, viel zu fern.

Damals standen auch Blumen vor ihr, fünfundzwanzig

rote Rosen. Uwe Jessen erhob sich und sprach davon, wie tapfer sie ein Vierteljahrhundert mit ihm gelebt habe. Es sei nicht immer leicht gewesen, mit Schulden hätten sie angefangen, dann seine langwierige Krankheit, die nun gottlob überwunden sei. Er legte seinen Arm um die Silberbraut, sie tranken sich zu, er küßte flüchtig ihre Wange, an der Festtafel applaudierten die Gäste.

Du sollst nicht lügen, sagt das alte Buch. Schon damals schliefst du mit der anderen. Deine vielen Reisen machten es möglich. Abends warst du halt nicht da, sondern geschäftlich in Diepholz oder Osnabrück.

Niemand weinte, auch Silvia nicht. Gab es denn keinen unter den hundert Beerdigungsgästen, der um Uwe Jessen trauerte?

Ich fühlte, daß Silvia mich längst erkannt hatte, aber trotzig starrte sie an mir vorbei zur weißen Kirchenwand.

Du bist doch sein Freund, sagte sie damals. Du mußt mit ihm reden, mußt ihn zur Vernunft bringen.

Ja, wir waren Schulfreunde. Als Trauzeuge trat ich auf, während Uwe und Silvia die Ringe tauschten, übrigens auch in dieser Kirche. Es kommt mir so vor, als sei es erst vorgestern gewesen und vor dem Altar dieselbe Person, die das junge Paar damals segnete und ihm das Bis-der-Tod-euch-scheidet mit auf den Weg gab. Nun war er da, der Tod. So viele Blumen hast du nicht mal auf deiner grünen Hochzeit gehabt, Uwe Jessen.

Ich glaube, sie nahmen die Trauungszeremonie auf Tonband auf. Noch immer höre ich seine Stimme:

Ich nehme dich, Silvia Schöning, zu meiner Ehefrau und verspreche, dir die Treue zu halten in guten und bösen Tagen, in Gesundheit und Krankheit. Ich will dich lieben und achten, bis der Tod uns scheidet.

Abends, wenn er geschäftlich unterwegs war, wird sie das Tonband gehört haben, viele, viele Male. Bis sie es nicht mehr ertragen konnte und das Tonband in den Fluß warf. Oder sie trägt es noch bei sich und wird es ihm mit einer theatralischen Geste ins Grab nachwerfen.

Zehn Wochen nach der Silberhochzeit rief er mich an. Er müsse mit mir sprechen, sagte er geheimnisvoll. Es sei sehr wichtig für ihn. Wir saßen in einem Restaurant am Wasser. Der Wind drückte Regentropfen gegen das Fensterglas, unter uns führen hellerleuchtete Schleppkähne die Weser abwärts.

So geht es nicht weiter, sagte er. Sie ist langweilig geworden, abends schläft sie vor dem Fernseher ein, liegt mit offenem Mund im Sessel und schnarcht. Wenn sie spricht, redet sie immer dasselbe. Es sprühen keine Funken mehr, ihr Körper ist wie erkaltetes Eisen, nichts an ihr ist noch begehrenswert.

Geht es nur um den Körper?

Das eine kommt vom anderen, erwiderte er. Wer körperlich jede Anziehung verloren hat, wird auch im Geist abstoßend. Ich mag sie nicht mehr anfassen. Wenn sie mich berührt, um zärtlich zu sein, fahre ich vor Schreck zusammen.

So sehr hat sich Silvia doch nicht verändert, wagte ich einzuwenden. Natürlich ist sie älter geworden, aber wir sind alle älter geworden, wir werden gemeinsam alt.

Nach der Suppe zog er ein Bild aus der Tasche und schob es mir über den Tisch. Ich sah eine attraktive Frau, blond, wie Silvia einmal gewesen war, als sie die Ringe tauschten.

Du denkst bestimmt, das könnte meine Tochter sein, sagte Uwe Jessen. Ja, sie ist achtzehn Jahre jünger als Silvia und einundzwanzig Jahre jünger als ich.

Ich betrachtete das Bild, fand Ähnlichkeiten mit Silvia, damals, als sie noch jung war.

Hübsch ist sie ja, war alles, was mir zu dieser Person einfiel.

Ich reichte ihm das Bild zurück, Uwe Jessen verwahrte es in seiner Brieftasche direkt über dem Herzen.

Der Pfarrer schilderte seinen beruflichen Werdegang. Aus bescheidenen Verhältnissen emporgearbeitet... Abitur in Abendkursen... Aufstieg zum Prokuristen. Nun, da er alles erreicht hatte und sein Leben genießen wollte, schlugen die unerforschlichen Ratschlüsse zu.

Das Wort genießen störte mich. Ich schaute mich um und sah Silvia an der weißen Kirchenwand.

Ja, sie ist wirklich hübsch, sagte ich damals. Du kannst deinen Spaß mit ihr haben, aber Silvia darf nichts davon erfahren, für sie muß alles so bleiben, wie es war.

Das sagte ich, als wir mit Bier anstießen und auf dem Fluß die Schiffe Laut gaben.

Du gibst ja schöne Ratschläge, meinte Uwe Jessen. Du bist doch immer für Offenheit und Ehrlichkeit, und nun rätst du mir, mich zu verstellen, ihr etwas vorzutäuschen, was es nicht mehr gibt.

Vor zehn Wochen auf der Silberhochzeit konntest du das recht gut, sagte ich und spürte sofort, wie ihn diese Bemerkung kränkte. Wenn Ehrlichkeit grausam wird, ist Lüge eine wohltuende Medizin.

Er hörte mich nicht, er tippte auf das Bild der jungen Frau.

Sie hat auch nur ein Leben, sie will auch eine Zukunft haben. Denkst du, es genügt ihr, den Mann, den sie liebt, zweimal wöchentlich für ein paar Stunden zu sehen?

Mich störte die pathetische Floskel: den Mann, den sie

liebt. Mensch, Uwe, du bist bald fünfzig Jahre alt und redest einen solchen Unsinn!

Die Orgel spielte »So nimm denn meine Hände«, ein Beerdigungslied, das des schönen Textes wegen gern auf Hochzeiten gesungen wird, auch auf der euren, wenn ich mich recht erinnere.

Das kann nicht alles sein, beschwor er mich an jenem Abend. Jeder muß eine zweite Chance haben, noch einmal anfangen können. Antje will sogar Kinder.

Ich glaube, er nannte sie Antje oder Anke oder Anika, behalten habe ich ihren Namen nie.

Neues Spiel, neues Glück! antwortete ich. Nur Silvia hat keine zweite Chance, sie ist auch bald fünfzig.

Er überhörte meinen Einwand, erklärte seine Entschlossenheit, sich scheiden zu lassen, so schnell wie möglich.

Da wurde mir klar, daß er nicht meinen Rat wünschte, sondern von mir nur Beifall und Bestätigung suchte für das, was er längst entschieden hatte.

Hübsch ist sie ja.

Ich dachte an Silvia, die Ahnungslose, die drüben die weiße Wand anstarrte, während schwarzgekleidete Männer Kränze beiseite räumten. Ein Vierteljahr nach der Silberhochzeit kam der Tag der Offenbarung. Ich habe nie erfahren, wie er es ihr gesagt hat und wie sie es aufnahm. Jedenfalls brauchte sie achtundvierzig Stunden, bis sie die Kraft fand, mich anzurufen.

Was habe ich verkehrt gemacht? fragte ihre traurige Stimme, in der soviel Bereitschaft steckte, das Verkehrte richtig zu machen, damit es so wird, wie es einmal war.

Ich konnte ihr nicht sagen, daß sie nur alt und langweilig geworden war, weiter nichts.

Sie erwartete, daß ich Uwe Jessen zur Rede stellte, ihn

zur Besinnung brachte, wie sie es nannte. Sie glaubte, ein böser Geist sei in ihn gefahren. Ich sollte den Teufel austreiben, damit Uwe Jessen wieder sein konnte wie früher.

Noch heute nimmt sie mir übel, daß ich ihn nicht zur Besinnung gebracht habe, wie sie es nannte. Ich weigerte mich sogar, zwischen ihnen zu vermitteln. Was bleibt da zu vermitteln, wenn es so steht, wie es steht? Die finanziellen Dinge lassen sich vermitteln – du bekommst das, du bekommst das –, aber Gefühle kann niemand teilen oder verteilen. Als sie hörte, daß ich es schon vor ihr wußte, war sie mir böse.

Und dieser Haß auf die andere. Silvia war überzeugt, Uwe sei verführt worden, die andere habe ihn um den Verstand gebracht.

Als ich bemerkte, daß Personen austauschbar seien – wenn nicht diese, dann eine andere –, glaubte Silvia zu wissen, auf welcher Seite ich stand.

Ich hätte ihr nicht sagen dürfen, daß die andere achtzehn Jahre jünger ist. Als Silvia es hörte, begann sie zu schluchzen und legte still den Hörer auf. Ein Vierteljahr meldete sie sich nicht mehr, und ich war gedankenlos genug, auch nicht bei ihr anzurufen.

Uwe Jessen wurde vorbeigetragen. Silvia drückte sich an die Wand, wollte nicht gesehen werden, nicht von mir und nicht von ihm. Sie sah aus wie an dem Tag, als sie das graue Gebäude verließ, ich im Café gegenüber saß und auf Uwe wartete, der mich eingeladen hatte, den Tag seiner Befreiung, wie er es nannte, zu feiern. Silvia verließ als erste das graue Haus, blickte wie ein Nachtvogel, den das Tageslicht blendete. Hastig eilte sie über die Kreuzung, starrte aufs regennasse Pflaster. Sie sieht aus, als käme sie von einer Beerdigung, dachte ich damals. Ja, Silvia hatte ihr Selbstwertgefühl begraben. Du taugst nichts mehr, hatte das hohe Familiengericht zu ihr gesagt. Du bist alt und unansehnlich, kein Vergleich mit dieser Antje, Anke oder Anika. Vor dreieinhalb Jahren wurde Silvia begraben, seitdem lebte nur noch ihr Schatten.

Zwei Minuten später kam der Sieger, die Ketten zerrissen, eine Last von der Schulter gefallen. Er winkte strahlend zu mir herauf.

Whisky on the rocks hielt er dem Ereignis für angemessen. Er bestand darauf, mit mir auf seine Freiheit anzustoßen. Danach rannte er zum Telefon. Wie lebhaft er redete, wie er lachte, wie seine Augen sprühten!

Problemlos geschieden, heutzutage werden diese Dinge problemlos erledigt. Niemand weint, niemand schreit, die Protokolle werden kürzer, nur die Nächte länger, und die Tonbänder dudeln die alte Melodie.

Antje kommt gleich, sagte er. Vielleicht nannte er sie auch Anke oder Anika, er hat ihren Namen oft ausgesprochen.

Uwe Jessen lud mich zum Essen ein. Soviel sei noch übrig nach der teuren Scheidung, um mit einem Freund anständig zu Mittag zu essen.

Als sie kam, sprang er auf und half ihr aus dem Mantel. Ich sah, wie sie sich an der Garderobe küßten.

Nein, Silvia, du hattest keine Chance, du mußtest verlieren.

Der vorsitzende Richter sei übrigens eine Frau gewesen, erzählte er. Emotionslos habe sie den Fall abgewickelt, so, wie halt die Gesetze sind. Wer hinter den Fassaden die traurigen Inhalte wahrnehmen und bedenken will, darf nicht Richter werden. Zum Schluß hatte diese Frau, die ihre Weiblichkeit unter einer schwarzen Robe verbarg, beiläufig schon nach der nächsten Akte greifend, gesagt:

Sie sind also geschieden, und wenn Sie auf Rechtsmittel verzichten, wird das Urteil noch heute rechtskräftig.

Ich sah, wie sie unter dem Tisch ihre Hände hielten. Du bist verrückt geworden, Uwe Jessen.

Werdet ihr bald heiraten? fragte ich.

Beide nickten heftig.

Aber vorher unternehmen wir eine Kreuzfahrt, sagte die andere. Fünf Wochen Mittelmeer oder Indischer Ozean.

Also eine vorweggenommene Hochzeitsreise, fiel mir ein. War es nicht so, daß Silvia auf ihre Hochzeitsreise verzichten mußte, weil die Baukosten explodierten und Uwe Jessen erwog, mit dem Rad zur Arbeit zu fahren, um das Benzingeld zu sparen?

Der Trauerzug bewegte sich zwischen Lebensbäumen und roten Kiefernstämmen der Grabstelle zu. Wieder konnte ich Silvia nicht finden. Hatte sie sich in die Büsche geschlagen, um diesen schleichenden Zug aus der Ferne zu beobachten?

Ansichtskarten aus Genua und Kairo brachte mir die Post ins Haus. Das junge Glück teilte pausenlos mit, wie herrlich die Welt sei. Weder Sturm noch Regen, keine Magenverstimmung, nur Sonnenschein und eine unvorstellbar braune Haut im November.

Nach ihrer Rückkehr erwartete ich eine Einladung, wieder den Trauzeugen zu spielen, wieder dabeizusein, wenn der schwarze Mann ihnen das Bis-der-Tod-euch-scheidet mit auf den Weg gibt. Aber sie blieb aus.

Eines Abends rief Silvia an: Weißt du eigentlich, daß Uwe krank ist?

Ich wußte es nicht, wunderte mich auch, woher sie es wußte. Gab es jemanden im Betrieb, der ihr diese Dinge zutrug? Oder kam das Gerücht aus dem Tennisclub? Uwe

hatte die andere schon vor der Scheidung im Club eingeführt. Die junge Blonde mit den langen, schlanken Beinen
war eine Bereicherung des Clublebens, außerdem eine
Verstärkung der Damenmannschaft. Silvia überließ der
jungen Schönheit die Tenniswelt, zog sich zurück. Es hieß,
sie habe Beschwerden im Knie, aber das Knie war Seele,
war Angst, war Scham.

Ich habe mir in den Tropen eine dumme Krankheit
geholt, sagte Uwe. Die Hitze, das Ungeziefer, das Trink-
wasser, irgend etwas ist mir auf den Magen geschlagen.

Fern die Stimme des Pfarrers, vor mir das Bild, wie er auf
dem Tennisplatz zusammenbrach. Ein Arzt gab ihm eine
Spritze und sagte, Fünfzigjährige sollten keine Dreisatzspiele absolvieren, schon gar nicht an heißen Tagen. Die
andere fuhr ihn nach Hause, kam kurz darauf wieder, um
ihr Spiel zu Ende zu bringen, denn es ging um den Sieg der
Mannschaft.

Ich verstand kein Wort von dem, was vorne gesprochen
wurde. Der Wind riß an den Zweigen, trieb den Lärm der
Stadt herüber. Wo war Silvia?

Ein komfortables Einzelzimmer, über seinem Kopf hin-
gen Schläuche und Schnüre, aus einer Flasche tropfte klare
Flüssigkeit in seinen Körper. Ein eingefallenes, bleiches
Gesicht lachte mich an. Wir sprachen über ferne Tage, über
die Schulzeit, als wir noch Trümmerkinder waren, über
Lehrer Bosselmann, der mit Freßpaketen unsere Zensuren
aufbesserte, damals in der schlechten Zeit. Mein Gott, alle
Lehrer, die wir damals hatten, waren schon tot.

Und dann erschien sie. Hübsch wie immer, das blonde
Haar gedunkelt, Netzstrümpfe, ein enger Rock, der kaum
das Knie bedeckte. Sie küßte ihn flüchtig auf die Wange,
brachte ihm einen Strauß Schneeglöckchen, die nicht zu

ihm paßten, weil sie so weiß waren wie sein Gesicht. Ich saß neben seinem Bett und sah den himmelschreienden Kontrast. Diese attraktive junge Frau, die auf der Bettkante saß und mit der Fußspitze wippte, vor ihr in den Kissen Uwe Jessen, bleich und hohlwangig.

Der Tumor ist entfernt, nun geht es aufwärts, sagte er und suchte ihre Hand. Mir vertraute er an, daß er in der Sommersaison in der Seniorenmannschaft spielen werde. Im Herbst sei die Hochzeit. Vorher ginge es nicht, er müsse erst gesund werden.

Die Frau blätterte in ihrem Terminkalender, als suche sie einen passenden Tag für das große Fest.

Uwe, der immer noch glaubte, die Hitze der Tropen habe seine Krankheit ausgelöst, schwärmte von Island und Grönland. Dorthin werde er reisen, sobald er das verdammte Krankenhaus hinter sich habe.

Wir saßen gemeinsam an seinem Krankenbett, und ich wurde den Gedanken nicht los, daß sie längst mit anderen schlief. Es haftete ihr einfach an, ich glaubte es deutlich zu spüren.

Als fühlte sie sich ertappt, klappte sie das Notizbuch hörbar zu und blickte mich mit ihren großen Augen an. Ja, so war es, deine Augen haben dich verraten Antje, Anke oder Anika.

Vorn polterten Erdkluten aufs Holz. Wo steckte Silvia?

Ein halbes Jahr später rief Silvia mich an und sagte, die Operation sei zu spät gekommen. Es hätten sich schon Metastasen gebildet, nun sei alles verloren. Sie hätte es voller Schadenfreude sagen können, das kommt davon, hätte sie sagen können, aber ich hörte nur Traurigkeit in ihrer Stimme.

Metastasen also. Sie hinderten ihn nicht daran, sich zu

erholen. Er ging wieder zur Arbeit, spielte im Sommer Tennis, aber keine Dreisatzspiele.

Im Frühling werden wir heiraten, sagte er, als wir uns im Tennisclub trafen. Ich solle schon den Smoking in die Reinigung geben, er werde den Champagner kalt stellen.

Ihr begegnete ich im Theater. Elegant schritt sie durchs Foyer, erkannte mich und lächelte aus der Ferne.

Ach, Sie sind doch der Schulfreund von Uwe Jessen! Wie geht es ihm eigentlich?

Das sagte sie nicht, aber ich dachte, sie hätte es sagen können, wenn wir ins Gespräch gekommen wären in der großen Pause oder an der Garderobe. In Wahrheit wechselten wir kein Wort, sie lächelte nur. In der Loge saß sie neben einem Herrn in Uwes Alter.

Sie hat auch nur ein Leben, ging es mir durch den Kopf, während auf der Bühne Schufterle sein Unwesen trieb. Auch sie hat viele gute Argumente. Das kann nicht alles sein, könnte sie sagen. Jeder muß eine zweite Chance haben. Ich kann mein junges Leben doch nicht an der Seite dieses schwerkranken alten Mannes verbringen. Laß die Kranken sich selber pflegen und die Toten ihre Toten begraben. Es war mir so, als hätte das der Mann vorn an der Grube gesagt, der ewig Schwarzgekleidete, der zu Hochzeiten und Beerdigungen dasselbe Lied singen ließ.

Wenn du nicht bald gesund wirst, Uwe Jessen, wird sie dich niemals heiraten, ging es mir durch den Kopf, als der Vorhang fiel. Ich sagte ihm kein Wort von der Begegnung im Theater, denn wir wissen es längst, daß die Wahrheit viel zu grausam ist, um sie frei herumlaufen zu lassen. Wo immer es geht, müssen wir sie verstecken, damit sie nicht weh tut.

Die Trauergäste entfernten sich, erst bedächtig, dann

immer rascheren Schrittes. Hinter mir klappten Autotüren, die Friedhofsarbeiter brachten die Kränze.

Eines Tages wirst du auch Krebs bekommen, dachte ich. Brustkrebs oder Unterleibskrebs, und niemand wird da sein, deine Hand zu halten Antje, Anke oder Anika.

Ich erschrak über meine Kälte. Was ging mich diese Frau an, und was hatte sie Böses getan? Sie war einfach dagewesen mit ihrem schönen Körper, den Uwe Jessen haben wollte. So geht es, das ist normal, und niemand darf mehr erwarten.

Drei Monate vor seinem Tod war ich in seiner Wohnung. Er gab sich heiter und erzählte von der Hochzeit im nächsten Frühling, danach ins kühle Irland und nach Grönland.

Wäre es dir recht, wenn Silvia käme, um dich zu betreuen? fragte ich.

Hat sie dir aufgetragen, mich danach zu fragen? wollte er wissen.

Nein, aber ich denke, daß sie gern kommt, wenn du es willst.

Er überlegte lange, dann sagte er, daß er das Antje oder Anke oder Anika nicht antun könne. Immer wieder blickte er zur Uhr.

Sie wird bald kommen, flüsterte er.

Während wir uns gegenübersaßen und auf diese Person warteten, sah ich sie in einem halbdunklen Zimmer stehen und sich entkleiden. Vor ihr ein Mann in Uwes Alter, auf einer Couch sitzend und erwartungsvoll lächelnd. Um halb zehn verabschiedete ich mich, sie war immer noch nicht da.

Am Friedhofstor traf ich Silvia. Obwohl kein Tropfen vom Himmel fiel, stand sie unter einem aufgespannten

Regenschirm. Ich reichte ihr die Hand, murmelte etwas, das wir beide nicht verstanden.

Was sagst du dazu? flüsterte Silvia. Sie ist nicht mal zu seiner Beerdigung gekommen!

Nun, da alle fort waren, ging sie zu dem Blumenmeer. Sie wird das Tonband in die Grube werfen, und eine Stimme wird rufen... Nein, niemand sprach, der Wind rüttelte in den Bäumen, Autos kamen und verschwanden, in Grönland fiel Schnee.

Borodino oder
Die letzte Ordnung

Als Hartmut Boddien verabschiedet wurde, waren die Dinge geordnet. Nicht nur der Schreibtisch, auch die Nachfolge und die Nachfolge des Nachfolgers. Das Türschild ausgewechselt, der Spruch an der Wand: »Wer immer redlich sich bemüht...« abgehängt. Das schien nun überflüssig. Boddien hatte zeitlebens den Dingen ihre Ordnung gegeben, auch im Ruhestand wollte er es bei dieser Gewohnheit lassen. Nun betraf es allerdings nicht mehr die Programme der Computer, den Ein- und Ausgang der Waren, die Ausrichtung der angespitzten Bleistifte auf dem Schreibtisch, es ging um die persönlichen Lebensumstände, darunter auch die letzten Dinge. Keine zwei Wochen im Ruhestand, kaufte er ein Stück Erde, ließ einen Stein setzen, einen zweieinhalb Meter hohen Obelisken, gab das Geburtsdatum 6. Oktober 1903 auf den Stein, mußte allerdings, was das andere Datum betraf, eine Lücke lassen, obwohl es seinen Ordnungssinn verletzte. Für sich fühlte er, daß die zweite Eintragung noch im 20. Jahrhundert geschehen werde, aber in diesem Punkte wollte er einer höheren Ordnung nicht vorgreifen.

Von der Firma verabschiedet, blieb ihm Zeit genug, sich mit seiner letzten Verabschiedung zu befassen. Der Gedanke, dereinst aus einem noch so fernen Jenseits zusehen zu müssen, wie sie kopflos durcheinanderliefen, die

Orgel zu spät einsetzte, das Glockenspiel zu früh aufhörte, der Pfarrer den Namen verwechselte und die Träger das Holz fallen ließen, bereitete ihm schlaflose Nächte. Er wollte so geordnet verabschiedet werden, daß nichts dem Zufall überlassen blieb.

Nachdem der Obelisk errichtet war, maß er die Entfernung zur Kapelle 7 aus, die er als seine Kapelle bestimmt hatte. Er kam auf einhundertzweiunddreißig Meter, nicht genug für den Zug der Trauergäste. Wären die ersten schon am Grabe, müßten die letzten noch in der Kapelle warten. Auf einer Skizze plante er deshalb den Umweg durchs Gräberfeld, sorgte dafür, daß die Menschenschlange an sich selbst vorüberzog, die Trauergäste sich beim Vorbeimarsch erkannten, mit versteinertem Gesicht zunickten oder lächelten. Kapelle 7 bot Platz für hundert Gäste. Wegen des vermuteten Andrangs – allein seine Abteilung käme mit fünfundsechzig Personen – müßten einige wohl draußen stehen, was ihn keineswegs störte. Hartmut Boddien verspürte heimliche Freude über diesen Andrang, die Überfüllung und den Menschenstau zurück bis zu den Rhododendronbüschen. Für die Draußenstehenden ordnete er an, daß Lautsprecher in den Bäumen zu installieren seien. Bei regnerischem Wetter – er war ziemlich sicher, im Herbst oder Frühling anläßlich einer Grippewelle zu sterben – wären Schirme bereitzuhalten, damit jeder trockenen Fußes die einhundertzweiunddreißig Meter zurücklegen konnte.

Er verfaßte die Rede, die auf ihn gehalten werden sollte, und legte sie zusammen mit der Wegskizze in den Umschlag, dem er die Aufschrift gab: Von den letzten Dingen. Er vermied darin jedes Pathos, bemühte weder die christlichen Werte noch das Gute und Schöne im Menschen, sondern listete kurz auf, was die Weltgeschichte seit jenem 6. Oktober 1903 getrieben hatte, und stellte Hartmut Boddien mitten hinein – ein Mensch in seinem Jahrhundert. Die Trauergäste werden erfahren, daß der Säugling bei Ausbruch des Hereroaufstandes in Afrika die ersten Schritte unternahm. Im August '14 hatte der Schüler Boddien Ferien. Als der Zweite Weltkrieg begonnen wurde, segelte er mit seiner Freundin um die Kreidefelsen von Rügen, als das Ungeheuerliche endete, schlief er in einem Bunker an der dänischen Nordseeküste.

Hartmut Boddien ordnete an, daß ein bekannter Violinvirtuose das Largo von Händel spielen sollte, koste es, was es wolle. Zum Ausklang würde eine berühmte Sopranistin das Ave Maria singen. Der gemischte Chor der Firma, dem er fünfundzwanzig Jahre angehört hatte, wird sich mit Mozarts »O Schutzgeist alles Schönen« verabschieden. Er bestimmte die Zahl der Kerzen, die in Kapelle 7 zu brennen hatten, für jedes seiner Lebensjahre eine. An Blumen genügte ein Strauß in den Farben Weiß-Blau zur Erinnerung an das Land, in dem er geboren wurde. Keine Kränze bitte! Das Geld dafür sei an die Bodelschwinghschen Anstalten zu überweisen. Er entwarf die Anzeige, die halbseitig in den führenden Zeitungen des Landes erscheinen sollte, und legte für diese kostspielige Aktion zehntausend Mark auf ein Sonderkonto. Mit schlichten Worten teilte die Anzeige mit, daß Harmut Boddien – den Doktortitel verbat er sich – am... in die Ewigkeit gegangen sei. Ein Wort des gottlosen Nietzsche wählte er zum Leitmotiv:

Im übrigen habe ich den Glauben, daß wir nicht geboren sind, glücklich zu sein, sondern unsere Pflicht zu tun.

Er rechnete mit einhundertfünzig Gästen, für die der

Clubraum des Restaurants »Elysium« gerade groß genug war. Ihn jetzt schon verbindlich zu buchen scheiterte, weil er keinen festen Termin nennen konnte. So legte er – die Notiz gab er in den bewußten Umschlag – wenigstens die Speisefolge fest und richtete sich dabei ganz nach dem eigenen Geschmack. Er wählte so, als säße er mit an der Tafel. Das Mahl begann mit Krebssuppe und endete mit ordinärem deutschem Bienenstich. An Getränken bestimmte er Kaffee, Tee, Mineralwasser und drei Flaschen Weinbrand einer bestimmten Sorte. Kein Bier, vermerkte er ausdrücklich. Noch zu Lebzeiten ließ er das erforderliche hölzerne Behältnis schreinern, deponierte es im Keller des eigenen Hauses und gedachte es während der Wartezeit mit Ornamenten aus der griechischen Mythologie zu verzieren. Hartmut Boddien malte gern.

Nachdem alles geordnet war, blieb ihm doch die Sorge, er könne etwas vergessen haben. Er besuchte studienhalber die Trauerfeiern fremder Leute in Kapelle 7, um sich anregen zu lassen und mögliche Schwachstellen seiner Planung ausfindig zu machen. Ihm wurde klar, daß achtzig brennende Kerzen an Sommertagen eine unerträgliche Hitze verbreiteten. Deshalb ordnete er an, nur zwanzig zu entzünden, wenn eine Temperaturmessung am Beerdigungstage um zehn Uhr morgens bereits 18 Grad im Schatten ergäbe. In der kühlen Jahreszeit – er rechnete fest mit einer Grippewelle – reichten die Kerzen allein nicht aus, um die Kapelle zu erwärmen. Für einen Aufpreis von hundert Mark befahl er die Aufheizung des Raumes auf 21 Grad.

Bei seinen Studiengängen traf er sonderbare Menschen, die sich wie er mit den letzten Dingen beschäftigten. So begegnete ihm bei Trauerfeiern häufig ein Herr im weißen Anzug mit einem Strohhut auf dem Kopf. Boddien sprach

ihn an und erfuhr, daß der Mann ein abgemusterter Schiffs-
offizier war, der einer asiatischen Religion angehörte.
Kapelle 7 besuchte er regelmäßig, weil er hoffte, dort seinen Steuermann wiederzufinden, der ihm vor Chittagong
über Bord gespült war.

Auf Männerbeerdigungen erschien stets ein alter Kämpfer, entrollte eine Regimentsfahne und schwenkte sie über
der offenen Grube. Er sprach kein Wort, ließ weder
Gewehrsalven knallen, noch Fliegerstaffeln übers Grab
donnern, grüßte nur militärisch und wartete, treu neben
der Fahne stehend, bis der letzte gegangen war und die
Angehörigen ihn zum Leichenschmaus einluden. Stellte
ihn einer zur Rede, erklärte er, mit dem Verstorbenen bei
Borodino Seite an Seite gekämpft zu haben, was niemand
bezweifelte, denn fast alle, die aus der ersten Hälfte des
Jahrhunderts kamen, hatten bei Borodino oder irgendwo
gekämpft. Hartmut Boddien hoffte, den Borodinokämp-
fer zu überleben, um ihn von seiner Totenfeier auszu-
schließen. Er mochte dieses militärische Getöse nicht.

Im Laufe der Jahre ergab es sich, daß er häufiger zu
Trauerfeiern gerufen wurde, die ihm Pflicht waren. Nachbarn und Freunde starben dahin, auch in seiner alten
Abteilung wütete der Knochenmann. Sein Nachfolger verschied auf einer Dienstreise in einem Hotelbett. Acht Aus-
fälle in zehn Jahren verzeichnete die Abteilung, die natürliche Fluktuation nicht mitgerechnet. Auf seiner Liste mußte
er einen Namen nach dem anderen streichen, neue Anwär-
ter kamen nicht hinzu. Die Lautsprecher in den Bäumen
wurden überflüssig, auch der Umweg des Trauerzuges auf
den einhundertzweiunddreißig Metern. Fürs »Elysium«
reduzierte er die Gästezahl auf einhundert, was nebenbei
eine schöne Geldersparnis brachte. Die Rede »Ein Mensch

in seinem Jahrhundert« mußte er mehrfach ergänzen. Der Amerikaner Armstrong wurde erwähnt und die Einigung des Vaterlandes.

Das Jahrhundert neigte sich dem Ende zu, und Hartmut Boddien lebte immer noch. Die Firma, der er sein Leben lang gedient hatte, stellte die Zahlungen ein, ihre Mitarbeiter verstreute es in alle Winde, eine ganze Seite seiner Liste wanderte in den Papierkorb. Das Rentneressen, das jährlich um Weihnachten im Vorstandskasino stattgefunden hatte, fiel dem Konkursverwalter zum Opfer, seine Betriebsrente kam nicht mehr aus der geliebten Buchhaltung, sondern von einem anonymen Pensionssicherungsverein. Der Violinspieler, dem er Händels Largo zugedacht hatte, hörte auf zu spielen, die Sopranistin starb an Herzversagen, ohne das Ave Maria gesungen zu haben. Mangels Stimmen starb der gemischte Chor, Mozarts »Schutzgeist« verzog sich in die Opernhäuser. Das Restaurant »Elysium« brannte nieder, wurde wiederaufgebaut und eröffnete mit neuer Bewirtung und neuem Namen: »Endstation«. Eine jener Zeitungen, denen er eine halbseitige Anzeige zugedacht hatte, stellte ihr Erscheinen ein, auch das sparte ihm Geld. Dafür mußte der Obelisk überholt werden, die Schrift drohte zu verwittern, grüne Algen bedeckten den kostbaren Stein.

Als Hartmut Boddien fast hundertjährig starb, war niemand da, ihm das letzte Geleit zu geben. In den großen Zeitungen, sofern sie noch existierten, erschien die vorbereitete Anzeige. Kapelle 7 blieb leer. Die Rede brauchte nicht gehalten zu werden. Das Largo ertönte vom Band, ebenso das Ave Maria, den »Schutzgeist« schenkte sich der Veranstalter. Am Grabe erschien ein Herr im weißen Flanellanzug, der seinen Strohhut kurz lüftete. Er trug ein

Gedicht vor über die Reise nach Chittagong. Neben ihm stand der alte Kämpfer, dessen Brust eine Ordensspange zierte, wie sie russische Generäle zu tragen pflegten. Er schwenkte die Regimentsfahne über dem Sandhaufen.

»Wir kämpften gemeinsam bei Borodino«, sagte er zu dem Herrn im weißen Flanell. »Danach schwammen wir durch die Beresina.«

»Ach, Tolstoi«, erwiderte der Dichter und lüftete wieder den Strohhut.

»Nein, Napoleon«, sagte der alte Kämpfer, schulterte die Fahne und marschierte die einhundertzweiunddreißig Meter ostwärts.

Die Wellen

Im Sommer schickten ihm die Nachbarn eine Karte aus Leningrad. Sie zeigte den Newski Prospekt in seiner venezianischen Schönheit. Im Text das Übliche, gute Aussichten und schönes Wetter. Auf der Briefmarke der große Lenin, wie er die rote Fahne hält.

»Leningrad haben wir nie genommen«, sagte er, nachdem er die Karte gelesen hatte.

Er bekam viele Ansichtskarten von den Enkelkindern und den Kollegen, mit denen er früher im Hochhaus gearbeitet hatte. Aber die Karte aus Leningrad war ihm eine Besonderheit. Sie lag auf seinem Nachttisch. Er nahm sie oft in die Hand; nachts, wenn er nicht schlafen konnte, betrachtete er die Stadt an der Newa.

»Bist du auch in Leningrad gewesen?« fragte ich ihn.

»Leningrad haben wir nie genommen.«

Als die Nachbarn heimkehrten und von den weißen Nächten erzählten, wollte er wissen, ob sie mit russischen Menschen gesprochen hätten, vor allem mit alten Menschen, die den Krieg erlebt hatten.

Nur mit der Fremdenführerin, dem Busfahrer und der Bedienung im Hotel. Vor dem Winterpalast des Zaren trafen sie einen Jungen in der Uniform der Komsomolzen. Der erzählte, daß sein Großvater im Vaterländischen Krieg gefallen sei. Er war stolz auf diesen Großvater.

»Damals sind viele gefallen.«

Die Studentin, die den Bus durch die weißen Nächte begleitete, hatte von dreißig Millionen Toten gesprochen.

»Soviel wie das halbe Deutschland!«

Die Karte aus dem sommerlichen Leningrad hatte ihn verändert. Als wäre Verschüttetes ans Tageslicht gekommen, Unterirdisches aufgebrochen. Ich traf ihn, wie er bei den Nachbarn am Gartenzaun stand und fragte, ob sie am Peipussee gewesen seien. Ein andermal wollte er wissen, ob der junge Komsomolze vor dem Winterpalast den Ort genannt hatte, an dem der Großvater gefallen war.

»Du kannst doch auch nach Leningrad fahren«, schlug ich vor.

»Ich habe genug von Rußland«, antwortete er. Er fürchtete sich vor den Hunderttausenden, die allein in der Stadt an der Newa begraben lagen, umgekommen während der neunhundert Tage dauernden Belagerung.

»Warst du dabei, als Leningrad belagert wurde?«

»Drei Monate vor Leningrad und drei Jahre Rußland.«

Als der Hunger in Leningrad begann und sie überall Pakete packten, war er wieder dabei. Er kaufte ein, was ihm wichtig erschien, mehrere Dosen Ölsardinen, Dauerwurst, Schokolade und Puderzucker. Er schnürte das Päckchen selbst, brachte es zur Sammelstelle und fragte nach den Empfängern.

Kinder und alleinstehende alte Leute, sagten sie ihm. Alte Leute, das mußten die Veteranen des Vaterländischen Krieges sein oder ihre Witwen.

Er blieb vor der Sammelstelle, bis die ersten LKWs abfuhren Richtung Rollbahn ins winterliche Rußland. In den Wäldern die Partisanen, über der Straße Leuchtkugeln, in der Ferne ein leises Grummeln.

»Jetzt schicken wir Pakete in die Stadt, die wir damals aushungern wollten«, sagte er, als er von der Sammelstelle heimkehrte.

Nachts rumorte er in seiner Stube. Es kam auch vor, daß er stundenlang am Fenster saß und in den verschneiten Garten starrte, wo die Wildkaninchen ihre Spuren zeichneten. Ein halbes Jahrhundert hatte er kein Wort über die drei Jahre verloren, nun holte ihn der Krieg ein und führte ihn zurück in dieses Rußland. Je älter wir werden, desto mächtiger wird die Vergangenheit. Eine Landkarte lag auf seiner Fensterbank: das europäische Rußland. Auf ihr verfolgte er den Lastwagenkonvoi mit Hilfsgütern, wie er bei Brest-Litowsk die Grenze überquerte, Wilna erreichte und dann Leningrad zusteuerte, derselbe Weg, auf dem sie im Sommer '41 marschiert waren.

»Eines Tages werden sie die Wahrheit erfahren«, sagte er geheimnisvoll, aber niemand wußte, welche Wahrheit er meinte.

Als sie im Fernsehen zeigten, wie die Lastwagen Leningrad erreichten und die ersten Pakete an die Veteranen und ihre Witwen verteilt wurden, bekam er feuchte Augen. An einem Adventssonntag saßen wir zusammen. Draußen schneite es, was in Rußland häufiger, bei uns aber selten vorkommt. Es war wohl das Schneetreiben, das ihn so verwirrte, das ihn auf die vereiste Rollbahn brachte und den Mond aufgehen ließ, der nirgends so kalt und klar über verschneiten Wäldern hängt wie in Rußland.

Jemand erzählte von der Weihnachtsfeier im Betrieb. Dabei fiel der Satz: »Koslowski war voll wie tausend Russen.«

»Was sagst du da?« fragte er vom Fenster her.

»Koslowski war betrunken.«

»Das mit den tausend Russen haben wir erfunden«, sprach er leise. Er legte beide Arme auf die Fensterbank und hielt Ausschau nach etwas, das kommen sollte aus dem Schneegestöber.

»Noch ist alles ruhig. Der Hauptmann sagte immer, wir müssen sie rankommen lassen. Nur nicht zu früh schießen, Jungs!«

Neben ihm kauerte Lautenschläger mit den Gurten. Die schwarzen Stämme der Obstbäume verdichteten sich zu einem Wald im Winter.

»Warst du im Krieg Maschinengewehrschütze?« fragte ich ihn.

»Krieg kann man das nicht nennen. Es war ein Schlachten, Schreien und Würgen. Vom Waldrand kamen sie, liefen über den Schnee wie eine Herde Tiere. Sie hatten ihnen Wodka gegeben, deshalb schrien sie so. Die erste Welle trug Waffen, die zweite kam mit leeren Händen, nahm sich die Gewehre der gefallenen Kameraden. Nur nicht zu früh schießen!

Wenn sie dicht vor unseren Stellungen waren, bellten die Maschinengewehre los. Über die Menschenleiber kamen neue Wellen wie die Brandung am Meer. Rußland hat so viele Menschen. Das Rohr glühte, um uns schmolz der Schnee. Wie auf der Treibjagd, sagte Lautenschläger und spuckte in den Dreck. Die Treiber drüben jagen uns die Menschen vor die Maschinengewehre, sagte er. War die letzte Welle gebrochen, hörten wir das Schreien der Verwundeten im Niemandsland. Es war nicht auszuhalten. Manchmal gingen die eigenen Leute hin und brachten ihre Verwundeten zum Verstummen. Dafür hatten sie Pistolen. Oder Lautenschläger verlangte, daß ich noch einmal hinhalte in das Schreien und Stöhnen, damit endlich Ruhe einkehrt auf den Schneefeldern. Rußland hat so viele Menschen.«

Er öffnete das Fenster und lauschte. In der Ferne summte die Stadt, Schneeflocken verirrten sich ins Zimmer und schmolzen augenblicklich. Seine Hände, die damals so sicher das Maschinengewehr geführt hatten, zitterten in der Kälte.

»Ich habe mehr als tausend Russen umgebracht«, sagte er. »Nach dem Angriff rauchten wir eine Zigarette. Warum machen die das? fragte Lautenschläger. Sie jagen immer neue Wellen vor die Maschinengewehre und hoffen, daß uns die Munition ausgeht und wir im Blut ertrinken. Lautenschläger wusch seine Hände im Schnee, setzte sich auf eine leere Munitionskiste und fing an zu kotzen. Rußland hat so viele Menschen.«

An der Wand hing die Ansichtskarte von Leningrad. Er ratschte ein Streichholz an und beleuchtete das Bild.

»So eine schöne Stadt«, murmelte er. Das Streichholz erlosch, der Newski Prospekt fiel in Finsternis.

»Es waren deutsche Kugeln, die Millionen umgebracht haben«, fing er wieder an. »Aber wie wurden sie geschlachtet? Wir die Jäger, drüben die Treiber, dazwischen die Leichenberge. So ein Krieg war das.«

Es quälte ihn der Gedanke, die Wahrheit könnte vergessen werden. Nein, dem jungen Komsomolzen sollte niemand sagen, wie sein Großvater umgekommen ist. Der soll ihn als stolzen Helden des Vaterländischen Krieges in Erinnerung behalten. Aber es gehört aufgeschrieben. Wenn die, die dabei waren, nicht mehr sind, soll es in den Büchern stehen, wie die dreißig Millionen in die russische Erde kamen.

Aus dem Leben
eines Buchhändlers

Ich hab' es getragen sieben Jahr, sagte der alte Dichter.

»Das ist doch gar nichts«, meint Elise. »Vierzig Jahre stapeln wir ihre Bücher, sortieren, entstauben, verkaufen und lesen sie sogar.«

Elise sitzt mir gegenüber, wie immer mit schmerzenden Füßen. Sie schreibt die Schlußbilanz fürs Finanzamt und für Goldfinger, der morgen kommt, um zu übernehmen.

»Willst du nicht Tagesthemen sehen?« fragt sie.

»Ich habe zu tun«, antworte ich kurz und starre auf das unbeschriebene Blatt Papier. Ja, ich will es wagen. Sie schreiben so oft über uns, jeder hat sein Kapitelchen in der Schublade, einige sind schon im Satz. Sie berichten von ihren Reiseerlebnissen, notieren liebevoll, wie Sortimenter sich benehmen und Leserinnen ihnen zu Füßen liegen. Aber von unserer Zunft hat es noch keiner gewagt, über sie zu schreiben, aus Furcht, wir könnten ihr Wohlwollen verlieren. Es wäre womöglich auch geschäftsschädigend.

Elise sagt, wir sollten es für uns behalten, es mit ins Grab nehmen. Sie meint, ich mache mich auf die alten Tage lächerlich. Sie werden dir vorwerfen, du verstündest die Worte nicht recht zu setzen, sie werden den Konjunktiv vermissen und sich über dich lustig machen, sagt sie. Buchhändler, bleib bei deinem Leisten und vermehre das viele Geschriebene nicht um deine Ergüsse!

So wird es in den Rezensionen stehen, wenn es denn überhaupt Rezensionen gibt. Doch ich will es auf mich nehmen. »Wenn du geredet hättest« will ich mein Werk nennen. Elise meint, die Kritiker werden schreiben, es hätte besser den Titel verdient: »Halt den Mund, Desdemona«. Doch es stört mich nicht, denn ich habe nichts mehr zu verlieren, morgen kommt Goldfinger, um zu übernehmen und eine Fabrik der Bücher aus unserem Laden zu machen. Goldfinger übernimmt alle, die Großen und die Kleinen.

Ich bin der, den die Leute fragen: »Sind Sie der Bücherwurm?«

»Nein«, antworte ich höflich, »ich bin nur der Inhaber des Bücherwurms.«

»Dachte ich's mir doch«, erwidern sie freundlich. »Sie sehen auch gar nicht so aus.«

Vierzig Jahre habe ich bestellt und verkauft, gelesen und remittiert, habe an stürmischen Herbstabenden zugehört, wenn sie mit bewegter Stimme ihr Werk vortrugen und in Gedanken meine Rabatte überschlugen. Ich kenne alle Schweinereien, die sie zu Papier gebracht haben, und war stets erschrocken über den Kontrast, den die Schreiber selbst zu ihren gewagten Aktionen boten. Wie sagte doch der alte Dichter: Kerls, die in Ohnmacht fallen, wenn sie einen Buben gezeugt haben, kritteln über die Taktik des Hannibal.

Ich will meine Erlebnisse mit Dichtern aufschreiben, bevor Goldfinger kommt und den Laden übernimmt, den ich »Bücherwurm« genannt habe vor vierzig Jahren. Morgen werde ich sie verlassen, die alten und jungen Dichter, ich ziehe fort mit Elise und den Erinnerungen an den Bücherwurm. Malen werde ich, Schallplatten hören, mit

Elise durch den Park wandern und am Fluß entlangradeln, aus dem Staub der Bücher hinaus in die reine Luft des Waldes, aus dem toten Holz der Regale in das lebende Grün der Tannen und Buchen.

»Sie waren doch eigentlich ganz nett«, sagt Elise über den Schreibtisch hinweg und addiert die Umsatzsteuer.

Nun ja, ganz nett. An unserem Innenleben nahmen sie wenig Anteil, mir ist kein Buch untergekommen, in dem sie einen Buchhändler zum Helden werden ließen. Ein Buchhändler als Liebhaber oder Mörder, wann hat es das schon mal gegeben? Sich selbst wissen sie dagegen sehr wohl in den Mittelpunkt zu stellen. Im Personalfundus der Literatur kommen Schriftsteller so häufig vor wie Huren und Bankräuber, aber Buchhändler sind nur Randfiguren für die Schmutzarbeit und das bißchen Geld. Ein Buchhändler in der Midlife-crisis ist kein Thema für die Literatur. Ehekrach bei Buchhändlers! Na und? Dann geht der Laden eben pleite, und zum Quartalsanfang kommt ein neuer Bücherwurm.

In den Herbstmonaten schwärmen sie aus wie Weinvertreter, um die neue Ernte anzupreisen. Wie kam es nur zu dieser Reisewut? Zu Goethes Zeiten reisten die Dichter zur Kanonade nach Valmy oder zum Vortrag an fürstliche Höfe, heute genügen ihnen Turnhallen, Vorstadtkneipen und Freilichtbühnen. Sie treten mit Feuerschluckern auf und lassen sich anmalen. Einige betrinken sich mit Vorsatz, um die Zuhörer nicht zu enttäuschen, denn seit Hemingway weiß jeder, daß ein Genie nur im Suff Großes zu geben vermag. Die neue Reiselust will so gar nicht zum Bild des Dichters passen. Ein Poet hat, bitte schön, in einsamer Klause zu brüten oder sinnend durch den Wald zu laufen. Warum drängt es ihn so ins offene Wasser?

Die Verlage kreierten neue Marketingkonzepte, funktionierten die Autoren zu Außendienstmitarbeitern und lebenden Werbeträgern um, schickten sie zum Bad in die Menge, wohl wissend, daß die Menge manchmal nur aus dem Buchhändler, seiner Frau, einigen Verwandten auf- und absteigender Linie sowie dem Personal besteht.

»Ganz leer war es bei uns doch nie«, sagt Elise.

»Ja, du hast immer genügend Freikarten verschenkt.«

Um Leser in eine Buchhandlung zu locken, muß der Produzent selbst kommen und seine Ware kistenweise ausstellen. So verlangt es der Zeitgeist. Das Reisefieber der Literatur brach aus, als die Schreiber die Kunst des Vorlesens entdeckten. Die Verlage gaben die Parole aus, es komme darauf an, besser zu lesen als zu schreiben, weil selbst dürftige Texte durch geschickten Vortrag zu einer gewissen Größe erblühen können. Als die Autoren das begriffen hatten, standen die Räder nicht mehr still. Wir Buchhändler ließen uns von der literarischen Reisekrankheit anstecken. Wer reisende Dichter einlädt, macht sich ums Kulturleben des Städtchens verdient, nur »führende« Buchhandlungen bringen dergleichen fertig. Liebevoll hängen wir ihre Porträts in den Laden als Tapetenersatz. Von Bergengruen bis Max von der Grün blicken die klugen Augen auf Leser und Laufkundschaft und mahnen, nicht zu knauserig zu sein, wenn es um bedrucktes Papier geht. Wir haben ein Gästebuch angelegt und hüten die Namenszüge der Dagewesenen wie Reliquien. Je mehr Eintragungen, desto bedeutsamer der Laden. Hat die Konkurrenz den geholt, muß ich den haben, koste es, was es wolle. Auch der Kulturdezernent meint, zur Auflockerung des Geisteslebens müsse ein leibhaftiger Dichter vorgeführt werden, die Stadt gebe zweihundert Mark dazu.

Zum Jahresende hin befällt die Kommunen eine wunderliche Unruhe. Anruf vom Dezernenten: »Wir haben noch ein paar hundert Mark im Etat, wenn wir die nicht bis zum 31. Dezember ausgeben, bekommen wir im nächsten Haushalt kein Geld bewilligt. Haben Sie keinen Dichter greifbar? Aber er muß vor dem 31. Dezember lesen, sonst geht es nicht.«

Elise seuzft und leidet. Ich gehe in die Küche und hole einen Eimer Wasser. Das wird ihren Füßen guttun. Vierzig Jahre ist sie durch den Laden gelaufen, hat an der Kasse gestanden und auf der Leiter, das geht auf die Füße, ihr Herren Dichter!

Lesereisen sind gefährlich. Die Autoren verlassen einen sicheren Kral und stürmen in unwegsames Gelände. Auch demaskieren sie sich. Sortiment und Leser können nach solchen Auftritten die Autoren in Schwierige und Angenehme, in alternde Operndiven und hilflose Jungfrauen, in Versnobte, Verrückte, Fanatische, Zuverlässige, Meistangetrunkene und Zuspätkommer einteilen. Das ist das wahre Erlebnis solcher Veranstaltungen. Bücher vermitteln dem Leser stets das Gefühl von Überlegenheit. Der Autor weiß alles und vermag das auch noch auszudrücken. Allein der Druck befördert ein Wort schon in eine höhere Stilschicht. Welcher Autor erschrickt nicht, wenn er seine handgeschriebenen Zettel plötzlich in Buchseiten wiederfindet, über so viel Größe und Erhabenheit? Nun aber die Wohltat, den Gewaltigen vom Olymp herabsteigen zu sehen, seine praktische Hilflosigkeit zu spüren. Plötzlich steht da ein Mensch, der babylonische Türme im Geiste zu errichten vermag, aber ohne fremde Hilfe nicht ins Hotel findet, der ungeschickt mit dem Mikrofon hantiert, das Rednerpult ins Wanken bringt, an der falschen Stelle verschnauft, nervös hüstelt, das Wasserglas umkippt und ein verdächtiges Rinnsal über die Dielen fließen läßt. Bei Lesungen wird der Autor zum Menschen wie du und ich, er begibt sich auf ein Arbeitsgebiet, das dem ältesten Gewerbe vorbehalten ist. Wenn es schon eine Gewerkschaft sein muß, in die die Dichter gehören, dann die der Harlekine, Possenreißer, Bänkelsänger und Huren.

»Das darfst du nicht schreiben«, sagt Elise, »diese Metapher beleidigt die Schriftsteller.«

»Aber es ist wahr. Denk mal an die Buchmesse. Da sitzen sie in ihren Kabäuschen zum Anschauen wie die Damen auf der Reeperbahn, nur greller im Scheinwerferlicht und ein wenig zugeknöpfter.«

Elise versenkt ihre Füße im kühlenden Naß. Wir haben an die zweihundert Lesungen hinter uns. Immer wieder ein Wunder: Die Leser kommen wirklich. Abend für Abend raffen sich zwischen Husum und Rosenheim ein paar tausend Menschen auf, um der Live-Show Dichterlesung beizuwohnen, um die Person zu erleben, die hinter dem Geschriebenen steht. Ein oberflächliches Vergnügen ist es allemal, denn was der Poet zum besten gibt, läßt sich bequemer und ohne Eintrittsgeld im häuslichen Lehnstuhl oder unterm Lichtkegel der Nachttischlampe konsumieren; am Inhalt des Buches ändert sein Auftritt nichts. Wenn sie trotzdem kommen, dann der äußeren Umstände wegen und voller Verlangen, einen Blick über die Barriere zu werfen, die das Wort, sobald es gedruckt ist, zwischen Autor und Leser aufrichtet.

Sie klagen gern über die Fron des Unterwegs, unsere reisenden Dichter. Es gehört zum Berufsbild eines anspruchsvollen Schriftstellers, daß Lesungen keinen Spaß machen dürfen. Er muß sich mokieren über die Banalitäten der Reise, die immer gleichen Fragen, die immer gleiche Zeremonie. Mit dem Leiden am Alltäglichen unterstreicht er, daß seine eigentliche Welt der Olymp ist, dem er soeben für ein knappes Stündchen entwichen, um in menschlicher Verkleidung dem Volke zu erscheinen. Gegen ihr Jammern hilft nur eines: ihnen sagen, die Last der Lesereisen sei leicht abzuwerfen, wenn sie Miserables schrieben, weil dann niemand nach öffentlichen Auftritten frage. Lesungen seien die verdiente Strafe dafür, daß ein Dichter etwas zu Papier gebracht habe, was die Leute interessiere.

Solche Worte schmeicheln dem Künstler. Er wird sich fortan mit Freuden dem harten Geschäft unterziehen, die eigenen Texte laut zu verlesen. Außerdem wird es entlohnt.

»Im letzten Monat hatten wir 25 000 Mark Umsatz«, murmelt Elise und malt eine Buchhalternase.

»Solche Zahlen darfst du ihnen niemals nennen, denn sie halten uns Buchhändler ohnehin für Ausbeuter«, antworte ich.

Sie kennen so viel und doch so wenig! Sie wissen, wo Homer seine Notdurft verrichtete, aber Umsatz und Gewinn vermögen sie nicht zu unterscheiden. Dabei sind sie des Rechnens nicht unkundig. Sie erschrecken heftig, wenn sie hören, daß der Buchhändler für den Leseabend Eintritt erhebt. Ab fünf Mark – Studenten, Rentner und Arbeitslose die Hälfte – beginnen sie, sich zu schämen, und sagen das auch dem Publikum. Während des Lesens überschlagen sie die Zahl der Besucher. Bei hundert Personen und fünf Mark je Billett bekommt der Buchhändler das Autorenhonorar heraus, zusätzlich verdient er am Bücherverkauf. Das empfindet der Autor als unanständig. Niemand soll mit ihm und seiner Kunst Geschäfte machen.

Solche Gedanken machen ihn kribbelig, lassen ihn abschweifen und stören die Lesung. Er überlegt, ob er nicht zweihundert Mark Honorar zusätzlich fordern soll; beim nächsten Mal wird er es tun. Ja, sie entwerfen weitreichende Pläne, gestalten kühne Projekte im Dienste der Menschheit und haben die unsinnigsten Vorstellungen über unser Gewerbe. Sie sehen darin üblen Kommerz, den es zu schädigen gilt, wo immer er sein böses Haupt erhebt. Daher verlangen sie reinen Herzens Unsummen und haben das gute Gewissen auf ihrer Seite, damit den erwünschten Niedergang des Kapitalismus zu beschleunigen. Verfehlt wäre es, ihnen eine Umsatzbeteiligung vorzuschlagen, das Honorar nach der Zahl der Besucher und dem Bücherverkauf zu bemessen, damit sie sich beim guten Besuch nicht zu ärgern brauchen über den Gewinn des Buchhändlers. Solche Vorschläge empfinden sie als Beleidigung, dem Fischhandel angemessen oder der Entlohnung von Animierdamen. Spürt der Buchhändler, daß der Dichter sich über ein vermeintlich zu geringes Honorar ärgert, muß er vorsichtig die weiteren Unkosten aufzählen: Porto für die Einladungen, Anzeige im Lokalblatt, Überstunden des Personals, Unterbringung des Autors im besten Hotel am Platz. Wenn alles gutgeht, wird die Veranstaltung plus-minus-null enden, muß er sagen. Das hören sie gern, plus-minus-null, ohne jeden Profit.

Elise will nicht, daß ich über Geld schreibe. Buchhaltung sei ihr Ressort, sagt sie. Ich solle mehr die menschliche Seite unserer Begegnungen mit den berühmten Persönlichkeiten hervorheben.

»Die meisten waren doch ganz lieb«, sagt sie und rührt mit den Füßen im Wassereimer.

Also lassen wir das Geld. Doch Verlagen, die ihre Autoren an die Front schicken, möchte ich raten, ihnen einen Leitfaden fürs rechte Verhalten mit auf den Weg zu geben, einen Knigge für lesende Dichter. In diesen Fragen herrscht allgemeine Unsicherheit, jeder Autor benimmt sich, wie der Geist es ihm eingibt. Einige betrachten Lesereisen als Huldigungsfahrten durchs Königreich. Die Verehrerinnen haben, die Nähe des Meisters suchend, im Schneidersitz vor dem Denkmal auszuharren. Auf kritische Fragen sind sie unvorbereitet. Bringt man ihnen keine Blumen, sind sie beleidigt. Andere geben sich ihren Launen hin, kanzeln schüchterne Fragesteller ab und bescheiden sie dahin, das Erfragte sei in ihrem Werk, Seite 257 ff., nachzulesen.

Ich erinnere mich eines liebenswerten Lyrikers, der gern zu spät kam, der lieber die Leser warten ließ, als dem Wirt das Kompott zu schenken. Es ging ihm wider die Ehre, nach preußischem Dienstreglement am Ort der Handlung zu erscheinen, denn Pflichtgefühl ist etwas Edles, solange wir es anderen abfordern, aber schändlich, wenn wir uns selbst in die Pflicht nehmen müssen. Er erschien zwanzig nach acht im überfüllten Laden, wischte sich mit dem Taschentuch über das fetttriefende Maul und erklärte, er habe Schweizer Reis mit Kirschsaft essen müssen. Schon als Kind habe er gelernt, es dürfe nichts umkommen, was auf dem Tisch erscheine, müsse gegessen werden. Hier nun sei es Schweizer Reis mit Kirschsaft gewesen. Darum.

Meine geliebte B. fehlt zur Signierstunde. Der Laden voller Menschen, aber von B. keine Spur. Ich rase ins Hotel. Auf dem Korridor kommt sie mir entgegen: »Haben Sie einen Kamm für mich?« So stolpert die große Kunst über zottelige Haare.

»Der Schriftsteller und seine Zeit« – für dieses Thema

hatte ich den großen A. gewonnen. Er betritt den Saal, mustert die Anwesenden kritisch, erklärt aus dem Stand, er halte es nicht für angebracht, vor diesem Publikum über den Schriftsteller und seine Zeit zu sprechen, statt dessen werde er ein Kapitel aus seinem demnächst erscheinenden Roman verlesen. Noch Wochen später kamen verstörte Kunden zu mir und fragten, ob sie so aussähen, daß der große A. ihnen den Schriftsteller und seine Zeit nicht zumuten mochte.

Das sei es nicht, beruhigte ich sie. Der große A. habe sich nur nicht vorbereitet und sei zu feige gewesen, es einzugestehen.

Ich ärgere mich heute noch, ihm für das Verlesen eines unfertigen Kapitelchens anstandslos die Summe gezahlt zu haben, die für den »Schriftsteller und seine Zeit« ausgemacht war. Wäre ich ihm mit Wegfall der Geschäftsgrundlage und vertragswidrigem Verhalten gekommen, hätte ich sein Honorar gekürzt, wie das Bürgerliche Gesetzbuch es vorschreibt, er hätte mir den kapitalistischen Krämergeist entgegengeschleudert. Dieser Bücherwurm wagt es, sich gegenüber dem großen A. auf Treu und Glauben zu berufen! Ich schwieg und zahlte, aber nun schreibe ich es nieder, und der große A., der längst im Jenseits weilt, wird es lesen und sich schämen.

Goya hat ein Bild gemalt, betitelt: Die Frau des Buchhändlers. Ein Autor wollte Elise etwas Gutes tun und brachte ihr eine Reproduktion des Bildes mit. Das Kunstwerk zeigt eine spanische Schöne mit üppigen Reizen, ein Anblick, der meine Frau eher kränkte, als ihr schmeichelte. Lieber Himmel, wie muß es den Buchhändlern zu Goyas Zeiten gutgegangen sein, daß sie sich solche Frauen halten und von einem Genie malen lassen konnten.

»Er hat es nur gut gemeint«, entschuldigte Elise den Dichter mit dem Goya-Bild.

»Erinnerst du dich noch an F.?« frage ich. »Er hat einen kurzen Namen, den malt er so akkurat, daß es seine Zeit dauert. Eine Menschenschlange wartet vor dem Signiertisch, aber F. malt in aller Unschuld Buchstaben.«

»Lebt er eigentlich noch?« will Elise wissen.

»Ich glaube, ja. Wäre er gestorben, hätte es diesen Verkaufsboom gegeben wie immer, wenn bekannte Autoren das Zeitliche segnen.«

»In diesem Punkte tun mir die Poeten leid«, erklärt Elise. »Ihr Abgang ist oft traurig, nach vierzehn Tagen erscheint im Kulturteil eine kleine Noitz: Wie erst heute bekannt wurde, starb am Sonntag vor Pfingsten der Schriftsteller G. ... Das war doch der, der vor Jahren Büchner- und Schillerpreise erhielt und so oft im Fernsehen auftrat, sagen die Leute. Nun hat ihn der Tod in einer zweihundertjährigen Kate ereilt, und niemand war da, um die Presse zu informieren.«

»Das wird bei uns anders ausgehen«, sage ich zu Elise. »Schon am nächsten Tag erscheint eine halbseitige Anzeige im Lokalblatt, und zur Trauerfeier kommt die halbe Stadt.«

Draußen schlägt die Turmuhr, es ist Mitternacht. Elise schließt die Bücher, aber ich habe noch zu schreiben.

»Du kannst schon ins Bett gehen«, sage ich.

Sie blickt mich verwundert an. Immer war sie die letzte am Schreibtisch, aber heute, einen Tag, bevor Goldfinger kommt, ist sie fertig, und ich habe zu tun.

Sie verspricht, auf mich zu warten. Eine Stunde will sie noch lesen, wie sie es immer vor dem Einschlafen getan hat.

Sprach ich schon über den Kult mit der Begleitmannschaft? Müde Verlagsangestellte – je höher im Rang, desto größer das Ansehen des Autors – schlagen sich die Abende um die Ohren und lachen pflichtgemäß an immer gleichen Stellen. Ihre Aufgabe ist es, vergessene Aktentaschen und Regenschirme einzusammeln, im Hotel für Ruhe zu sorgen und versehentlich offengebliebene Rechnungen zu begleichen. Das Erscheinen einer Begleitmannschaft signalisiert: Der Verlag bemüht sich um seinen Autor. Außerdem kontrollieren diese Leute den Buchhändler, schauen nach, ob das Schaufenster reichlich mit Erzeugnissen des Verlages bestückt ist und die Plakate vorteilhaft plaziert sind. Anfänger, die der Hilfe bedürfen, reisen wie Vagabunden allein durchs Land. Die Großen, die ohnehin nichts erschüttern kann, die wie Zwölfender durchs literarische Revier streifen, fahren mit Troß und Marketenderin. Den Verlegern möchte ich noch dieses Pepitum ins Stammbuch schreiben: Eines Tages wird es ein Unglück geben, wenn auf den Bestsellerlisten Bücher erscheinen, die noch gar nicht ausgeliefert sind.

Eine Autorin weigerte sich, nach der Lesung zu diskutieren. Über ein Kunstwerk sei jede Diskussion ausgeschlossen, es müsse für sich wirken, der Leser habe benommen nach Hause zu schleichen. Andere bekommen den Mund nicht mehr zu, wenn die Diskussion einmal begonnen hat. Sie reden besser, als sie schreiben. Um ein Haar erwürgt hätte ich jenen Poeten, der mit einem Gleichgesinnten über Baudelaire plauderte, während hinter seinem Rücken eine Menschenschlange auf das Signum des Meisters wartete. Signieren, o du schwere Last! Nach zwanzig Unterschriften zittert die Hand. Es gibt Buchhändler, die besorgt fragen, ob es einem Dichter zuzumuten ist, fünfzigmal den Namen zu schreiben, dabei immer in penetranter Nähe zu Menschen, Schweißgeruch, saurem Aufstoßen, Mottenkugeln und süßem Parfum. Es gibt einige, die für jede weitere Unterschrift drei Mark fünfzig verlangen oder eine Extrakiste badischen Wein.

»Vergiß die Dichterfrauen nicht, vor allem die mit den Katzen!« ruft Elise aus dem Schlafzimmer.

Sie sind ein Kapitel für sich, des Dichters Frauen und Konkubinen. Eine bereiste, kaum war das Buch ihres Gatten erschienen, die Republik und spionierte sämtliche Buchhandlungen aus. Sie stürzte in unseren Laden, verlangte nach dem Inhaber und schleuderte mir den Satz entgegen: »Mein Mann liegt nicht im Fenster!«

Nicht wenige begleiten die lesenden Männer wie treusorgende Mütter ihre Kleinen auf dem Schulweg.

»Mein Mann ist indisponiert«, sagt sie beim Eintreffen. »Er wird wohl nur ein halbes Stündchen lesen, eine weitere Viertelstunde, wenn das Publikum unbedingt eine Zugabe wünscht.«

In der Diskussion ergreift sie stellvertretend für ihn das Wort, nicht, weil sie es besser weiß, sondern um den hohen Geist zu schonen. Um ein Haar signiert sie auch seine Bücher, damit die wertvolle Hand nicht vor der Zeit verwelkt. Begleitfrauen kümmern sich um das, was außer Kunst sonst noch geschieht. Das ist das meiste. Geld kassieren, Werbung für den Poeten, Bewunderung, Pfefferminz für die geschundene Stimme. Es ist zu kalt, zu warm, drüben zieht es. Bitte kein Blitzlicht, das verstört ihn vollends. Nein, Mineralwasser mag er nicht, es muß schon Rotwein sein. Dichterfrauen tauchen Stunden vor der Lesung auf, umkreisen die Buchhandlung, um festzustellen, ob sein Porträt vorteilhaft hängt, der Name richtig geschrieben ist und wieviel Eintrittsgeld der Veranstalter zu erheben gedenkt. Scheinheilig kommen sie in den Laden und erkundigen sich, ob es die Taschenbuchausgabe von »Götter graben nach Gelehrten« noch gibt. In Wahrheit geht es ihnen darum festzustellen, wie weit die Vorbereitungen für das große Ereignis gediehen sind. Sie laufen beharrlich durch die Straßen, sehen nach, ob der Schlachtermeister das Dichterbild neben die Rauchwurst gehängt hat, ob der Gemahl über oder unter dem Laienspieltheater mit »Krach um Jolanthe« rangiert. Auch die Kirchen suchen sie heim. Obwohl über Religiöses längst hinausgewachsen, erwarten sie einen Anschlag am Schwarzen Brett.

»Soll ich die Katzengeschichte wirklich schreiben?« frage ich zurück.

Elise besteht darauf. Also gut, ich schreibe, obwohl sie wahr ist und böse klingt.

Wir saßen nach der Lesung bei fränkischem Wein, der Dichter, seine Gattin, Elise und ich.

»Haben Sie Familie?« fragte ich die Dichterfrau.

»Wir haben sechs Katzen im Haus, keine Kinder, Gott sei Dank«, antwortete sie.

»Ist es nicht gefährlich für die Katzen an der vielbefahrenen Durchfahrtsstraße?« spann ich den Faden weiter.

»Um Himmels willen, wir lassen unsere Kätzchen nicht aus dem Haus!« rief sie entrüstet.

Da mischte sich Elise ein: »Wir haben drei Kinder im Haus, keine Katze, Gott sei Dank.«

»Ist das heute noch zu verantworten, Kinder zu haben?« wollte die Frau des Dichters wissen.

»O ja, wir lassen sie sogar aus dem Haus, obwohl wir an einer vielbefahrenen Straße wohnen«, antwortete Elise. »Unser Jüngster will einmal Buchhändler werden. Wenn Ihr Mann weiter schöne Bücher schreibt, wird er sie noch lange verkaufen. Aber natürlich nimmt die Zahl der Leser rapide ab, weil den Katzen die verdammte Schrift nicht beizubringen ist.«

Ich lese es laut vor. Elise ist einverstanden. So soll es stehenbleiben, damit spätere Generationen nachschlagen können, warum die Lesekultur in Deutschland so fürchterlich auf den Hund gekommen ist.

Ehemänner von Dichterinnen treten seltener auf. Sie meiden die Leseveranstaltungen ihrer Frauen, haben oft Wichtigeres zu tun oder betrinken sich in der Kneipe nebenan, während die Gattin für den Lebensunterhalt liest.

Erinnerst du dich noch an den S.? Der war so normal, daß er sich nach der Lesung nicht einmal betrinken mochte. »Als Schriftsteller ist man innerlich Abenteurer genug«, sagte er. Da sollte man nicht noch das tägliche Leben zum Abenteuer machen, sondern seiner Frau treu bleiben, sich um die Kinder kümmern, das Konto nicht überziehen und gelegentlich zum Friseur gehen.

Nun, da Elise im Bett liegt, muß ich doch darauf zurückkommen: Viele Autoren haben es mit dem Geld. Sie rufen Tage vor der Lesung an und fragen, ob der Verlag reichlich Bücher geschickt hat. Betreten sie die Buchhandlung, verabscheuen sie Gespräche über Reisewetter und Zugverbindungen, sie wollen nur wissen, ob ihr Buch »geht«. Ein gescheiter Buchhändler stellt sich auf die materiellen Seitensprünge seiner Geistesschaffenden beizeiten ein. Er beginnt das Gespräch mit einer Erfolgsmeldung. Soundso viele Bücher habe er verkauft, zwei Dutzend seien vorbestellt, und soundso viele werde er, so alles gutgehe, bis Weihnachten an den Leser bringen. Das versetzt den Literaten in beschwingte Stimmung. Nach Lesung und

Signierzugabe läßt er sich ausrechnen, was an dem Abend verkauft wurde, überschlägt es mit seinen Prozenten und schläft selig ein. Immer häufiger greifen die Autoren beim profanen Akt des Geldzählens auf die Technik zurück. Sie ziehen ungeniert den Taschenrechner aus dem Jackett, geben die Preise für Gebundenes und Taschenbücher ein, berücksichtigen die Mehrwertsteuer und wissen danach exakt, was sie außer dem Lesehonorar noch verdient haben.

Ich muß auch jenen Schriftsteller erwähnen, der erst Cash sehen wollte, bevor er sein Buch aufschlug. Als die Brieftasche sich beulte, wurde es ihm links über dem Herzen warm, und die Worte flossen wie Honig. Andere dagegen behandeln Geld mit distanzierter Würde und weigern sich, die Scheine nachzuzählen. Einmal in vierzig Jahren ist es geschehen, daß einer mir fünfzig Mark zurückschickte, die ich angeblich zuviel in den Honorarumschlag gesteckt hatte. Gott hab ihn selig.

Mir war es oft peinlich, wie unsere geistigen Größen, die in ihren Werken dem Materiellen so abhold sind, in den täglichen Geschäften um schnöden Mammon feilschen. Einer besaß die Dreistigkeit, sich für eine Lesereise ins Süddeutsche von jedem der fünf besuchten Buchhändler die vollen Fahrtkosten zahlen zu lassen. Denn Geld stinkt nicht. Je bedeutender der Autor, desto weitherziger darf die Grenze gezogen werden, an der Unerhörtes ertragen wird und Jauche als Kölnisch Wasser verkauft werden kann. Gewundert habe ich mich über jenen politischen Literaten, der unserem kapitalistischen System, in Metaphern gesprochen, so manche schallende Ohrfeige ins feiste Antlitz geschlagen hat. Ich erwartete einen asketischen Menschen mit glühenden Augen, Rollkragenpullover und

Baskenmütze. Doch es erschien ein Fürst und Lebemann, der im besten Hotel eine Suite mietete und in Luxus hofhielt. Unaufgefordert erklärte er mir, warum das so sein müsse. Er beabsichtige, das morbide System aus sich heraus zu vernichten, indem er seine Luxusquartiere besetze, allen Champagner austrinke und es durch schamlose Ausnutzung ad absurdum führe. Daran mag jeder sehen, daß unseren Literaten die Phantasie nicht ausgegangen ist. Sie erfinden mühelos für jede Unvernunft eine vernünftige Begründung.

In Trauer denke ich an meinen Lieblingsschriftsteller, den ich vor Jahren eingeladen hatte, als er noch ein kleines Licht und großes Wagnis war. Heute, im arrivierten Zustand, verlangt er Freundschaftspreise, die mir das Wasser in die Augen treiben. Aber ich habe ihn gemacht. Vor sechs alten Damen und fünf Gymnasiasten ermunterte ich ihn, unverzagt zu lesen. Heute fliegt er im Jet über meinen Laden, liest nur noch in Städten mit mehr als hunderttausend Einwohnern und in überdachten Sportstadien.

Erwähnen muß ich einen Telefonfetischisten, der nach getaner Lesearbeit und anschließendem Umtrunk schlecht in den Schlaf finden konnte und ein brünstiges Verhältnis zum Hoteltelefon entwickelte. München und London in Direktwahl, einmal Miami Beach, ohne nach den Kosten zu fragen, denn der Geist wehet auch über die Ozeane. Der Buchhändler wird es schon richten. Er wird die Entnahmen aus der Zimmerbar bezahlen, die Taxirechnungen und ein standesgemäßes Essen. Es ist in über vierzig Jahren niemals vorgekommen, daß ein Dichter dem Buchhändler oder seinem Personal eine Flasche Sprudel spendierte. Seit Spitzweg gibt es nur arme Poeten, die sich aushalten lassen. Bis auf meinen Goya.

Hilflos reisen sie an. Kaum, daß sie am fremden Ort aus dem Zug steigen, überfällt sie ein Gefühl der Vereinsamung. Ein Beistand muß her, der Händchen hält, den Dichter ins Hotel geleitet und verhindert, daß er, der ständig in Gedanken weilt, vom Kantstein in tiefe Depression stürzt. Sie kennen sich in Fahrplänen nicht aus, rammen, wenn sie überhaupt des Autofahrens kundig sind, in der Tiefgarage den Beton, haben die Badehose fürs Hotelbad vergessen (muß vom Buchhändler beschafft werden) und sind, obwohl im Lesen und Schreiben Meister, nicht in der Lage, den Meldezettel auszufüllen. Mit dem Hotelpersonal stehen sie gern auf Kriegsfuß. Das beginnt schon beim Empfang. Der dunkel gekleidete Herr fragt nach dem Beruf und kann sein Erschrecken nicht verbergen, als er »Schriftsteller« hört. In Anwesenheit des Gastes erkundigt er sich telefonisch, ob ich wirklich für die Kosten aufkomme. Das ist mir eine Genugtuung, zeigt es doch, daß in unserer Gesellschaft Buchhändler mehr Kredit besitzen als Schriftsteller. Gewitzte Literaten haben es aufgegeben, ehrlich zu sein. Sie schreiben »Journalist« in den Meldezettel. Das beruhigt den Mann am Empfang, denkt er doch an Funk und Fernsehen, die genug Geld haben und nichts schuldig bleiben.

Bekanntlich ist es heute guter Brauch, den Menschen aufs Maul zu schauen. Kürzlich befragten sie zweitausend Personen nach dem Ansehen bestimmter Berufe. Wir Buchhändler rangierten an vorletzter Stelle hinter Offizieren und Politikern, aber vor den Pferdehändlern. Doch Schriftsteller kamen überhaupt nicht vor, auch Verleger suchte man vergeblich in der Liste der angesehenen Berufe. So also urteilt das Volk über euch da oben, ihr Literaturpäpste und Goldfinger.

Tragödien spielen sich in Hotelbetten ab, weil sie zu weich, zu hart, zu hoch oder zu niedrig sind. Verglichen mit unseren Dichtern und Dichterinnen, war die Prinzessin auf der Erbse ein grobes Weib. Nun, da Elise schläft, kann ich es sagen: Sie hat wie alle Buchhändlerfrauen, die die Zimmer für anreisende Autoren bestellen, schlaflose Nächte verbracht in der Angst, der Gepeinigte könnte aus dem 5. Stock springen oder das Hotel in Brand stecken.

Wir Buchhändler plaudern gern über die kleinen und großen Schwächen der reisenden Literatur. Der Klatsch, den wir verbreiten, ist eine milde Strafe für die Herablassung, mit der uns die hohe Kunst zuweilen begegnet. Auch wissen wir, wie gern Schriftsteller etwas über schreibende Kollegen oder Kritiker hören, wenn es nur wenig schmeichelhaft ist. Oft weinen sie sich bei uns über die Kritiker, die mangelhafte Werbung und die Verleger aus. Die Verleger erscheinen ihnen wie Kindesmörder. Nach sechs Monaten reißen sie sich ihre so heiß geliebten Kinder von der Brust und setzen sie aus, weil sie erneut schwanger sind und gebären wollen. So geht es fort mit gewollten und ungewollten Schwangerschaften, die immer wieder dazu führen, daß die Sechsmonatskinder des Herbstprogramms der neuen Brut des Frühjahrsprogramms geopfert werden, und diese muß, kaum, daß der Sommer ins Land geht, für das Herbstprogramm aus dem Nest gestoßen werden. Zwar gibt es die »Backlist«, die in freier Übersetzung am besten mit Hinterlist zu umschreiben ist, aber sie ist nur ein Versuch der Verleger, den um ihre frühverstorbenen Kinder trauernden Autoren so etwas wie ewiges Leben vorzugaukeln.

Dieser Krampf, ein Flair von Künstlerleben zu verbreiten, aus Kleinigkeiten ein Image zu schaffen, bestimmte

Gesten und Verrücktheiten zum Markenzeichen zu stilisieren! Ich habe gesehen, wie sie vor dem Spiegel der Toilette den Auftritt probten. Pfundweise Pomade. Cremes gegen Krähenfüße. Gelegentlich – immer noch auf der Toilette – einen Flachmann zur Stärkung. Sie üben Gags ein, die die unheilvolle Anfangsspannung überbrücken sollen. Sie ordnen an, daß in bestimmten Augenblikken das Licht auszugehen, ein Buch herunterzufallen, ein Schemel umzukippen hat. Geschieht es, bringen sie ihre Pointe und haben das befreiende Lachen. In einer lauen Maiennacht lief einer meiner Dichter weinselig durch die Gassen, sprach ein junges Paar an, das sich auf der Parkbank drückte.

»Warum lacht ihr?« wollte der große Geist wissen, denn wie sich jeder denken kann, steckt hinter Kleinigkeiten wie Lachen-auf-der-Parkbank das wahre Leben, vielleicht ein schwer lösbares Problem, der Anfang einer Romantrilogie. Doch sie lachten nur, standen auf und suchten das Weite vor der zudringlichen Kunst. Er folgte ihnen um mehrere Ecken, fragte immer wieder, denn ein Dichter muß aus dem Gewühl des Lebens schöpfen, muß notfalls nachts um halb zwölf bei jungen Liebespaaren recherchieren.

Sie sagten es ihm nicht. Dabei wollte er nur wissen, ob sie, wenn sie genau hinschauten, ihn vielleicht erkennen, den großen Schriftsteller, der vor einem Vierteljahrhundert bedeutende literarische Preise errungen hat. Also sagt es ihm endlich, sagt: »Sind Sie nicht der, der ›Robin Hood‹ geschrieben hat?«

Die Anekdotenschreiber früherer Jahrhunderte haben beträchtliches Unheil angerichtet. Heute liest es sich genüßlich, was frühere Geistesheroen an Albernheiten angestellt haben. Die Heutigen spornt es an, es ihnen

gleichzutun. Der innere Drang, für das Anekdotenschatzkästlein der Nachwelt zu arbeiten, treibt manchen Dichter
dazu, sich wie ein Kalb zu benehmen. Für die Betroffenen
ist es weniger spaßig, aber später, wenn uns alle der Rasen
deckt, wird es angenehm in den Büchern zu lesen sein.

Einmal erschreckte mich eine Boulevardzeitung mit fol-
gender Schlagzeile: Berühmter Autor raste in Kuh – tot!

Mein Gott, dachte ich, das wird doch nicht der sein, den
du übermorgen zur Lesung erwartest. Anruf beim Verlag:
Nur die Kuh ist tot, der Dichter kommt.

Ich werde sie vermissen, die schrulligen Dichter mit
ihren Leseabenden. Sie tröpfelten ein bißchen Blut ins
blasse Papier, wenn sie schüchtern oder polterig, arrogant
oder demütig ihre Stimme erhoben, wenn Verehrerinnen
ihnen Blumen zuwarfen und Konkubinen giftig nach
Nebenbuhlerinnen Ausschau hielten.

Es ist halb zwei, der Regen tropft gegen das Fenster.
Elise schläft. Das Buch ist ihr entglitten, liegt auf dem
Fußboden. Ein Kochbuch! Elise hat den »Butt« gelesen.
Ein Rinderherz mit Backpflaumen gefüllt in Biersoße nach
Art der Nonne Rusch wird sie mir morgen auftischen.
Unser Ruhestand verzieht sich in die Küche, eine späte
Rache an der staubigen, trockenen Literatur. Was am Ende
bleibt, sind Kochrezepte.

Elise schwärmt noch heute von Beate Belinda. Das war
jene alte Dame, die, im Geiste sehr wach, an einem düsteren Herbstabend aus ihrem Jugendwerk las. Als der letzte
Seufzer verklungen war, trat ein Herr auf sie zu, auch
betagt und fast kahlköpfig. Er gab sich als Alfred Schmidt
zu erkennen, eben jener Alfred, mit dem die Dichterin vor
einem halben Jahrhundert die Schulbank und nicht nur
diese gedrückt hatte. Ach, Alfred! Sie verzichtete aufs gute

Essen, wanderte mit ihm durch die herbstlich raschelnden Anlagen und verschwand mit ihrer Jugendliebe auf dem Hotelzimmer. Der Portier verewigte sich im Anekdotenschatzkästlein der reisenden Dichter mit folgendem Spruch: »So alt und so verliebt!«

Mein »Summing-up« wäre unvollständig, enthielte es nicht auch ein Memento für uns Buchhändler. Ich hörte Klagen. Wir sollten das Werk des Autors, den wir zur Lesung laden, wenigstens oberflächlich kennen. Zumindest der ersten Sortimenterin oder der Ehefrau sollten wir die Lektüre empfehlen, denn es könnte sein, daß niemand zur Lesung kommt und man Gesprächsstoff braucht für einen langen Abend. Auch sollten wir uns bei den einschlägigen Befragungen zurückhalten und nicht Bücher auf die Bestsellerliste bringen, die noch gar nicht im Handel sind.

Es soll auch Buchhändler geben, die weder sich noch ihre Ehefrau für einen Leseabend abstellen können. Ihnen muß ich sagen, daß die Dichter unter dieser Geringschätzung leiden. Nur Tarifangestellte stehen herum und geben deutlich zu verstehen, daß sie der Überstunden genug haben und das Ende der Veranstaltung herbeisehnen. Wo aber ist der Herr Geschäftsinhaber? Der Lord läßt sich entschuldigen, er ist zu Schiff... auf einer Tagung.

Schneetreiben im Sommer

Um zehn Uhr verstummte das Fernsehgerät im Gemeinschaftsraum. Irgendwo klappten Türen. In den Gängen erlosch das Licht, nur in der Eingangshalle blieb die kalte Neonröhre, die den Glaskasten erleuchtete. Hinter dem Glas saß die Schwester und löste Kreuzworträtsel. Im Hintergrund murmelnde Gespräche von Tür zu Tür, sie konnten keine Ruhe finden, die alten Leute.

Als die Dunkelheit das Gebäude endlich besetzt hatte, als nur noch die Straßenlaternen sich im Glas der Eingangstür spiegelten, verließ die Frau ihr Zimmer. Sie blieb auf dem Gang stehen, lauschte fernen Stimmen, bevor sie sich an den Wänden entlangtastete. Am Treppengeländer wartete sie.

»Wollen Sie noch ein bißchen spazierengehen?« fragte die Schwester.

»Es wird Schnee geben.«

»Schnee im Juli, das ist noch nie vorgekommen.«

Die Schwester verließ die Kabine und stellte sich der alten Frau in den Weg.

»Jetzt ist doch Schlafenszeit, Oma Marinowski«, sagte sie und nahm die Frau an die Hand.

Ja, sie war in letzter Zeit ein wenig verwirrt. Ihretwegen mußte abends die Eingangstür abgeschlossen werden, weil es geschehen konnte, daß sie nachts das Heim verließ, um nach Hause zu gehen, nicht zu der Wohnung ihrer Tochter, in der sie bis vor einem Jahr gelebt hatte, sondern zu einem Zuhause, dessen Namen ihr entfallen war.

»Im Nachthemd können wir nicht spazierengehen«, sagte die Schwester.

»Wenn es Schnee gibt, kommen sie nicht«, antwortete Oma Marinowski. Sie starrte zur Glastür, zeigte mit der Krücke hinaus auf die Straßenlaternen.

»Alle schlafen schon!« sagte die Schwester und führte die alte Frau über den Gang zurück in ihr Zimmer.

»Wie kann man schlafen in so einer Nacht? Ich muß immerzu denken, daß sie vielleicht doch noch kommen.«

Die Schwester setzte sie aufs Bett, schüttelte das Kopfkissen, dann drückte sie Oma Marinowski sanft zurück.

»Jetzt wollen wir uns aber schön hinlegen.«

»Es hat doch keinen Zweck«, erwiderte die alte Frau. »Ich werde nicht schlafen.«

»Vielleicht mit Musik. Ich schalte jetzt das Radio ein, und Sie hören so lange Musik, bis die Augen zufallen.«

»Sender Königsberg spielt nicht mehr«, behauptete die alte Frau, während die Schwester an dem Radiogerät drehte. »Früher hatte Königsberg immer Musik, auch wenn die Flieger kamen und alle deutschen Sender verstummten. Aber jetzt ist es aus mit Königsberg.«

Die Schwester fand Operettenmelodien. »Das ist der Vetter aus Dingsda«, sagte sie. »Ich geh' nun wieder nach vorne. Wenn Sie mich brauchen, drücken Sie den schwarzen Knopf.«

»Bitte wecken Sie mich rechtzeitig, wenn sie doch noch kommen«, bat die alte Frau.

»Wenn Schnee fällt, werde ich Sie wecken«, versprach die Schwester.

Nach Mitternacht ging sie noch einmal durch die Flure. Der Lichtkegel der Taschenlampe wanderte ihr voraus, sie schloß jene Türen, die halb geöffnet standen, weil die, die dahinter schliefen, nicht so allein sein wollten.

»Sie sind ja immer noch wach«, flüsterte die Schwester.

Oma Marinowski stand vor ihrem Kleiderschrank, im Arm hatte sie ein Bündel Hemden und Handtücher.

»Mein Gott, ich kann den Koffer nicht finden!« jammerte sie.

»Wozu brauchen Sie einen Koffer?«

»Sie gaben es im Radio durch. Alle müssen weg, aber ich kann nicht, weil ich keinen Koffer habe.«

Auf dem Kopfkissen lag die Wärmflasche. Die alte Frau hatte sie in ein Laken gewickelt, der Flaschenhals schaute heraus.

»Sei still, Trudke«, sagte sie zu der Flasche.

»Ich werde eine Schlaftablette holen«, sagte die Schwester. »Das wird helfen. Morgen ist Sonntag, da können Sie ausschlafen, bis zum Mittagessen schlafen.«

»Aber wir müssen doch fahren!« rief die alte Frau. »Der Strom ist schon abgeschaltet. Eine Fliegerbombe hat das Elektrizitätswerk getroffen, nun ist das Licht aus.«

Die Schwester drückte den Lichtschalter, es blieb dunkel.

»Auch das Radio hat keinen Strom mehr«, behauptete Oma Marinowski. »Zum Sendeschluß spielten sie das Deutschlandlied, zum letzten Mal das Deutschlandlied, nun geht Deutschland unter.«

Sie beugte sich über die Wärmflasche.

»Wo steckt Herbert?« fragte sie. »Der soll den Kinderwagen schieben, aber der Bengel hat sich versteckt.«

Sie suchte unter dem Bett und hinter den Schränken.

»Ich weiß genau, wo du dich verkrochen hast!« rief sie.
»Im Graben liegst du. Ganz tief hast du dich eingegraben
und denkst: Laß sie man suchen!«

Die Schwester nahm die alte Frau in den Arm.

»Das ist schon fünfzig Jahre Vergangenheit und kehrt
nicht wieder«, sagte sie.

»Alles kommt wieder!« widersprach Oma Marinowski.
»Es wiederholt sich, und jedesmal wird es schlimmer.
Hören Sie nicht, wie es donnert?«

»Es ist ganz still.«

»Damals war es auch still, bevor es laut wurde. Nur
Schneetreiben kann noch helfen, wenn Schnee fällt, kommen sie nicht.«

Die Schwester führte sie ans Fenster. Draußen die nächt-
liche Stadt, eine leuchtende Stadt mit den gebündelten
Strahlen der Autoscheinwerfer, dem flackernden Rot der
Reklame und den schwankenden Straßenlaternen.

»Es brennt schon«, sagte die Frau und zeigte zu den roten
Lichtpunkten. »Jetzt sind sie da! Es gibt so viele Frauen.
Wohin mit den Frauen? Wo kann man sie verstecken?«

»Keiner braucht sich zu verstecken, Oma Marinowski.«

»Herbert, kommst du endlich raus! Ach, die Kinder
gehorchen nicht mehr. Wenn kein Vater da ist, machen sie,
was sie wollen. Aber bitte nicht schießen. Ich komme ja
mit, aber nicht schießen!«

»Morgen früh werde ich Ihre Tochter anrufen«, sagte
die Schwester. »Die wird kommen, der können Sie alles
erzählen.«

»Aber mein Trudke ist doch da, es liegt im Bett und
schläft. Nur der Herbert hat sich versteckt.«

Die Schwester holte ihr ein Beruhigungsmittel und blieb
bei der alten Frau, bis sie eingeschlafen war.

Am Morgen kam die Tochter. Die Schwester ging mit ihr zu der alten Frau, die, im Sessel sitzend, schlief. Auf ihrem Schoß lag die Wärmflasche. Strümpfe, Handtücher und Unterwäsche bedeckten, säuberlich gestapelt, die Tischplatte.

»Wo steckt Ihr Bruder?« fragte die Schwester.

»Ich habe keinen Bruder. Der, den ich hatte, starb auf der Flucht, als ich noch sehr klein war. Mutter hat ihn im Straßengraben zwischen Wormditt und Preußisch-Holland beerdigt.«

»Vielleicht sollten Sie mit Ihrer Mutter einmal zu dem Ort fahren, an dem alles geschehen ist«, schlug die Schwester vor. »Damit sich die innere Spannung löst und sie wieder ruhig schlafen kann.«

»Sie will nicht nach Hause. Sie hat dort nichts mehr zu suchen, sagt sie. Man hat mich zu sehr geschlagen, sagt sie. Und die vielen Soldaten, die nachts kamen, nein, sie will nicht mehr. Nur wenn sie träumt, fährt sie nach Hause, um ihren Herbert zu suchen.«

Während sie sprachen, wachte die alte Frau auf und blinzelte ins Sonnenlicht, das durch die Vorhänge in einem breiten Streifen auf die Bettdecke fiel.

»Nun ist doch kein Schnee gefallen«, sagte die Schwester.

»Wie soll im Juli Schnee fallen«, antwortete die alte Frau und lachte.

Der Tambourmajor

Sie kamen, um Freddy zu holen. Die Papiere lagen ausgefertigt und besiegelt, aber Freddy war nicht da. Der war in die Feldmark gelaufen, als hätten es ihm die Stimmen zugetragen. Womöglich lag er ohnmächtig im Haferfeld wie vor einem Jahr, als die Düsenjäger über ihn jagten und er wie tot umfiel. Freddys Ohren sind das Beste an ihm.

Nächsten Sonntag werden sie wiederkommen. Dann ist Schützenfest, da wird er auftauchen, da kann er nicht anders. Wenn der Umzug beginnt, wenn die Musik in die Straßen strömt und sie mit Pauken und Trompeten, wie wir zu sagen pflegen, ins Dorf marschieren, wird Freddy dabeisein. Vor den Pfeifern, den Jungen und Mädchen in blauen Uniformen, wird er gehen und ihnen den Takt schlagen. »Es war einmal ein treuer Husar« werden sie spielen wie immer. Ob Schützenfest, Vogelschießen oder Erntedank, immer ist der treue Husar dabei – und Freddy. Zehn Schritte vor der Musik schwingt er den Stecken, den er aus dem Fliederbusch gebrochen hat. Freddy hat es mit der Musik, ihr kann er nicht widerstehen. »Todendorf grüßt den Rest der Welt!« heißt es auf dem Bettlaken, das den Umzugswagen überspannt. Unter dem weißen Tuch, umrahmt von schwerem deutschem Eichenlaub, sitzen die Honoratioren, der Bürgermeister, die Leute des Gemeinderates, der Abgeordnete des Kreistages nebst Gemahlin.

»Willst 'ne Bockwurst, Freddy?« schreit einer.

Er tunkt die Wurst zur Hälfte in Mostrich und bringt sie Freddy auf die Straße. In der einen Hand den Taktstock, in der anderen die kleckernde Wurst, gibt er der Musik Weg und Richtung.

»Sagen Sie mal, was ist das für ein merkwürdiger junger Mann vor der Musikkapelle?« fragt die Gemahlin des Kreistagsabgeordneten.

»Das ist Freddy, der einzige Verrückte im Dorf. Er hat es mit der Musik, er marschiert den Spielmannszügen voraus und dirigiert die Instrumente. Jeder im Kreis kennt Freddy, kein Fest beginnt ohne ihn, im nächsten Leben, sagen die Leute im Dorf, wird er wohl Dirigent werden.«

»Was sollen wir spielen?« fragt ihn der Kapellmeister.

»Das Lied vom Fuchs«, antwortet Freddy, wirft den Taktstock in die Luft und fängt ihn wieder auf, wie er es von den Dudelsackpfeifern gelernt hat, die zur 800-Jahr-Feier in der Kreisstadt aufgetreten sind.

Als sie am Rathaus vorbeimarschieren, spielen sie »Fuchs, du hast die Gans gestohlen«, und jeder weiß: Das kommt von Freddy. Das ist der einzige Text, den er mitsingen kann, mehr hat in seinem Kopf, der voller Melodien ist, nicht Platz gefunden.

Wochentags arbeitet Freddy in unserer Gärtnerei und singt den Blumen vor. Meistens läuft er barfuß, trägt dazu einen graublauen Kittel wie die Chinesen damals, als sie alle gleich waren. An den Festtagen putzt er sich heraus, zieht einen hellblauen Anzug an und setzt einen Strohhut auf. Rotes Crêpepapier wickelt er sich um den Bauch. Genagelte Stiefel trampeln den Takt auf den Pflastersteinen.

»Was willst du werden, Freddy?« schreit ihm einer nach.

»Tambourmajor!« kommt die Antwort.

Wo hat er bloß das schwere Wort gelernt?

Was macht Freddy im Winter? Da wird er meistens krank, weil ihm die Umzüge fehlen. Er läuft den Kirchenglocken nach, sitzt bei Kindtaufen, Hochzeiten und Beerdigungen auf den Stufen des Glockenturms und lauscht dem Dröhnen aus der Höhe. Meistens hält er sich die Ohren zu, weil die Todendorfer Glocken gewaltig schlagen, so daß es ihm weh tut. Den Tönen der Orgel lauscht er durch meterdicke Kirchenwände. Bei Sturmwetter geht er hinaus, weil ihm auch das Musik ist. Wenn die Wildgänse ziehen, horcht er nach oben und weiß, was sie singen.

»Was hörst du, Freddy?« fragen ihn die Leute, wenn er mit geschlossenen Augen am Telefonmast steht.

Er lacht nur und summt eine Melodie.

Alle wissen, daß Freddy mehr hört als gewöhnliche Sterbliche. Er kennt die Melodien des Windes und weiß, welches Lied die Gräser summen, er hört die Stimmen der Bienen und Schmetterlinge, in seiner Welt singen auch die Wälder und Flüsse. Freddy weiß, was die Krähen rufen und die Lerchen zu jubilieren haben, er versteht das Zwitschern der Schwalben und den Singsang der Schwäne.

Am Sonntag werden sie Freddy holen. Den Umzug lassen sie ihn noch mitmarschieren, zum letzten Mal darf er das Lied vom Fuchs dirigieren, dann kommt die rote Tinte. Am Festzelt werden sie sich postieren und Freddy in Empfang nehmen. Komm mit, Freddy, wir spendieren dir ein Bier, werden sie sagen. In Zivil werden sie am Zelteingang stehen, damit er sie nicht von weitem erkennt und wieder in die Feldmark läuft.

Freddy, wir bringen dich zu einem Riesenfest, werden sie sagen. Da spielen tausend Musikanten, und du kannst dirigieren.

Was hat er bloß angerichtet, daß sie ihn verwahren wollen? Ach, er ist nackt durch die Baumreihen unserer Gärtnerei gelaufen. Das ganze Dorf unterschrieb eine Liste: »Freddy soll bleiben! Die Blumen nehmen keinen Schaden an seiner Nacktheit.«

Wir haben die Liste unserem Abgeordneten übergeben und mündlich hinzugefügt, daß Nacktheit kein Grund sein kann, einen Menschen einzusperren, denn Nacktheit ist der natürliche Zustand, so werden wir geboren. Wenn sie Freddy verwahren, wird er bald sterben, haben wir geschrieben.

»Mit den Blumen fängt es an«, sagten die, die ihn verwahren wollen. »Später läuft er den Kindern nach und zeigt sich in seiner Nacktheit den Frauen auf der Straße. Man kann nicht vorsichtig genug sein.«

Am Sonntag werden sie kommen.

Der Präsident und ich

Seit einem Jahr haben wir das Nötigste zusammen, das für Tennis gebraucht wird, nur eine Persönlichkeit fehlt noch, die uns nach innen und außen vertritt und dem Verein Halt und Richtung gibt. Spielen will jeder, aber keiner will Präsident sein. Schwer ist die Arbeit nicht. Zur Saisoneröffnung drei Sätze vom Blatt ablesen, im Herbst die Pokale überreichen, Bierfässer anstechen und den Telefonapparat bedienen, mehr braucht ein Präsident nicht zu können. Er muß nur dasein, ein Präsident ist ein Aushängeschild. So, wie die Königinnen in England, Dänemark und Holland eigentlich unnütz sind, aber dasein müssen als Aushängeschild ihrer Völker, brauchen die Tennisspieler in Poggendiek einen Präsidenten. Da sich freiwillig keiner meldete, schrieben wir die Stelle im Wochenblatt aus:

Ländlicher Tennisverein sucht seriöse
Persönlichkeit für das Präsidentenamt.

Das Wort »seriös« hatte Tina Labahn, die in der Großstadt studiert hat und sich auskennt in solchen Wörtern, in die Anzeige gebracht. Wie sich bald zeigte, verstand jeder etwas anderes darunter. Hänschen Pieper meinte, die gesuchte Person müsse ein gewisses Körpergewicht mitbringen, die Frauen verstanden unter seriös die Bedingung, daß der Präsident keine schmutzigen Witze erzählt, also jenseits von Gut und Böse ist. Den meisten aber bedeutete seriös, daß er nicht in die Vereinskasse langt, also ein ehrlicher Mensch ist. Lag es nun an diesem Wort oder daran, daß sie die Anzeige unter der Rubrik »Kleintiere und Verschiedenes« in die Zeitung setzten, es meldete sich jedenfalls kein Mensch. Ich meine ja, der Grund war darin zu suchen, daß mit so einem Amt kein Geld zu verdienen ist und es höchstens mal ein Bier umsonst gibt. Im Grunde geht es nur um die Ehre und das Aushängeschild, das aber ist den Lesern unseres Wochenblattes nicht genug.

Nach diesem Fehlgriff hielten wir Ausschau in den eigenen Reihen, wollten eine geeignete Persönlichkeit gewissermaßen dienstverpflichten. Aber keiner ist da, an dem nichts auszusetzen wäre. Versteht sich, daß nicht jeder Präsident werden kann. Ein Präsident muß Vorbild sein für die Jugend und sich um die Moral kümmern, denn die Versuchung im Tennissport ist groß, und das Unglück schläft nicht. Deshalb nehmen sie gern ältere Herrschaften, weil die von allem ab sind und nicht mehr ausrutschen können.

Zuerst kommt es auf die Ausstrahlung an, das heißt, daß unser Präsident mit einer Wünschelrute über den Platz gehen und Wasser finden muß. Auch sollte er zwei Sprachen beherrschen, Platt und Hochdeutsch, versetzt mit ein paar englischen Brocken, damit, wenn er Matchball sagt, keiner an Dreck und Morast denkt. Tennis braucht er nicht spielen zu können. Kein Mensch verlangt, daß ein Präsident sauber die Vorhand durchzieht und die Rückhand zu setzen weiß, nur die Regeln sollte er kennen, um den Frauen, wenn sie fragen, wie Tie-Break geht, richtigen Bescheid geben zu können. Zu bedenken ist auch, daß

Leute zu uns kommen, vor allem weiblichen Geschlechts, denen weniger am Tennissport liegt, die nur unseren Präsidenten sehen wollen. Für sie brauchen wir eine Vorzeigeperson, die den ganzen Verein schmückt. Mit der Statur fängt es an. Erst wollten sie Gero nehmen, der eine klare und laute Stimme hat, aber ich fand ihn ein bißchen klein geraten. Gero kann sich hinterm Netz verstecken. Wenn er am Zaun steht, siehst du nur den halben Kopf, was nicht geht für einen Präsidenten. Gero eignet sich mehr für Festlichkeiten, da tanzt er wie ein Gummibär, die linke Hand hängt wie leblos runter, während er mit der rechten an seiner Partnerin herumfingert. Weil Gero so flink ist mit den Fingern, werfen sie immer ein Auge auf ihn, wenn er Mixed spielt. Ich habe vorgeschlagen, ihn zum Zeremonienmeister zu bestellen, was so ein Verein ja auch haben muß.

Danach dachten alle an Siegfried, der die richtige Größe und Breite hat, aber mit seinem finsteren Bart wie der Drachentöter aussieht, was einige Frauen leiden mögen, aber die meisten Kinder doch sehr verschreckt. Ein Präsident muß ein angenehmes, freundliches Aussehen haben, damit er Mitglieder gewinnt und nicht vertreibt. Weil Siegfried den düsteren Bart nicht abnehmen wollte, schied er aus dem Rennen für die Präsidentschaft. Auch hätte er es schwer gehabt, die moralische Prüfung zu überstehen, denn Siegfried weiß den Frauen schöne Augen zu machen, nur die eigene spart er aus.

Jessen geht nicht, weil er die Schlachterei hat und der Tennissport sich nicht mit geschäftlichen Interessen vermischen darf. Wir haben zwei Schlachter im Dorf, und die fleischliche Belieferung unserer Feste muß so gestaltet werden, daß jeder umschichtig mit Eisbein und Kochwurst dran ist. Aus dem gleichen Grund kann Kröger Schuldt nicht Präsident werden. Wir müßten pausenlos sein Bier trinken, aber die Poggendieker Tennisspieler wollen auch mal was anderes probieren.

So hatten wir an jedem etwas auszusetzen. Willi wäre der richtige Mann, Willi ist gut zu den Fischen. Wenn wir neben dem Tennisplatz einen Angelteich gebaut hätten, wäre er nicht abgeneigt. Aber Präsident bei den Fischen ist doch etwas anderes als in diesem Hühnerhaufen von Tennisspielern. Außerdem ist Willi zu schweigsam, was von den Fischen kommt.

Ingo kannst du vergessen, weil er nicht trinkfest ist. Außerdem macht er eine schlechte Figur am Netz. Wenn er mit Krämer Nissen rumtobt – sie spielen sonntags vor Sonnenaufgang, damit keiner sie sieht –, läuft er zwischen Netz und Mittellinie rum und versucht zu greifen, was angeflogen kommt. Die wahre Kunst im Tennis besteht nämlich darin, sagt Ingo, den Ball gar nicht erst im Sand aufschlagen zu lassen, sondern gleich in der Luft zu erledigen.

Mein Favorit war lange Zeit Hänschen Pieper, der ein ordentliches Körpergewicht mitbringt, was den Tennisplätzen gut bekommt und einmal Walzen erspart. Wenn er mit über zwei Zentnern gegen Fiete Fehling spielt, steht er bald japsend am Zaun und schreit: O Fiete, du bist ein zu guter Mensch, gegen dich kann ich nicht gewinnen!

Seine einzige Schwäche, von der nur ich weiß, ist diese: Er verschlingt jeden Mittag eine Tafel Schokolade und wäre, wenn man es darauf anlegt, mit dem braunen Zeug zu bestechen. Aber solche Kleinigkeiten sollten der Präsidentenwürde nicht im Wege stehen. Schade, daß Hänschen nicht will, er strebt nicht nach Höherem, hat genug zu tun mit seiner Präsidentin zu Hause, die ihm die Schokolade versteckt, so daß er stundenlang suchen muß.

Warum nicht einen Ausländer zum Präsidenten wählen? Davon haben wir zwei Stück in Poggendiek, was auch genug ist. Einer heißt John und ist von der englischen Besatzungszeit übriggeblieben, spricht aber kein Englisch, sondern nur hohes Deutsch und Dithmarscher Platt. Sie nennen ihn Falklandkämpfer, weil er so unbändig hinter den Bällen her ist wie die Engländer hinter den Argentiniern auf der windigen Insel. Als einziger bekommt er Über-Kopf-Bälle hinten am Zaun, bevor sie in den Brennesseln untergehen. Des weiteren ist uns ein lediger Österreicher zugelaufen, dem die Berge über waren. Er hat sich in unserem Marschenland niedergelassen, weil er hier vor Lawinen sicher ist. Alle beide wären gute Kandidaten, nur müßten wir die Satzung ändern, um den Österreicher oder den Falklandkämpfer wählen zu können.

Wenn Helmut sich mehr ums Vereinsleben kümmerte, wäre er der geborene Präsident. Er ist ein Mensch, der alles hat, was dafür gebraucht wird: ein freundliches Gesicht, rote Backen, angegraute Haare, eine ordentliche Statur, auch weiß er die Stimme zu heben und zu senken. Helmut hat die Gewohnheit angenommen, nur mit alten Damen zu spielen. Denen schlägt er die Bälle im hohen Bogen zu, so daß sie auch ihre Freude am Tennissport haben. Weil er sich so um die Alten kümmert – bei Vereinsfesten tanzt er nur mit ihnen und singt ihnen »Herzilein« –, ist der Verdacht aufgekommen, Helmut will über Tennis zum Erbschleicher werden. Fiete Fehling, der einst Weltreisender war, wußte von einem Fall aus Australien zu berichten, wo ein Tennislehrer sich von alten Frauen testamentarisch bedenken ließ und sie danach so furchtbar über den Platz jagte, bis sie tot umfielen. Eigentlich ein schöner Tod, aber doch gegen die Regeln. In Poggendiek ist so ein Malheur nicht vorgekommen, bei uns steht abwechselnd ein Menschen- und ein Tierdoktor mit seinem Medizinkoffer bereit für erste und zweite Hilfe. Was den Helmut betrifft, haben wir beschlossen, ihn nicht zum Präsidenten zu wählen, solange er nur mit alten Frauen spielt.

Warum wählt ihr keine Frau zum Präsidenten? gab unlängst unser Herr Pastor zu bedenken. Es gibt doch stattliche Weibsbilder genug in Poggendiek. Nimm mal Annegret, den Tiger am Netz. Die weiß die Vorhand links und rechts zu schlagen, kennt sich mündlich und schriftlich in der deutschen Sprache aus und hat eine kräftige Sopranstimme. Aber sie spielt lieber Tennis. Oder Erika, die Frau des Drachentöters, die sieht doch ganz akkurat aus, auch wenn sie etwas sabbelig ist und die Worte nicht halten kann. Als Präsident aber ist jedermann zur Verschwiegenheit verpflichtet und darf nicht verraten, welches Paar sich in der Damenumkleide eingeschlossen hatte und wer mit löchrigen Socken zum Punktspiel angetreten ist.

Tessa wäre zu gebrauchen. Aber sie hat einen so riesenmächtigen Bernhardiner, den sie mit glubschen Augen um den Platz laufen läßt, wenn Punktspiel ist. Bei ihr würde sich bald die Frage stellen: Wer ist nun Präsident, Tessa oder der Hund?

Über Hanna ließe sich noch reden, aber die hat mit Tennis wenig im Sinn und sich bei uns nur eingeschlichen, um ihrer Liebe nahe zu sein. Immer, wenn Detlev auf den Platz läuft, steht sie am Zaun in der Abendsonne und schaut verträumt über die rote Erde. Dagegen ist nichts einzuwenden, aber als Präsident ist so eine Person untauglich, weil die Liebe sie ablenkt von den Amtsgeschäften.

Danach wird es schon dünner mit unseren Frauen. Ingrid würde gehen wegen ihrer gleunigen Augen, auch Christel, weil sie im Kirchenbüro arbeitet und etwas christlicher Geist unserem Tennisverein gut zu Gesicht stünde. Aber das läßt der Pastor nicht zu. Irmgard lassen wir lieber aus dem Spiel, dann könnten wir gleich einen Mann nehmen. Gerda raucht zuviel und ist ein schlechtes Vorbild für die Jugend. Trinken fällt nicht so auf, aber Rauchen sieht jeder. Wanda könnten wir nehmen, wenn sie nicht so krumm spielte. Fremde Leute könnten von der Spielweise der Präsidentin auf den Zustand des ganzen Vereins schließen.

Nachdem wir das Angebot an Frauen durchmustert hatten, kamen wir zu dem Schluß, die Weiblichkeit vorerst aus dem Spiel zu lassen. Wir sind sonst sehr für die Gleichberechtigung der Geschlechter, aber es darf nichts übereilt werden. Nicht mal in Bonn haben sie eine Bundespräsidentin, da sollen wir im kleinen Poggendiek mit der Weiblichkeit vorangehen? Die da oben sollen uns das Stück erst mal vorspielen, damit unsere Frauen sehen können, wie es gemacht wird. Fürs laufende Jahrhundert genügt es, wenn unsere Frauen Kuchen backen, Salate anrichten und die Bewirtung der auswärtigen Gäste bei Punktspielen übernehmen. Auch haben wir ihnen umschichtig die Reinigung der Clubräume einschließlich Toiletten und Unkrautjäten hinter dem Platz übertragen. Und das machen sie wirklich gut.

Auf der Suche nach einem Präsidenten haben wir viele Stunden beraten und so manche Flasche leer getrunken. Schon wollten wir es aufgeben und uns damit abfinden, daß Poggendiek der erste kopflose Tennisverein im deutschen Vaterland ist, da wurden unsere Kundschafter doch noch fündig. Zum Schleifenturnier am Pfingstsonntag faßte Kuddel sich erst ein Herz und dann das Mikrofon und sagte in den bunten Nachmittag hinein: Also haben wir beschlossen, Bernhard, den Briefträger, zum Präsidenten zu wählen.

Da auf der Feier genug Mitglieder anwesend, die meisten zu Beginn des Festes auch noch bei sich waren, beriefen sie auf der Stelle eine Hauptversammlung ein und wählten Bernhard, der noch zu Hause Mittagsschlief hielt, mit hundert Prozent Handaufheben zum Präsidenten. Als er um die Kaffeezeit kam, war es schon gelaufen, er brauchte nur ja zu sagen und eine Runde zu spendieren.

Mit Bernhard haben wir eine gute Wahl getroffen. Der ist nicht nur Briefträger und als solcher gut zu Fuß, er hat auch Zeit für das Präsidentenamt. Um halb zwölf ist er durch mit seiner Tour, der Rest des Tages gehört dem Tennis. Über seine Spielkunst wollen wir uns nicht verbreiten. Bernhard spielt Tennis wie die Chinesen Ping-pong. Nach seinen Bällen brauchst du nicht zu laufen, die springen von allein übers Netz zurück. Auch nimmt er vor wichtigen Spielen Schlangengift ein zur Beruhigung der Nerven. Neulich spielte er mit Hänschen Pieper Clubmeisterschaft und führte im dritten Satz 4:0. Da wußte ich, daß ich nicht mehr gewinnen kann, sagte Bernhard hinterher, das Schlangengift war zur Neige gegangen.

Weil wir endlich einen Präsidenten gefunden hatten, wurde das Schleifenturnier zu Pfingsten ein ausgelassenes Fest. Die Frauen sangen unserem Bernhard das Lied von Laurentia, das schwer in die Beine geht. Um Mitternacht stimmten sie die Tennishymne »Ein bißchen Vorhand, ein bißchen Rückhand« an. Zum Essen durfte Ingrid mit den gleunigen Augen neben Bernhard sitzen. Ja, das ist das

Vorrecht eines Präsidenten, er bittet die schönsten Frauen zu sich an den Tisch. So ein Amt schmückt ungemein. Viele, die die Präsidentenwürde vorher ausgeschlagen hatten, wurden neidisch, als sie sahen, wie das weibliche Geschlecht Bernhard umlagerte. Die eine oder andere wünschte sich, daß er ihr auch mal einen Brief bringt oder mit ihr Mixed spielt. Es ist schön, Präsident zu sein. Du hast als einziger das Recht, in die Damenumkleide zu gehen, natürlich nicht als Mann, sondern als Präsident. Wenn sie zum Tanz aufspielen, hast du erst mal die freie Auswahl unter unseren Damen. Kommt es im Spiel dazu, daß nicht genau zu erkennen ist, ob der Ball auf der Linie war, wird immer zugunsten des Präsidenten entschieden.

Der Präsident und ich haben schon in den ersten Tagen ein paar wichtige Neuerungen eingeführt. Die erste betraf das Rauchen. Es gibt in unserem Verein so verbiesterte Menschen, die es keine zwei Sätze ohne Dampf aushalten können. Für sie hat Bernhard bestimmt, daß sie sich auf den hintersten Platz zurückzuziehen haben, wo es keiner sieht. Da sitzen sie, kaum, daß der erste Satz durch ist, auf der Bank und blasen wie die Indianer Rauchsignale in den Himmel.

Auf der Stelle zugelassen hat Bernhard das Servieren offener Biere. Oh, ich sage dir, wenn wir an der T-Linie stehen und auf den Ball lauern, und plötzlich taucht am Horizont, wo der Fliederbusch Schatten wirft, ein Tablett mit vier gezapften Bieren auf, die Gläser bedeckt mit Schaum, der langsam an den Rändern abwärts läuft, oh, ich sage dir, das ist wie eine Fata Morgana in der Wüste.

Delikater waren die Gewichtskontrollen. Nachdem Bernhard gesehen hatte, in welch unwürdiger körperlicher Verfassung die meisten Spieler im April in die Freiluftsaison eintreten, ordnete er an, daß jeder Spieler, der an den Punktspielen teilnehmen möchte, sich von Ende Februar bis Mitte April einer Schrotkur zu unterziehen hat. Wer bis Mai seine Pfunde nicht los ist, muß zur Strafe die warme Jahreszeit in Pluderhosen rumlaufen, damit es keiner sieht. Bei den Frauen hatte Bernhard damit großen Erfolg, aber den Männern war nicht zu helfen. Die sagen auch, daß es kein Fett ist, das sie so verunstaltet, sondern gut ausgebildete Muskeln, die sie für den Tennissport dringend brauchen.

Gleich im ersten Sommer seiner Amtszeit mußte Bernhard diesen schweren Fall lösen: Wiebke spielt kein Tennis, will es auch nicht lernen, aber Bruno, ihr Mann, ist eifrig dabei. Weil Wiebke keine Kinder hat, auch keine Haustiere zu versorgen sind, kommt sie gern mit und sieht zu, wie Bruno spielt. Meistens sitzt sie auf den weißen Stühlen vor dem Clubhaus, sonnt sich, fragt, wie es unten steht, und redet mit Spielern und Zuschauern, ist aber kein zahlendes Vereinsmitglied. Irgendeiner ist nun darauf gekommen, daß das nicht so geht mit Wiebke. Wer auf unseren Stühlen sitzt, sich unsere Sonne ins Gesicht scheinen läßt, auch wohl mal, wenn es nötig ist, unsere Wasserspülung benutzt und Tag für Tag zusieht, wie unsere Spieler sich abplagen, der muß Mitglied werden und den vollen Beitrag zahlen. Sonst kann jeder kommen und umsonst seinen Spaß haben.

Wie nun hat unser Präsident die Sache entschieden?

Wiebke, sagt er, die Sonne hast du frei, aber für Stuhlbenutzung und Wasserverbrauch in der Toilette spendierst du eine Lokalrunde und stiftest fünfzig Mark in die Jugendkasse. Nun mal ehrlich, ist das nicht eine Weisheit wie beim biblischen König Salomon?

So, wie Bernhard es gesagt hat, ist es geschehen, und alle waren zufrieden.

Den größten Ärger hat Bernhard mit dem, was die Vereinsordnung Forderungsspiele nennt. Er sagte mir, daß er das Präsidentenamt nicht übernommen hätte, wenn ihm bewußt gewesen wäre, wie die Leute sich beim Fordern anstellen.

Papa, ich fordere dich! sagt der Junge von Hänschen Pieper.

Du willst wohl ein paar an die Backen haben! schreit der Alte aus der Schlafstube.

Schon muß Bernhard hin und schlichten, weil Hänschens Frau auf der Seite des Jungen steht und ein Familiendrama droht, nur wegen Tennis.

Hinterm Knick steigt Rauch auf.

Sag mal, Ingrid, hast du den Backofen ausgestellt?

Schon rast Bernhard mit seinem Mofa von der Bundespost zu Ingrids Backofen und sieht nach dem Rechten.

Als Eva im dritten Satz ihres Forderungsspiels Krämpfe bekam, gab es diverse Möglichkeiten, die Sache zu Ende zu bringen. Entweder Bernhard massiert Evas Waden. Oder sie machen eine halbe Stunde Pause, bis die Krämpfe sich verzogen haben. Oder Eva hat verloren. Oder das Spiel wird neu angesetzt. Wenn es neu angesetzt wird, gibt es wieder diverse Möglichkeiten: Spielen sie da weiter, wo sie mit Krämpfen aufgehört haben? Fangen sie ganz neu an? Oder spielen sie nur den dritten Satz neu?

Bernhard hat Eva am Abend besucht und sich von den Krämpfen überzeugt. Danach setzte er das Spiel neu an, und zwar übermorgen zur Kaffeezeit.

Eine Viertelstunde vor seinem Forderungsspiel ruft Kuddel an: Ich kann nicht kommen wegen höherer

Gewalt. Unsere Katze hat in Omas Bett Junge geworfen. Bernhard muß hinfahren, um sich die Bescherung anzusehen, sonst kann ja jeder kommen.

Seitdem die Poggendieker Tennisspieler fordern, haben einige schon Krücken gekauft und elastische Binden, damit es ordentlich nach Krankheit aussieht. Auch gibt es Frauen, die lieber schwanger werden, als sich fordern zu lassen. Da trifft es sich gut, daß unser Präsident von der Post ist. Wenn er seine Briefe austrägt, kann er Kontrollbesuche machen und nachsehen, wie es um die Gesundheit steht.

Neulich kam Fiete auf den Platz und sagte: Bernhard, ich will dich fordern.

Bernhard stand gerade am Zaun und sah, wie die Plätze mit Wasser versorgt wurden.

Das mußt du mir schriftlich geben, erwiderte er nach einigem Nachdenken.

Mensch, Fiete, du kannst doch nicht unseren Präsidenten fordern! mischte ich mich ein. Der Präsident steht über allem, der ist und bleibt die Nummer eins.

Darauf hat Fiete seine Forderung zurückgezogen und gesagt, daß er nur noch mit Frauen spielen will.

Nach einem Jahr haben wir Bernhard Entlastung erteilt, wieder hundertprozentig. Zugleich wurde er für drei Jahre neu gewählt. Nun hat Bernhard Vorruhestand bei der Post eingereicht, weil er sich ganz dem Vereinsleben und seinem Tennis hingeben will. Beim nächsten Mal werden wir ihn lebenslänglich wählen zum besten Präsidenten aller Zeiten.

Vom Rio San Juan

Jeden Morgen bog das gelbe Auto in die Straße, hielt am Fußgängerüberweg, dann vor diesem Haus oder jenem. Der Fahrer öffnete die Heckklappe, suchte aus dem Berg von Paketen dieses oder jenes. Manchmal blieb er stehen und sprach mit den Passanten.

Das Kind saß auf der Fensterbank und sah dem Auto zu, wie es kam und davonfuhr, sah den Mann durch den Schnee stapfen und seinen Atem gefrieren.

»Warum hält er nie vor unserem Haus?« fragte das Kind.

»Wir haben niemand, der uns Pakete schicken könnte«, antwortete die Mutter.

Bei Gelegenheit wollte sie dem Kind eine Kleinigkeit schicken, ohne Absender, versteht sich, damit es geheimnisvoll aussieht.

»Irgendwann bekommst du auch ein Päckchen«, sagte sie. »Vielleicht schon Weihnachten.«

Das Kind malte das gelbe Auto und den eiligen Mann, wie er mit langen Schritten den Haustüren zustrebte und weißen Dampf aus Mund und Nase stieß. Es malte die Straße der dreistöckigen Häuser, legte vor jede Tür ein Paket, schon geöffnet, so daß jeder, der vorüberging, die Puppen, Bilderbücher und Christstollen sehen konnte. Abends malte es Kerzen, erleuchtete die Straße, bis die Flammen den Schnee erreichten und ertranken, die Häuser in Dunkelheit fielen. Danach malte das Kind ein neues Bild, auf dem die Kerzen den Schnee besiegten, die Bäume zu grünen begannen, in den Vorgärten die Osterblumen blühten.

Wenige Tage vor Weihnachten hielt das gelbe Auto auch vor ihrem Haus. Der Mann, der es immer eilig hatte, stürmte die Treppe herauf. Das Kind sprang von der Fensterbank, lief ihm entgegen und öffnete die Haustür einen Spalt. Nun sah es das Gesicht des Mannes, den spärlichen Bart, die beschlagene Brille.

»Nebenan ist keiner zu Hause!« rief er. »Kannst du das Päckchen für Frau Wendlow annehmen?«

Das Kind wunderte sich, wie groß der Mann war und wie heftig er atmete und daß sein Atem wirklich sichtbar war, als wäre er Rauhreif. Als das Kind das Paket nahm, spürte es seine Hände. Sie waren wie Eis.

»Laß es bloß nicht fallen!« sagte er noch. »Es könnte etwas Zerbrechliches drin sein.«

Das Kind trug das Päckchen, das sicherlich ein Weihnachtsgeschenk war, in die Stube, legte es erst auf die Anrichte, dann auf den großen Tisch. Es betrachtete den viereckigen Würfel aus der Nähe, befühlte das braune Packpapier, zupfte am weißen Bindfaden, streichelte das rauhe Paket, das drei Tage vor Weihnachten wie aus einer fernen Welt in seine Stube gefallen war. Es hielt das Ohr an das Päckchen, hörte aber nichts. Dem Papier fehlte jeder Geruch. Ebenso der Absender. Die Anschrift war verwischt, als wäre jemand damit durch den Regen gelaufen. Señora Ingeborg Wendlow stand auf der Vorderseite.

Es wird die alte Frau sein, die im Haus nebenan wohnt, dachte das Kind. Es wird die sein, die immer die Möwen füttert. Mutter wird es wissen, Mutter kennt alle Leute aus der Nachbarschaft. Wenn sie da ist, wird sie mit dem Päckchen zu der alten Frau gehen, an der Tür schellen gerade so wie der Mann, der Tag für Tag mit dem gelben Auto kommt.

Das ist aber eine Überraschung! wird die alte Frau sagen und ein Stück Schokolade holen oder Marzipan, ja, es wird wohl Marzipan sein.

Das Kind saß auf der Fensterbank, sah dem gelben Wagen nach, wie er die Straße verließ. Zurück blieb der schmutzige Schnee, der nicht mehr leuchtete, dem auch die Kerzen nichts anzuhaben vermochten. Immer wieder blickte es zu dem Paket, das so aussah, als käme es aus einem Land, in dem noch niemals Schnee gefallen war, jedenfalls von sehr fern, wie die Briefmarken verrieten und die sonderbaren Stempel. Es wird Kakao drin sein oder indischer Pfeffer oder eine Frucht, die nur auf der anderen Seite der Erde wächst, dachte das Kind.

Behutsam löste es die Schnur. Ein süßlicher Geruch strömte aus dem Papier. Zum Vorschein kam eine Schachtel, nicht größer als eine Zigarrenkiste. Jemand hatte mit schwarzer Tusche »Libertad« auf den Deckel gemalt. Das Kind klopfte gegen das Holz, fürchtete, der Deckel könnte aufspringen und ein Kasper oder Kobold herauskommen. Es legte das Kästchen ganz für sich unter die Lampe und musterte es von allen Seiten, bevor es öffnete. Obenauf lag eine schmutzige Armbanduhr, das Glas zersplittert, um halb zwei stehengeblieben. Ein angerostetes Taschenmesser mit dem Zeichen des Roten Kreuzes, ein Feuerzeug »made in China«. Ein Amulett aus Silber, ein Orden, auf dem sich zwei Schwerter kreuzten. Das Kind hängte sich das rotweiße Band mit dem Orden um den Hals und trat vor den Spiegel.

Auf dem Boden der Schachtel lag ein Reisepaß, ausgestellt in Kassel und längst abgelaufen. Im Paß das Bild eines Mannes mit schmalem, kindlichem Gesicht. Auf der Oberlippe ein Flaum von Bart, Pickel auf der Stirn, eine zierliche Brille. Bernd Wendlow, geboren am 1. März 1958. In den Paß hineingelegt ein grauer Umschlag.

»Was machst du da?!« rief die Mutter.

»Wir haben auch ein Paket bekommen«, antwortete das Kind.

Die Mutter betrachtete die ausgepackten Gegenstände, fand in dem grauen Umschlag einen vergilbten Zeitungsausschnitt. Abgebildet war ein Mann, der mit ausgestrecktem Arm eine Maschinenpistole über sich hielt. Unter dem Foto stand: Internacionalistas de Rio San Juan.

Die Mutter überflog den Brief, den ein Comandante Rodas über den Brigadisten Bernd geschrieben hatte.

»Mit solchen Dingen spielt man nicht«, sagte sie, nahm dem Kind den Orden vom Hals und legte ihn zurück in die Schachtel. Dann machte sie sich daran, das Päckchen wieder zu verschnüren, als wäre es nie geöffnet gewesen.

»Wenn die Frau Wendlow nach Hause kommt, werde ich ihr das Paket bringen«, sagte das Kind.

»Ich werde es ihr bringen«, erwiderte die Mutter. »Ich muß mich auch entschuldigen, weil du es geöffnet hast. Hoffentlich ist Frau Wendlow dir nicht böse.«

Das Kind saß auf der Fensterbank und wartete auf die Heimkehr der Frau Wendlow. Als sie kam, rief sie die Mutter, aber die sagte, sie werde abends zu Frau Wendlow gehen, um ihr das Päckchen zu bringen.

Abends lag das Kind wach und lauschte. Es wollte hören, wie die Mutter das Haus verläßt und nebenan bei Frau Wendlow klingelt. Aber sie hatte noch viel in der

Küche zu tun, später, als es völlig dunkel war, hörte sie leise Musik.

Am nächsten Morgen war das Päckchen verschwunden.

»Als du schliefst, bin ich zur Frau Wendlow gegangen«, sagte die Mutter. »Das Päckchen kam von ihrem Sohn, von dem sie lange nichts mehr gehört hatte.«

»Hat sie sich sehr gefreut?«

»Ja, sie hat sich gefreut.«

An jenem Morgen ging die Mutter zum Postamt, um ein Päckchen mit Marzipan, Nüssen und Lebkuchen aufzugeben. Sie schrieb keinen Absender, damit das Kind denken sollte, die Sendung käme vom Weihnachtsmann oder aus einem fernen Land, in dem noch niemals Schnee gefallen war. Der Frau Wendlow brachte sie das Weihnachtspäckchen erst im neuen Jahr, als alle Kerzen erloschen waren.

Ein Morgen
inmitten der Stadt

Der Wasserhahn tropfte und tropfte. Das Mädchen lag in seinem Bett, sah die Staubkörnchen im Lichtstreifen tanzen und dachte, es müßte bald einer hingehen, um die Wassertropfen abzustellen. Mutter wird es hören. Sie geht immer als erste in die Küche. Kaum ist sie dort, riecht die Wohnung nach Kaffee. So fängt jeder Tag an.

Auf der Straße hielten Autos, Türen klappten. Im Wohnzimmer schlug die Uhr so laut, daß sie die Wassertropfen übertönte. Nun wird sie aufwachen.

Das Mädchen hörte Schritte jenseits der Wand, jemand ging durchs Treppenhaus. Es wird die Frau sein, die morgens ihren Hund spazierenführt. Sie hat schon lange keinen Hund mehr, aber sie geht jeden Morgen den alten Weg.

Nachdem das Mädchen lange genug an die Uhr, die alte Frau, den Hund und die Wassertropfen gedacht hatte, tapste es mit nackten Füßen ins Badezimmer, ließ die Spülung rauschen und Wasser ins Waschbecken klatschen. Es versenkte seine Arme im kalten Wasser, hielt den Mund hinein, machte dicke Backen und pustete Blubberblasen. Es betrachtete sich im Spiegel, hielt die gespreizten Finger vors Gesicht, schnitt Grimassen, zeigte dem Spiegelbild die Zunge. Mit dem grobzinkigen Kamm versuchte es, das strähnige Haar zu kämmen. In der Küche brachte es den Wasserhahn zum Schweigen.

Die Mutter schlief noch. An Sonntagen schläft sie immer länger.

Das Mädchen stand in seinem Kinderbett, drückte das Gesicht an die Fensterscheibe und sah, wie die Sonne über den Dächern der Stadt aufging. Vor dem Bäckerladen stand eine Menschenschlange. Die Leute im Nachbarhaus luden ihr Faltboot aufs Autodach. Es wird ein schöner Tag werden.

Das Mädchen holte die Kiste mit Bauklötzen und errichtete einen Turm auf der Fensterbank. Als er die oberste Sprosse des Rahmens erreicht hatte, begann er zu schwanken. Das Kind hielt den Atem an, trotzdem stürzte der Turm, die Klötze polterten auf den Boden.

Nun wird sie aufwachen. Sie wird ins Badezimmer gehen, die Dusche wird Wasser sprühen. Sie wird leise die Tür öffnen und fragen: Schläfst du noch, Gabi? Danach wird die Mutter in die Küche gehen, Radiomusik wird die Wohnung erfüllen, die Kaffeemaschine wird blubbern, Geschirr wird klappern. Die Mutter wird schnell etwas überziehen und zum Bäcker laufen. Wenn sie zurückkehrt, ruft sie immer: Frühstück ist fertig!

Das Mädchen schlich zu der Tür, hinter der die Mutter schlief. Meistens war sie nur angelehnt, dann konnte sie durch den Spalt sehen, wie die Mutter schlief. Sie wußte genau, wie sie aussah, wenn sie schlief. Ganz fremd und kalt wie eine der nackten Puppen in den großen Schaufenstern.

An diesem Morgen war die Tür geschlossen. Durchs Glas sah das Mädchen die Dunkelheit im Zimmer. Manchmal hatte es Angst, die Mutter könnte nicht dasein.

Es holte den Tuschkasten und begann, Bilder zu malen, spannte einen Regenbogen zwischen den Türmen der

Stadt, ließ einen Harlekin auf dem Regenbogen balancieren, hoffentlich stürzt er nicht ab. Es malte eine Blume, die aus einem Fenster im siebten Stock fiel und tot war, als sie unten aufschlug.

Sie schläft wieder sehr lange. Abends hatte das Mädchen eine fremde Stimme im Wohnzimmer gehört. Wenn Mutter Besuch hatte, schläft sie immer lange.

Das Mädchen ging in die Küche, aß einen Zwieback und trank Milch. Es könnte nun in ihr Zimmer gehen und sie wecken, es war spät genug. Aber das Kind hatte nicht den Mut. Mutters Schlafzimmer war etwas Besonderes, manchmal schloß sie sich ein, wenn sie nicht gestört sein wollte. Als Gabi noch kleiner war, schlich sie nachts, wenn Feuerwehr- und Polizeisirenen heulten, in Mutters Zimmer, legte sich neben sie ins Bett und hielt den Atem an.

Im Wohnzimmer fand Gabi halb ausgetrunkene Gläser und eine leere Flasche, auch stank es ziemlich nach Rauch. Sie lüftete, schaltete das Radio ein, ließ die Musik aber so leise spielen, daß die Mutter nicht gestört wurde. Eine Stimme im Radio sagte, es werde ein heißer Tag. Auf der Autobahn zwischen Bremen und Osnabrück gebe es einen Stau. Sie könnten gemeinsam ins Freibad gehen, wenn die Mutter nur bald aufwachte.

Das Mädchen drückte die Klinke der Schlafzimmertür. Ach, sie hatte sich eingeschlossen.

Nun stellte das Kind die Musik lauter. Es besah Fotoalben. Gabi an der Hand der Mutter, die auf dem Bild sehr hübsch aussah, neben einem breitschultrigen Mann, der lange nicht mehr dagewesen war.

An der Haustür klingelte es. Das Mädchen drückte den Summer und ging ins Treppenhaus. Unten warf der Briefträger die Post in die Kästen.

»Hat das kleine Fräulein ausgeschlafen?« rief er.

Jetzt wird die Mutter aufwachen.

Im Wohnzimmer läutete das Telefon.

»Kann ich deine Mutter sprechen?« fragte eine Männerstimme.

»Mama schläft noch.«

Der Anrufer legte auf.

Das Kind zog nun in allen Räumen die Vorhänge zur Seite, damit es heller wurde, nur Mutters Zimmer blieb dunkel. Es stellte die Musik so laut, daß es weiter nichts hörte als Musik. Es öffnete alle Türen und dachte, die Mutter werde es hören und endlich aufwachen.

Mittags rief Tante Doris an.

»Mama schläft noch«, sagte das Kind.

Wie kann einer so lange schlafen?

Tante Doris wollte wissen, warum das Radio so laut spielte.

»Damit sie aufwacht«, antwortete das Kind.

»Ich komme gleich mal rüber«, sagte Tante Doris.

Das Mädchen kletterte auf die Fensterbank und hielt Ausschau nach dem grünen Auto. Als es in die Straße einbog, winkte Tante Doris vom Beifahrersitz aus. Sie hatte ihren Bruder mitgebracht und eine Frau, die Gabi nicht kannte. Zu dritt, als wären sie in großer Eile, stürmten sie auf die Haustür zu. Zwei Stufen auf einmal. Eine Hand schob Gabi beiseite.

»Verdammt, sie hat sich eingeschlossen!« schrie der Mann, der Tante Doris' Bruder war.

Er warf sich gegen die Tür. Glas splitterte.

»Um Gottes willen!« rief Tante Doris.

»Bring das Kind weg!« sagte der Mann, der Tante Doris' Bruder war.

Gabi ließ sich an die Hand nehmen. Sie ging mit Tante Doris die Treppe hinunter.

»Erst mal eine rauchen«, sagte Tante Doris im Auto.

Aber dreimal ging ihr das Streichholz aus.

»Deine Mama kommt ins Krankenhaus«, sagte sie, als die Zigarette endlich brannte und sie Rauch eingeatmet hatte.

Hinter ihnen bog ein Unfallwagen in die Straße, ein Polizeiwagen folgte mit beträchtlichem Lärm. Männer in weißen Kitteln rannten ins Haus.

»Wir beide werden nun Mittag essen«, sagte Tante Doris.

Sie startete den Wagen und fuhr dem Lärm davon, kreuz und quer fuhr sie durch die Stadt. Immer, wenn sie vor einer Ampel halten mußte, nahm Tante Doris ein Papiertaschentuch und schnaubte die Nase.

»Wir könnten auch Eis essen«, sagte sie plötzlich. »Soviel du willst, heute kannst du alles haben.«

Nacht ohne Feuer

In fernen Zeiten, als der Herr noch auf Erden wandelte, die Wälder sich schmückten, Seen und Flüsse erstarrten, die Sterne im Frost funkelten, im Ofen Feuer loderte, in der Röhre der Punsch dampfte, die Alten sich verstehende Blicke zuwarfen und die Kinder vor blakenden Kerzen warteten, in jenen Zeiten begab es sich, daß einer Landschaft die Menschen fehlten. Die Dörfer hatten noch ihre Häuser, doch standen sie leer, kein Licht grüßte aus den Fenstern, kein Funkenflug stieg zum Himmel, kein Schlitten pflügte den Schnee, und den Wegen mangelte es an Spuren.

Die Kinder fragten oft nach Menschen.

Bald ist Weihnachten, sagte die Frau. Weihnachten ist ein Fest, da kommen alle nach Hause. In der Küche brutzelt der Gänsebraten, die gute Stube duftet nach Tannengrün und Pfefferkuchen, so ist nun mal Weihnachten, und niemand kann es ändern.

Elf Monate lebte sie allein mit den beiden Kindern in der verlassenen Landschaft. Das Haus hatte sie leidlich aufgeräumt, jene Fenster mit Brettern vernagelt, denen es an Glas fehlte, das Gerümpel in den Stall getragen und zwei Stuben so hergerichtet, daß sie wohnlich aussahen wie früher, als es noch Menschen gab. In der warmen Jahreszeit hatte sie Kartoffeln gepflanzt, geerntet und auch sonst zusammengetragen, was der Sommer bereithielt. Vor allem aber hatte sie gewartet, auf die Menschen aus dem Dorf, auf den Mann, der vor Jahren davonmarschiert war und nun eigentlich, vielleicht zum Fest, heimkehren müßte.

Wenige Tage vor Weihnachten fiel ihr ein: Ach Gott, wir haben keine Kerzen! Na, das wird eine schöne Bescherung, Weihnachten ohne Licht!

An Christbaumschmuck mangelte es übrigens auch.

Wir werden suchen gehen, sagten die Kinder.

Sie nahmen den Schlitten mit, denn wer weiß, vielleicht fanden sie außer Kerzen und Baumschmuck auch große bedeutende Gegenstände, eine Standuhr oder ein Butterfaß, einen Stiefelknecht oder Kochtöpfe.

Und denkt auch an Streichhölzer! rief die Mutter ihnen nach.

Sie mieden die leeren Häuser des eigenen Dorfes, denn sollten die Menschen, denen die Häuser gehörten, tatsächlich heimkehren, würden sie die Kerzen, sofern es sie gab, selber brauchen. Sie wanderten zu den Abbauten, die wie erfroren in der Landschaft lagen, besuchten die Nachbardörfer, von denen sie wußten, daß es ihnen auch an Menschen fehlte. Sie kannten die Gehöfte vom Sommer her, als sie in den verwilderten Gärten Obst geerntet und aus den Kellern die Kartoffeln des vorigen Herbstes geholt hatten. Auch waren sie auf der Suche nach Salz, Schuhwichse und Hosenknöpfen gewesen und hatten erfahren, welche Häuser ihnen verboten sind. Dort lag ein Toter, hatte sich lang über die Schwelle gelegt und ließ keinen eintreten. Das Mädchen sagte, es sei verboten, über einen Toten hinwegzusteigen, um in seinem Haus Kerzen zu suchen. Deshalb mieden sie sein Anwesen wie alle Häuser, die nach Fäulnis stanken. Im Sommer hatte sie der Verwesungsgeruch oft vertrieben, der von verendeten Kühen und Schweinen kam, die auf Hofplätzen, in Ställen und Wohnstuben lagen. Nun hatte der Winter der Fäulnis den Atem genommen. In der klaren Luft war das Modernde, Stinkende erstarrt, und der Wind hatte Zuckerguß in die offenen Stuben gekrümelt.

Streichhölzer wären das schönste Geschenk für Mutter, sagte der Junge. Damit sie nachts nicht immer aufstehen muß, um das Feuer zu halten.

Das Feuer war ihre große Sorge. Brennholz gab es im Überfluß, auf den Höfen standen die Kegel gespaltenen Holzes, ofenfertig. In den Schuppen lagerten, säuberlich geschichtet, die Briketts der letzten Zuteilung. Niemand brauchte zu frieren in dieser Verlassenheit, nur an einer Kleinigkeit fehlte es, an Streichhölzern.

Bei ihren ersten Streifzügen hatten die Häuser sie erschreckt. Mit angehaltenem Atem waren die Kinder über die Schwelle getreten in ständiger Furcht, es könnte etwas umfallen, ein Balken einstürzen, ein böser Geist aus dem Unrat fahren, ein Mensch schreien, ein Tier sich auf sie stürzen. Bald gewöhnten sie sich an den immer gleichen Anblick, betraten ohne Furcht die fremden Räume, stiegen hinab in die finsteren Keller, kletterten auf Dachböden, um Eßbares zu suchen und Anziehbares.

Die Häuser hatten eines gemeinsam: Ihnen fehlte jede Geborgenheit. Geborstene Türen, den Fenstern das Glas genommen, Stühle, Tische, Schränke umgekippt, die Betten geschlitzt. Die verstreuten Daunen deckten den Unrat oder trieben, vom Wind bewegt, wie Schneeflocken durch die Räume. Fußböden und Gebälk zeigten Einschüsse. Rote Wandmalereien aus dem ältesten aller Farbtöpfe namens Blut. Einen Kachelofen hatte es in Stücke gerissen, der Chaiselongue waren die Bezüge abhanden gekommen. Wo Großvater Mittagsstunde gehalten hatte, lag eine tote Katze, das heißt, sie fanden nur die verblichenen Reste des weißbraunen Katzenfells.

Mit einer Forke kehrten sie den Unrat zur Seite, suchten Kerzen und Christbaumschmuck. Sie richteten umgekippte Küchenschränke auf, kramten in zerbrochenen Schrankfächern und Speisekammern, die ihren Namen zu Unrecht trugen. Das Mädchen fand ein Bild ohne Glas, das eine hügelige Landschaft mit tropischen Bäumen zeigte.

In solchen Gegenden wachsen Korinthen, behauptete es und nahm das Bild an sich.

Unter einer umgestürzten Ofenbank lagen Schlittschuhe, der sehnlichste Weihnachtswunsch früherer Jahre, der keine Erfüllung fand, weil das Eisen anderweitig gebraucht wurde. Nun bedeuteten sie nichts mehr. Sollten sie mit Hasen und Krähen auf dem See um die Wette laufen? Ja, wenn die anderen kämen, die Schlittschuhläufer und Schienchenfahrer, wenn es wieder so wäre wie vor einem Jahr, als es noch Menschen gab, die Kinder sich auf dem Eis versammelten und die Holzfuhren in der Abenddämmerung heimwärts schaukelten.

Sie betraten einen Stall, der seinen Geruch verloren hatte. Rostende Kuhketten. In der Tränke gluckerte kein Wasser, keine Fliegenschwärme erhoben sich. Sie kletterten die Leiter hinauf zum Heuboden, der in jeder Jahreszeit dunkel ist, aber im Dezember geradezu in Düsternis ertrinkt.

Mit der Forke stocherten die Kinder im Heu, bis es klang, als hätten die Zinken Metall getroffen. Sie wühlten das Heu zur Seite und gruben eine Holzkiste aus, metallbeschlagen und zugenagelt. Das Mädchen umarmte das Holz.

Es riecht nach Rauchwurst. Bestimmt sind auch Gläser mit eingemachten Klopsen drin, vielleicht sogar Korinthen. Als Papa aus Griechenland auf Urlaub kam, gab es zum letzten Mal Brotsuppe mit Korinthen.

Sie wollten die Kiste aufbrechen, aber es gelang nicht. Darum legten sie sie in Ketten und ließen sie behutsam die Leiter hinunter. Als das schwere Stück auf dem Stallboden aufsetzte, schepperten die Einmachgläser.

Wenn wir Wurst haben, brauchen wir keine Kerzen, sagte der Junge, als sie die Kiste mit einer Kuhkette auf den Schlitten banden und beschlossen heimzukehren.

Bevor sie ihr Dorf erreichten, hörten sie Hundegebell. Oder waren es Wölfe? Mutter hatte ihnen erzählt, wenn die Menschen nicht bald heimkehren, werden die Wölfe kommen. In alten Zeiten, als dieses Land Wildnis war, gehörte es den Wölfen. Wenn die Wildnis wiederkehrt, kommen auch die Wölfe.

Vor einem Bauernhaus hielt ein Fuhrwerk. Zwei magere Kühe standen im Geschirr, ein schwarzer Hund, mit einem Strick ans Hinterrad gebunden, sprang kläffend um den Wagen, der mit einer Plane bedeckt war und den Flüchtlingswagen glich, die vor einem Jahr vorübergezogen waren, als es noch Menschen gab.

Eine junge Frau trat vor die Tür und entleerte einen Eimer. Als sie die Kinder sah, rief sie nach ihnen, aber die verstanden ihre Sprache nicht, und weil es so fremd klang und alles Fremde Angst einflößt, rannten sie weg.

Es sind nicht die Unsrigen, es sind Fremde, sagte Mutter. Wenn die Unsrigen nicht bald heimkehren, werden sich die Fremden alles nehmen, oder es kommen die Wölfe.

Die Kinder trugen die Kiste in die Stube. Als sie sie aufbrechen wollten, sagte die Mutter, es sei ein Weihnachtsgeschenk, das erst am Heiligen Abend geöffnet werden dürfe. Sie versteckten die Kiste unter der Fichte, die die Mutter geschlagen hatte und die im Flur stand und abtaute. Aber sie sprachen jeden Tag von den schönen Dingen in der Kiste, vor allem zu den Mahlzeiten. Sie spürten alle, auch die Mutter, daß die Kiste nach Rauchwurst duftete. Auch strömte der süßliche Duft von Korinthen aus den Ritzen des Holzes.

In der Nacht vor Weihnachten stand die Mutter wie immer auf, um die Glut im Ofen zu halten. Bevor sie sich hinlegte, kam sie zu den Kindern. Frau Holle schüttelt die Betten aus, sagte sie.

Morgens stand der Baum in der Stube, ohne Lametta, ohne Kerzen.

Es nimmt doch keiner Glaskugeln und Strohsterne mit auf die Flucht, wunderte sich die Mutter.

Die Kinder erinnerten sich nicht, jemals auf ihren Streifzügen Weihnachtliches in den Häusern gesehen zu haben. Weihnachten war spurlos verschwunden, einfach so. Und wer weiß, ob es je wiederkehrt.

Willst du nicht zu den Fremden gehen? fragte Erika, als es Nachmittag wurde und der Heilige Abend vom Waldrand heraufzog.

Was soll ich ihnen sagen? antwortete die Mutter. Es sind Fremde, und ich verstehe ihre Sprache nicht.

Das Haus, in das die Fremden gezogen waren, lag wie unbewohnt da. Seine Fenster waren befroren, der Planwagen stand eingeschneit vor der Tür. Der schwarze Hund gab keinen Laut von sich, auch schwiegen die Wölfe am Heiligen Abend.

Sie werden wohl schlafen, sagte die Mutter. Ja, sie haben eine weite Reise hinter sich und werden lange schlafen.

Als die Dämmerung die Straße heraufschlich, früher als sonst, kam die Zeit, die Kiste aufzubrechen. Die Mutter öffnete die Ofentür. Ein rotes Flackern erfüllte die Stube, spiegelte sich im Fensterglas, warf den Schatten der Fichte an die gegenüberliegende Wand.

Wißt ihr noch, wie wir vor einem Jahr mit den Soldaten gefeiert haben? sagte die Mutter. Na, von denen lebt auch keiner mehr.

Im Schein des Feuers las sie die Weihnachtsgeschichte. Als sie die Stelle las, an der es heißt, daß ein jeglicher in seine Stadt kommt, stockte sie.

Ich denke, sie werden kommen, wenn nicht Weihnachten, dann kommen sie nie mehr.

Bevor sie weiterlesen konnte, fragte Peter nach dem Vater.

Auch er wird kommen, sagte sie.

Erika holte das Bild von den griechischen Hügeln, stellte es so auf die Fensterbank, daß die ferne Landschaft in rotes Licht getaucht wurde.

Das Schönste am Weihnachtsfest ist, daß wir Frieden haben, sagte die Mutter.

Woher weißt du, daß Frieden ist?

Man kann es doch hören. Es wird nicht geschossen, es rasen keine Flugzeuge über den Himmel, es ist so still, wie nur Frieden sein kann.

Vielleicht denken wir nur, daß Frieden ist, weil wir allein sind, sagte Erika. Wo es keine Menschen gibt, ist doch immer Frieden.

Die Mutter wünschte sich das Lied »O du Fröhliche«. Als sie geendet hatten, holte sie das Beil und schlug in das

gelbe Holz der Kiste. Wieder scheppterten die Einmachgläser.

Irgendwo trägt irgend jemand den Schlüssel zu dieser
Kiste in seiner Hosentasche, sagte die Mutter. Aber er ist
nicht da, vielleicht ist er tot und begraben mitsamt seinem
Schlüssel. Also müssen wir das Beil nehmen.

Als erstes sahen sie Stroh.

Ach, das schöne Kristall! rief die Mutter, als sie ein Stück
Glas aus dem Stroh wickelte. Sie hielt es gegen das Licht,
augenblicklich erstrahlte die Stube in rötlichem Glanz.
Weingläser, eine Obstschale, eine Vase mit Ornamenten,
eine Karaffe. Stück für Stück nahm die Mutter die gläser-
nen Gegenstände aus der Kiste, betrachtete sie vor dem
Feuer, reichte sie weiter an die Kinder, die sie befühlten
und behutsam auf die Fensterbank stellten.

Wie kalt doch Kristall ist, sagte Peter.

Aber kostbar, antwortete die Mutter. Die Gläser sind
bestimmt tausend Mark wert.

Nur essen kann man sie nicht, erwiderte Erika.

Die Mutter verteidigte die schönen Gläser.

Wurst und Speck hätten wir schnell aufgegessen, das
Kristall bleibt uns immer.

Gab es jemals ein Weihnachtsfest mit soviel Glanz? Auf
der Fensterbank stand das Kristall, das Feuer brach sich in
dem Glas und erfüllte den Raum mit einem geheimnisvol-
len Licht. Auch nachts, als die Mutter aufstand, um die
Glut zu halten, leuchtete das Kristall.

Weißt du noch, wie es am Weihnachtsmorgen an der
Haustür pochte? Die Mutter faltete vor Schreck die
Hände. Als es wieder klopfte, band sie die Schürze ab und
ging zur Tür.

Auf der Schwelle stand die junge Frau. Sie trug ein

kleines Kind auf dem Arm, in der Hand hielt sie ein Blecheimerchen, so ein Gefäß, in dem die Krämer früher, als sie
noch kauften und verkauften, Heringe oder Marmelade
feilboten. Sie überfiel die Mutter mit einem Redeschwall in
der fremden Sprache.

Die Mutter bat sie einzutreten. In der Stube bewunderte
die junge Frau den schmucklosen Baum und sprach mit
dem kleinen Kind in der fremden Sprache. Dann reichte sie
der Mutter das Blecheimerchen, es war randvoll mit Milch.

Die Mutter bedankte sich überschwenglich. Sie schüttete die weiße Flüssigkeit in eine Kristallschale, weil sie
kein anderes Gefäß zur Hand hatte. Als sie der Frau das
Eimerchen zurückgab, ging die zum Ofen und gab zu
verstehen, daß sie Feuer brauche. So also stand es um die
Fremden, in der Heiligen Nacht war ihnen das Feuer ausgegangen.

Die Mutter kniete vor der Ofentür, gab mit der Zange
Glut in den Blecheimer, legte Kienspäne dazu, um das
Feuer zu halten. Die junge Frau küßte Mutters Hand.

Weißt du noch, Peterchen, daß wir mit der fremden Frau
gingen und ihr halfen, das Feuer zu tragen? Unterwegs
schwiegen alle, denn wir verstanden die Sprache nicht. In
dem Haus, das die Fremden sich genommen hatten, saß ein
altes Ehepaar, behängt mit vielen Kleidungsstücken, und
wartete auf Feuer. Einen jüngeren Mann gab es nicht. Der
wird wie alle Männer seines Alters unterwegs gewesen
sein, gefangen oder gefallen, jedenfalls nicht da oder, wie
der Vater, auf den griechischen Hügeln. Die junge Frau
gab trockenes Tannenreisig in den Ofen, schüttete Glut auf
und pustete, bis die Flammen zu züngeln begannen. Die
beiden Alten schlugen das Kreuz.

Später erfuhren wir, daß das kleine Mädchen Danuta

hieß und der schwarze Hund auf den Namen Piontek hörte. Die beiden Alten hockten ständig am Ofen und beteten viel. Am Tage nach Weihnachten backte die junge Frau Brot.

Im neuen Jahr geschah es, daß Uniformierte ins Dorf kamen, um der Mutter zu sagen, sie müsse in zwei Stunden ihr Haus verlassen, auch das Dorf, ja das ganze Land. Es sei, wie in der Weihnachtsgeschichte geschrieben, ein Gebot ausgegangen, wonach ein jeglicher in sein Land fahren müsse. Mutters Land sei Deutschland.

Als sie gegangen waren, packte die Mutter das Kristall in die Kiste. Wir trugen es gemeinsam zu der fremden Frau. Wortlos legte die Mutter ihr die funkelnden Gläser auf den Tisch. Die Frau betrachtete die kostbaren Stücke, dann holte sie zwei Brote und eine Seite Räucherspeck aus der Kammer.

Wenigstens verhungern werden wir nicht, wenn wir nach Deutschland reisen, sagte die Mutter, als sie mit uns in der Stube saß und auf das Fuhrwerk wartete, das uns zur Eisenbahn bringen sollte. An jenem Tag ließ unsere Mutter das Feuer ausgehen.

Fragen an die Mütter

Im Güterwagen

Was war das eigentlich für ein Tag?

Einer der letzten im Krieg, aber schönes Wetter. Wenigstens die Natur zeigte Mitleid, als auf den Straßen das Elend wanderte. Der Krieg ging zu Ende, und in den Gärten blühte der Frühling.

Und wo geschah es?

Im Güterwagen. In deiner Geburtsurkunde steht Uelzen, aber das ist nicht die Wahrheit. Im Wald bist du geboren, auf einer schnurgeraden Eisenbahnstrecke, die nach Norden führte. Aber so etwas kann man nicht in die Geburtsurkunde schreiben: geboren im Walde. Deshalb schrieben sie den nächstgrößeren Ort. Zwei Stunden stand der Zug, weit entfernt von jedem Bahnhof. Ich lag auf Strohmatten, durch einen Spalt in der Tür sah ich den Wald, Birken zu beiden Seiten des Bahndamms, nur Birken. Grüne Osterruten, dachte ich. Ja, die Natur hatte Mitleid, sie ließ es grünen, und warm war es auch.

Warst du allein?

Eine Rote-Kreuz-Schwester half mir. Sie müssen mal in den Wald gehen, sagte sie zu den vielen Leuten, die mit mir im Güterwagen saßen, die junge Frau will entbinden. Aber sie blieben aus Angst um ihr bißchen Habe. Der Zug könnte weiterfahren mit allem, was sie besaßen. Erst als die Tiefflieger kamen, sprangen sie hinaus und warfen sich unter die Bäume.

Wir bleiben, entschied die Rote-Kreuz-Schwester. Sie breitete Decken aus und Zeitungspapier, nun gehörte der Güterwagen uns ganz allein. Meine größte Angst war, die Tiefflieger könnten dich holen. Kaum auf der Welt und schon abgeholt, das darf der große Gott nicht zulassen. So dachte ich und betete, du solltest erst geboren werden, wenn die Tiefflieger fort sind.

Bin ich zu früh geboren?

Drei Wochen vor der Zeit. Im Mai solltest du kommen, ein Friedenskind solltest du sein, aber wegen der Tiefflieger kamst du schon im April. Ein Glück, daß du nicht im Osten geboren bist, denn im Osten ging damals die Welt unter, da wärst du mir unter den Händen gestorben. Zu Tausenden haben sie die Kinder an den Bahndämmen und in den Straßengräben des Ostens begraben.

Und als die Tiefflieger fort waren?

Da kamen die Leute aus dem Wald, die Schwester hob dich hoch und sagte: In diesen Tagen wird nicht nur gestorben, es wird auch geboren!

Aber sie hörten nichts. Vorn brannte die Lokomotive. Sie rissen ihr Gepäck an sich und liefen damit zu irgendeinem Dorf, das hinter dem Wald liegen sollte.

Kann denn keiner der jungen Frau helfen? fragte die Schwester.

Nein, sie hatten am eigenen Gepäck schwer zu tragen und keine Hand frei für andere.

Ich weiß nicht, wie wir beide aus dem brennenden Zug gekommen sind. Ich muß wohl eingeschlafen sein. Als ich zu mir kam, krähte der Hahn, und die Schwester war fort.

Wir beide befanden uns in einer Bauernstube, du und ich, draußen krähte ein Gockelhahn, ein großes gelbes Tier mit einer geschwungenen Schwanzfeder. Erst das Rattern der Bordkanonen, das Prasseln des Feuers, das Schreien der Menschen, dann das Krähen eines Hahns, so vernahmst du am ersten Tag die Welt.

Und dann ins Lager, nicht wahr?

Ach, das Lager war gar nicht so schlimm. Jeden Morgen teilten sie Vollmilch aus für Kleinkinder. Ich hatte ja keine Milch für dich, ich war vollkommen trocken, deshalb war die Vollmilch das Schönste am Lager.

Wie lange lebten wir im Lager?

Du konntest schon laufen, als sie das Lager auflösten. Das Haus, in das sie uns einwiesen, war voller Flüchtlinge, wir beide bekamen eine kleine Stube für uns allein. Im Raum nebenan lebte eine Familie aus Preußisch-Holland. Die zehnjährige Erika aus Preußisch-Holland hat mit dir gespielt und auf dich aufgepaßt, wenn ich zur Arbeit ging.

Du hast gearbeitet?

Wer nicht arbeitet, soll nicht essen! hieß es zu unserer Zeit. Auf den Feldern bin ich gewesen und zum Beerensammeln in den Wäldern. Zur Kartoffelernte nahm ich dich mit auf den Acker und war ständig in Angst, du könntest die grünen giftigen Früchte des Kartoffelkrauts in den Mund stecken. Als ich Hafergarben band, stach dich eine Biene. Ich zog den Stachel aus deinem kleinen Finger und lutschte das Gift aus. Trotzdem schwoll der Finger dick an, aber du hast nicht geweint, du hast überhaupt wenig geweint in deinen Kinderjahren.

Warum habe ich Vater nie gesehen?

Er hat dich auch nicht gesehen, er wußte nicht mal, daß es dich geben wird.

Warum hast du es ihm nicht gesagt?

Bevor ich es wußte und es ihm sagen konnte, war er schon fort. Kurz bevor er achtzehn wurde, holten sie ihn zu den Soldaten. Die Front kam immer näher, in der ersten Grenzschlacht im Oktober 1944 soll er gefallen sein, ohne zu wissen, daß es dich geben wird. Ich wollte dich unbedingt haben. Dein Vater mußte schon früh sterben, darum solltest du wenigstens leben.

Wie hieß er?

Rolf.

Und mit Nachnamen?

Wagner.

Warum heiße ich nicht wie er?

Weil wir nicht verheiratet waren.

Du hast mir nie ein Bild von ihm gezeigt.

Wer dachte damals schon an Bilder? Sie wären auch verlorengegangen, es ging ja alles verloren.

Warum nahmst du mich mit zu den langen Schlangen? Bei Regen und Schnee, auch in großer Hitze stand ich bei dir, und nichts geschah.

Weißt du denn nicht, daß es Brot und Fisch, Haferflokken und Margarine nur gab, wenn man in der Schlange wartete? Allein wollte ich dich nicht lassen, denn im Kanonenofen in unserer Stube brannte Feuer. Du hättest auch Angst bekommen und nach mir gerufen. Die Bäuerin mochte es nicht, wenn in ihrem Haus laut geweint oder geschrien wurde, sie wollte es still haben.

War das der Grund, warum du in die Stadt gezogen bist? Ich wäre gern bei den Pferden und Klapperstörchen geblieben, vor den Hochhäusern und den vielen Menschen fürchtete ich mich.

Damals war ich noch jung und wollte jemanden kennenlernen, mit dem wir zusammenleben könnten. Auf dem Lande ging das nicht. Da draußen galt eine junge Frau mit einem Soldatenkind, nicht verheiratet, nicht verwitwet, nur so mit einem Kind, als eine schlechte Person.

Aber in der Stadt hast du auch keinen gefunden.

Doch, ich hatte einen Mann, nur weißt du nichts von ihm, weil wir uns nie in unserer Wohnung trafen.

Warum hast du ihn nicht geheiratet?

Ich weiß nicht, vielleicht hatte ich Angst. Ich hoffte auch, dein Vater würde heimkehren. Immer wieder hörte man von Totgesagten, die plötzlich auftauchten. Vielleicht war er nicht gefallen, sondern nur in Gefangenschaft geraten. So dachten viele Frauen von ihren Männern und Mütter von ihren Söhnen.

In der Stadt hast du mich oft allein gelassen.

Weil ich in der Zigarettenfabrik Schichtdienst hatte. Jede dritte Woche mußte ich nachts arbeiten. Kam ich morgens nach Hause, machte ich dir schnell das Frühstück, du gingst zur Schule und ich ins Bett.

Du glaubst nicht, wie gern ich mit dir verreist wäre. Die anderen Kinder fuhren mit ihren Eltern in die Berge oder ans Wasser, aber wir radelten immer nur durch den Stadtpark.

Einmal waren wir doch auf Helgoland. Dir machte es großen Spaß, du hocktest vor dem Schifferklavierspieler und trankst Limonade, aber ich wurde, als sie auf dem Schiff zu tanzen begannen, seekrank. Zwischen Helgoland und Cuxhaven wollte ich sterben.

Einmal hast du sehr geweint. Ich machte Schularbeiten, du hörtest Radio, und plötzlich begannst du laut zu weinen.

Das war 1955, als die letzten Gefangenen heimkehrten.

Im Radio verlasen sie die Namen der Heimkehrer, Millionen saßen vor den Geräten und warteten auf Namen. Da hörte ich: Rolf Wagner.

Mein Gott, das ist dein Vater! schrie ich.

Aber die Stimme im Radio fuhr fort: Zuletzt wohnhaft in Bamberg, vierzig Jahre alt... Der Name Wagner kommt häufig vor in Deutschland.

Auf der Straße

Was war das für ein Tag?

Ich denke, Mittwoch, jedenfalls ein Sonntagskind bist du nicht. Über der Stadt lag dicker Nebel, das Taxi raste zum Krankenhaus. Ich glaub', ich krieg' ein Kind, sagte ich.

Dritter Stock rechts, antwortete der Pförtner und zeigte auf den Fahrstuhl.

Um wieviel Uhr war das?

Vomittags halb zehn. Sie gaben mir gleich eine Spritze, damit es schnell geht. Damals kamen Kinder in der üblichen Arbeitszeit zur Welt, nicht am Wochenende oder in der Nacht. Seitdem gibt es keine Sonntagskinder mehr.

Tat es sehr weh?

Nein, überhaupt nicht. Sie gaben mir gleich diese Spritze ins Rückenmark.

Warum hast du mir nie die Brust gegeben, Mutter? Du glaubst nicht, wie gern ich deine Brust gehabt hätte. Noch als ich größer war, träumte ich von einer Riesenbrust, gefüllt mit warmer Milch. Du hattest so pralle Brüste, ich habe keine Frau kennengelernt mit so schönen Brüsten.

Die Schwestern rieten mir ab. Sie sagten, es gäbe eine Entzündung der Drüsen. Außerdem war es für sie umständlich, sie wußten nicht, ob das Kind genug hatte, mußten nachwiegen und manchmal nachfüttern.

Einmal hast du gesagt: Stillen, nein danke! Wir Frauen sind doch keine Milchkühe. Das war auf der Versammlung, an der nur Frauen teilnahmen. Du hast mich mitgenommen, und ich habe es deutlich gehört.

Das war die Schweinerei mit dem Dioxin. Alle Zeitungen schrieben, Muttermilch sei giftig. Wer sein Kind retten will, darf ihm nicht die Brust geben.

Warum hatte ich keinen Vater?

Ich habe nur böse Väter erlebt, die tranken und ihre Frauen und Kinder schlugen. Das wollte ich dir ersparen.

Warum habe ich diesen seltsamen Vornamen?

So hieß ein großer Revolutionär.

War er mein Vater?

Nur im geistigen Sinne, ich habe an Che geglaubt.

Niemals hast du dich hübsch gemacht wie andere Frauen. Ich hätte gern eine schöne Mutter gehabt, eine im langen Kleid mit weißem Gürtel, auf der Schulter sollte dunkles Haar liegen. Aber du liefst immer in verwaschenen Jeans rum, darüber den grauen Mantel, Winter und Sommer denselben Mantel. Dein Haar war strähnig, niemals hatte es Locken, und es roch so sonderbar. Ich mochte es nicht anfassen. Nur wenn du gebadet hattest, duftete dein Haar einen Tag lang nach Flieder.

Das sind Äußerlichkeiten, die Haare, der graue Mantel, die verwaschenen Jeans. Wichtig ist, was in uns steckt, auf das Bewußtsein kommt es an, nicht auf die Farben.

Ich mochte deine Stimme, sie war tief und rauh, aber du hast nie mit mir gesungen. Nur mit den anderen auf der Straße hast du gesungen, wenn ihr marschiertet. Warum hast du mich mitgenommen zu den großen Fahnen? Ich saß auf deiner Schulter und fror, hielt mir die Ohren zu, wenn sie brüllten.

Hätte ich dich allein lassen sollen? Du hast auch großen Spaß gehabt, sie schoben dir Bonbons in den Mund und schenkten dir Eis. Alle, die mit uns marschierten, waren lieb zu dir.

Und dieser schreckliche Tag mit den großen grauen Vögeln. Ich wollte Blumen pflücken, aber du schriest gegen diese Vögel an, die jeden Augenblick runterfallen und uns erdrücken konnten. Als der Nebel kam, mußte ich weinen.

Ja, die Schweine setzten Tränengas ein gegen kleine Kinder.

Es gab ein Bild von uns in der Zeitung. Du mit mir auf einer Demonstration, ich auf deinem Arm. Du warst deutlich zu erkennen, aber ich nicht, weil ich diese schreckliche Gasmaske tragen mußte.

Ich gab dir die Maske, damit du nicht wieder weinen mußtest.

Ich wäre lieber zu den Elefanten gegangen. Du sagtest immer, wir müssen kämpfen, damit die Kinder eine bessere Zukunft haben. Ich wollte nicht kämpfen, ich wollte auch keine bessere Zukunft, ich wollte nur dich haben und auf einem Elefanten reiten wie andere Kinder.

Ich war doch immer bei dir, wir haben alles gemeinsam unternommen.

Jeden Tag waren Leute bei uns, mit denen du diskutiertest, manchmal die ganze Nacht durch. Ich hörte jedes Wort, ohne etwas zu verstehen. Es soll bald aufhören. Es soll still werden, und du sollst zu mir ins Bett kommen. Wenn es wirklich still wurde, hast du dich zu einem anderen ins Bett gelegt, ich blieb wach und hörte euch stöhnen.

Ich dachte, du schläfst.

Warum trugst du mich in die alten Häuser, in denen es keine Gardinen gab und keine Blumen? Es lagen so viele Menschen herum, die sonderbare Geräusche von sich gaben, auch hing in den Räumen ein süßlicher Geruch. Seitdem fürchte ich mich vor alten Häusern. Ich möchte mit dir am Waldrand leben, ein Garten soll da sein, auf der Fensterbank rote Blumen, und Tag und Nacht sollen die Fenster geöffnet sein, damit dieser süßliche Geruch verschwindet.

Was ich getan habe, habe ich für dich getan, nur für dich.

Würdest du es wieder tun?

O ja, ich würde noch einmal leben und kämpfen wie damals, als du klein warst. Wir hatten eine große Zeit, wir bewegten viel, wir veränderten die Welt. Erinnerst du dich an den Herbst vor der Kaserne? Drei Tage und drei Nächte hielten wir durch, bis sie uns wegtrugen, eine Zeit schöner, großer Gefühle.

Aber ich habe gefroren. Außerdem war es dunkel wie in deinem Bauch, nur war ich nicht in deinem Bauch, sondern auf dieser nassen Straße.

Wir bildeten einen Kreis und sangen. Unsere Hände berührten sich, ein großes Gemeinschaftserlebnis unterm Sternenhimmel, nie wieder waren wir so vereint wie in den Nächten vor der Kaserne.

Aber ich habe gefroren.

Wo komme ich her?

Wir bekamen dich, als du vier Jahre alt warst. Die Leute, bei denen du lebtest, gingen über die Zonengrenze.

Waren es meine Eltern?

Deine Pflegeeltern. Sie hatten dich aufgenommen, als du ganz klein warst. In der Nacht, bevor sie über die Grenze gingen, klopften sie bei uns an und fragten, ob wir die kleine Katharina nehmen könnten, nur vorübergehend, bis sie im Westen Fuß gefaßt hatten.

Ich weiß nichts von mir, weder Tag noch Ort der Geburt, in meinem Paß stehen nur Andeutungen. Ich weiß nicht mal, wer mir den Namen Katharina gegeben hat.

Doch wohl deine Mutter.

Also hatte ich eine Mutter?

Jeder hat eine Mutter. Von Vätern wollen wir nicht reden, es ist nichts Außergewöhnliches, wenn sie fehlen, aber eine Mutter ist immer da.

Aber mir fehlt sie bis heute.

Wir haben die Leute gefragt, die dich nachts zu uns brachten. Auch sie wußten nichts von dir. Kurz vor Weihnachten 1944, als das Kinderkrankenhaus nach einem Fliegerangriff geräumt werden mußte, kamst du zu ihnen. Zur vorübergehenden Aufbewahrung. Der Krieg ging zu Ende, und sie vergaßen dich.

Katharina war immer nur vorübergehend.

Bei uns warst du doch sehr lange, Katharina, über zwölf Jahre. Nachts hast du uns verlassen, in einer Nacht gekommen, in einer Nacht gegangen. Als sie die Mauer bauten, bist du noch schnell rüber. Nun ist sie gefallen, und du kommst zurück und suchst deine Mutter.

Wenn wir älter werden, wollen wir wissen, woher wir kommen. In meinem Paß steht Thüringen. Aber ich kann nicht alle Städte und Dörfer Thüringens absuchen, um nach meiner Mutter zu fragen. Vielleicht müßte ich mit den Krankenhäusern anfangen, die nach Fliegerangriffen geräumt wurden.

Du hast einen sonderbaren Nachnamen: Apolda. Vielleicht wußten sie den richtigen Namen nicht und nannten dich nach der Stadt in Thüringen.

Ich werde nach Apolda fahren und einfach fragen, ob dort in den letzten Kriegstagen ein Kinderkrankenhaus gebrannt hat.

Vielleicht war deine Mutter eine der Fremdarbeiterinnen in den vielen Lagern. Auch diese Frauen bekamen Kinder. Man nahm sie ihnen nach der Geburt weg, weil eine Fremdarbeiterin als Mutter nicht mehr Arbeiterin sein konnte.

Wie kommst du auf Fremdarbeiterin?

Weil du uns immer fremd warst, Katharina. Wir dachten gleich, daß du nicht von hier bist. Diese mandelförmigen braunen Augen und deine dunkle Haut, du kamst aus der Ferne.

Ich fühlte mich immer fremd. Noch heute sehne ich mich nach flachem, weitem Land. Vielleicht kam meine Mutter aus der Steppe.

Als sie die Lager auflösten, gingen die meisten Frauen zurück nach Osten. Aber einige schlugen sich auch Richtung Westen durch und fuhren über den Ozean.

Ich denke oft an Manitoba, an seine schwarze Erde und den weiten Horizont, aber in einem so endlosen Land finde ich meine Mutter nie.

Sie wird dich auch gesucht haben, Katharina. Als sie frei

war, machte sie sich auf die Suche nach ihrem Kind. Es
suchten mehr Mütter ihre Kinder als Kinder ihre Mütter.
Noch heute ist das so. Es gibt so viele Kinder und so
wenige Mütter.

Im Bunker

Wo bin ich geboren?

Es steht in deinem Ausweis.

Berlin steht da, aber wo in Berlin?

Ich habe es dir oft erzählt, wie in Charlottenburg am
hellen Tag die Sirenen heulten. Du wurdest geboren, als sie
schon Tagesangriffe flogen, denn es gab keinen mehr, der
Berlin verteidigte.

Du liefst also in den Bunker?

Ich ging ganz ruhig, denn auf den Straßen lag Schnee. In
jeder Hand eine Tasche und du in meinem Bauch.

Sie sind die letzte, sagte der Feuerwehrmann an der Tür.

Also im Bunker geboren?

Wo sollte ich anders hin mit dir?

Du brauchst dich nicht zu rechtfertigen. Mir fällt nur
ein, weil es doch heißt, das Licht der Welt erblicken. Es
muß ziemlich düster gewesen sein in dem Bunker.

Die Notbeleuchtung brannte, einige lasen sogar Bücher.

Weißt du noch die Stunde?

Vormittags gegen elf Uhr. Als die Wehen einsetzten,
legten sie mich auf eine der Tragbahren, die in jedem
Bunker herumstanden. Eine Schwester zündete eine Kerze
an und kniete neben mir. Wie Advent, dachte ich.

Machen Sie nicht so ein Geschrei! rief einer.

Die Frau bekommt ein Kind! sagte die Schwester.

Da gaben sie Ruhe.

Als die Entwarnung kam, warst du schon da. Ich hörte die Sirenen, aber du schriest lauter als sie. Ich wollte aufspringen und gehen. Sie bleiben hier! befahl die Schwester. Als letzte verließen wir den Bunker, es war schon Nachmittag. Wärme schlug uns entgegen. Mein Gott, der ganze Schnee ist ja geschmolzen! rief die Schwester, als wir ans Tageslicht kamen. Sie brachte uns zur Sanitätsstation, als Berlin brannte, die Flammen waren dein Licht der Welt. Sie fehlen uns gerade noch! sagte ein Arzt, den wir in der Eingangshalle trafen, wo die Verwundeten lagen. Dies ist keine Zeit, um Kinder zu kriegen, sie müssen raus aus Berlin, nichts wie raus!

Dann bist du mit mir in deine Wohnung gegangen, nicht wahr?

Es gab keine Wohnung mehr, an deinem Geburtstag brannte sie aus. Ein Zug brachte uns nach Rathenow. Stell dir das mal vor: Einen Tag nach der Geburt reiste das Peterle schon mit der Eisenbahn! Unterwegs erzählte einer von Freisler. Der soll an deinem Geburtstag umgekommen sein. Der Teufel hat ihn geholt, sagte der aus dem Zug.

Wer war Freisler?

Ich kann dir diesen Menschen schwer erklären, du müßtest in den Büchern nachlesen, da steht viel über ihn geschrieben. Er hieß Roland.

Wie lange waren wir in Rathenow?

Bis die Russen kamen.

Waren sie gut zu dir?

Zu dir waren sie gut. Einer schaukelte deinen Kinderwagen und sang dir Lieder vor, der andere aber hielt mir die Maschinenpistole vor die Brust und zwang mich, mit ihm zu gehen.

Und keiner hat dich beschützt?

Nein, sie konnten tun und lassen, was sie wollten, sie waren die Herren über Leben und Tod.

Was habe ich getan, als sie dich holten?

Du hast geschlafen.

Johnny

Warum habe ich keinen Vater?

Jeder Mensch hat einen Vater.

Ist er gestorben, als ich noch klein war?

Ich weiß es nicht. Den Krieg hat er überlebt, aber als du geboren werden solltest, schickten sie ihn zurück nach Richmond. Und danach habe ich nichts mehr von ihm gehört.

Warum habe ich diesen Namen?

Es ist ein schöner Name, findest du nicht? Dein Vater hieß auch Johnny.

Und war schwarz, nicht wahr?

Nur ein bißchen braun von der Sonne. Er kam aus dem Süden, wo die Sonne die Haut bräunt.

Hat er dir nie geschrieben?

Auf der Seefahrt von Bremerhaven nach Richmond schrieb er eine Karte. Dein Johnny is over the ocean, schrieb er.

Hast du ihm nicht geantwortet?

Aber ja, ich schrieb sofort nach Richmond. Vielleicht konnte er meinen Brief nicht verstehen, Johnny sprach kein Deutsch.

Hast du gewartet, daß er kommt, um dich nach Richmond zu holen?

Ein bißchen schon. Ich fing auch an, englisch zu lernen. Weiß er, daß ich lebe?

Bevor er aufs Schiff ging, habe ich es ihm gesagt. Er hat gelacht. Johnny war ein großer Junge, der sich riesig freuen konnte.

Gib mir seine Adresse, ich werde ihm schreiben. Ich werde auf englisch schreiben, daß ich lebe und daß du auch noch lebst und es schön wäre, wenn er uns besuchte.

Das wirst du nicht tun! Er soll mich nicht besuchen, ich bin eine alte Frau und wünsche keine Besuche.

Er ist auch alt.

Nein, Johnny ist nicht alt, er ist der große Junge geblieben.

Wo liegt eigentlich dieses Richmond?

In Virginia. Dort brennt die Sonne so heiß, daß die Menschen braun werden.

Sag mir seinen Namen, ich werde nach Virginia fahren und ihn suchen.

Er hieß Johnny, mehr weiß ich nicht von ihm.

Erdbeer oder Vanille?

Ich habe so lange gewartet. Du wolltest nur mal sehen, was los ist. Einmal kurz rüber, sagtest du und ranntest mit den anderen über die Straße.

Ja, es war eine großartige Nacht, Kind.

Du hattest versprochen, etwas Schönes mitzubringen, Schokolade von drüben. Am Morgen gab es keine Schokolade, und du warst auch nicht da.

Du glaubst nicht, was damals los war. Wie ein Rausch ging diese Nacht vorüber. Überall spendierten sie Freibier, fremde Menschen lagen sich in den Armen, eine solche Nacht gibt es nie wieder.

Und ich ging morgens allein in den Kindergarten. Weißt du, was das Schönste war in jenen Jahren? Wenn du mich vom Kindergarten abholtest. Aus der Fabrik, in der sie Glühbirnen herstellten, kamst du quer über die Straße und nahmst mich an die Hand. Wenn es heiß war, gingen wir zur Eisbude, und du fragtest: Erdbeer oder Vanille? Warum wolltest du nicht mehr bei den Glühbirnen arbeiten?

Ich habe immer gearbeitet, ein ganzes Leben lang nur gearbeitet.

Aber die schönste Arbeit war bei den Glühbirnen. Weißt du, was sie mir im Kindergarten nachriefen, als du nicht nach Hause kamst? Deine Mutter ist getürmt, sagten sie. Meine Mutter ist nicht getürmt! schrie ich zurück. Die kann gar nicht türmen, weil sie nämlich krank ist.

Kind, Kind, du weißt nicht, was damals los war. Tage und Nächte haben wir gefeiert, es war ein großer Rausch der Vereinigung.

Da lerntest du auch diesen fremden Mann kennen, nicht wahr?

Mit Kindern neu anzufangen hat keinen Zweck, sagte Manfred. Da wird nie was draus. Dein Kind ist gut aufgehoben, besser kann es dem gar nicht gehen als in der Krippe Prenzlauer Berg, sagte er.

Und mit so einem hast du zusammengelebt?

Manfred ist kein schlechter Mensch, er würde dir auch gefallen. Nur für Kinder hat er wenig Zeit, das ist wahr.

Wenigstens am Nikolaustag hättest du kommen können. Du hattest versprochen, etwas Schönes mitzubringen. Am 6. Dezember sagte die Frau im Heim: Über Nacht war deine Mutter da und hat dir was in den Stiefel gesteckt. Aber es war gelogen. Du wärst niemals weggegangen, ohne mich zu wecken.

An jenem Nikolaustag konnte ich nicht kommen, weil ich krank war. Ich bin oft krank gewesen in letzter Zeit, deshalb konnte ich nicht kommen.

Als du krank im Bett lagst, hast du sicher viel an mich gedacht, nicht wahr?

Wenn ich dachte, mußte ich weinen. Deshalb versuchte ich, nicht so viel zu denken.

Du hättest mich holen sollen, dann wäre uns beiden das Weinen erspart geblieben.

Aber ich will dich ja holen, heute bin ich gekommen, um dich zu holen.

Ich möchte nicht mitkommen, nicht zu diesem Manfred. Du sollst hierbleiben und mit mir zur Eisbude gehen und fragen: Erdbeer oder Vanille? Später, wenn ich groß bin, werde ich viel Geld verdienen. Dann reisen wir beide nach drüben, sehen uns die schönen Dinge an und kaufen Schokolade, soviel du willst. Wenn ich groß bin.

Das Schweigen

Warum sprichst du nicht? Ich habe so viel gefragt und nie eine Antwort bekommen. Wenn ich mit dir sprechen wollte, hast du mich ins Bett geschickt. Du wolltest am liebsten allein sein. Manchmal kamst du ins Zimmer. Nun mußt du endlich schlafen! schriest du und brachtest diesen furchtbaren Geruch mit, der den ganzen Raum ausfüllte und mir die Luft nahm. Einmal weinte ich stundenlang, weil die Zähne schmerzten. Im Wohnzimmer hörte ich deine Stimme: Nein, sagtest du, wenn ich noch mal vor der Frage stünde, würde ich mir kein Kind anschaffen!

Ja, das hast du gesagt. Nicht zu mir, sondern zu dem Mann, der mit dir in der Stube saß und mit leeren Bierdosen Fußball spielte. Er war es, der die Musik so laut aufdrehte, daß ihr mein Weinen nicht mehr hörtet.

Wo warst du, als das Fernsehgerät explodierte und die Gardine Feuer fing? Da schweigst du wieder, aber ich weiß es. Der Polizist, der dich aus der Kneipe holte, schrie es dir ins Gesicht. Passen Sie auf Ihr Kind auf! sagte er.

Und wieder bist du stumm. Du kannst mir auch nicht erklären, warum ich so schwach bin. Von Beginn an war ich schwächer als andere Kinder, wog nur dreieinhalb Pfund und bin bis heute schwächer geblieben. Ich weiß den Grund. Du bist zuviel in die Küche gegangen zu deinem Heiligtum, dem Kühlschrank. Schon vor meiner Geburt hast du zuviel getrunken.

Wie kommt es, daß du mich so früh verlassen hast? Andere Mütter werden achtzig Jahre alt, aber dein Leben war mit fünfundfünfzig verbraucht, deine Leber wollte nicht mehr.

Auch darauf weißt du keine Antwort, schweigen konntest du immer am besten. So wirst du mir auch die letzte Frage, die ich habe, nicht beantworten: Warum hast du mich geboren?

Auf dem Lande

Was war das für ein Tag?

Der Sommer fing an, ein Tag mit viel Licht und Wärme. Am Morgen regnete es, das Wasser schlug gegen die Scheiben, ich blieb im Bett und wartete. Mittags brach die Sonne durch und trocknete die Pfützen aus. Ich hörte die Hühner gackern, auf dem Dach gurrten Tauben, der Kuckuck rief, und ich zählte, wie lange ich noch leben werde. Als die Hebamme kam, schlug Kora an. Danach kamst du.

Wann bin ich geboren?

Um die Vesperzeit. Erna trug Schmalzbrote und Buttermilch zu den Schnittern auf die Waldwiese, ich blieb mit der guten Frau, die auf der Bettkante saß und vom Herrn Jesus erzählte. Bei offenem Fenster wurdest du geboren. Der Apfelbaum hing voller unreifer Früchte. Um mich abzulenken, zählte ich grüne Äpfel. Über dem Schlafstubenfenster klebte ein Schwalbennest; das erste, was du in deinem Leben hörtest, waren die jungen Schwalben, die im Nest saßen und zwitscherten, wenn die Eltern ihnen Futter brachten.

Was ist sonst noch geschehen an jenem 10. Juni?

Auf der Waldwiese gab es ein kleines Unglück. Der Grasmäher schnitt einer Ente, die auf ihrem Nest saß und brütete, den Kopf ab. Erna brachte die Eier in ihrer Schürze mit nach Hause und legte sie der Glucke unter. In dem Jahr, als du geboren wurdest, brütete unsere Glucke Entenküken aus. Wir vergaßen, ihnen die Flügel zu beschneiden. Als sie groß waren, flogen sie davon.

Was sagte Vater, als er mich sah?

So ein dicker Pungel! rief er, als er abends von der Arbeit kam. Wenn wir wieder die Waldwiese mähen, wird er schon im Gras sitzen und zusehen. Er wusch seine Hände und versuchte, dich auf den Arm zu nehmen. Ging aber nicht, weil du so zerbrechlich warst. Als wir dir den Namen Joachim gaben, sagte dein Vater: Hoffentlich wird er nicht so wild wie jener Husarengeneral, der aus dem Busch kam.

Habe ich mehr gelacht oder geweint?

Wenn dein Vater mit seinen dicken Fingern dein Ohrläppchen kraulte, fingst du an zu lachen. Geweint hast du nur, als die ersten Zähne durchbrachen, eine ganze Nacht geweint.

Und du konntest nicht schlafen.

Warum sollte ich schlafen, wenn du nicht schläfst?

Lernte ich früh laufen?

Als wieder Heuernte war, liefst du durchs Gras, wolltest Heuschrecken fangen und den Blumen die Köpfe abreißen. Plötzlich warst du verschwunden. Dein Vater hielt die Pferde an, hob dich aus dem hohen Gras, sammelte die Ameisen von deinen nackten Beinen und setzte dich auf eines der Pferde.

Er muß die Wärme der Tiere spüren, sagte er, so bekommt er Vertrauen zu der Kreatur.

Sollte ich auch Bauer werden?

Als dein Vater in den Krieg ging, hat er die Papiere für dich aufgesetzt. Nach deinem 21. Geburtstag im Jahre 1958 solltest du den Hof übernehmen. Aber als 1958 kam, gab es keinen Hof mehr.

Wie lange war Vater bei uns?

Zwei Jahre und drei Monate.

Aber im Urlaub hat er uns oft besucht, nicht wahr?

Dein Vater ist nie auf Urlaub gekommen, er ist gleich gefallen vor der Festung Mlawa.

Hat er dir geschrieben?

Ich sagte doch, er ist gleich gefallen; außerdem lag ihm Schreiben nicht so.

Wie alt wurde er?

Als er wegging zur Festung Mlawa, war er jünger, als du heute bist.

Erzähle mir von ihm und von dir. Warum willst du schon sterben, es gibt noch so viel zu erzählen?

Mein Leben lang habe ich nur erzählt, Leben ist wie erzählen. Nun ist alles gesagt, und nichts bleibt übrig.

Arno Surminski

Kudenow oder
An fremden Wassern weinen
Roman· Sonderausgabe · 372 Seiten, gebunden.

Jokehnen oder Wie lange fährt man
von Ostpreußen nach Deutschland?
426 Seiten, gebunden.

Fremdes Land oder
Als die Freiheit noch zu haben war
Roman · 506 Seiten, gebunden.

Wie Königsberg im Winter
Geschichten gegen den Strom · 222 Seiten, gebunden.

Polninken oder Eine deutsche Liebe
Roman · 368 Seiten, gebunden.

Gewitter im Januar
Erzählungen · 224 Seiten, gebunden.

Am dunklen Ende des Regenbogens
Roman · 238 Seiten, gebunden.

Malojawind
Eine Liebesgeschichte · 192 Seiten, gebunden.

Grunowen oder Das vergangene Leben
Roman · 352 Seiten, gebunden.

Hoffmann und Campe